Записки из подполья

Фёдор Михайлович Достоевский

지하에서 쓴 회상록

초판 1쇄 인쇄 2016년 9월 11일
초판 1쇄 발행 2016년 9월 18일

지은이 | 도스토옙스키
옮긴이 | 손은정
발행인 | 신현부

발행처 | 부북스
주소 | 04601 서울시 중구 동호로17길 256-15 (신당동)
전화 | 02-2235-6041
팩스 | 02-2253-6042
이메일 | boobooks@naver.com

ISBN   979-11-86998-43-4 04890

부클래식

063

——

지하에서 쓴 회상록

표도르 미하일로비치 도스토옙스키

손은정 옮김

부북스

———— 일러두기

1. 이 책은 《도스토옙스키 전집(Nauka, Leningrad, 1989-1990)》에 실린 텍스트가 단행본으로 다시 출판된 «Записки из подполья» (ООО Фирма "Издательство АСТ", 1998)을 번역 원본으로 삼았다.

2. 원주라고 표시한 각주 1번을 제외하고는 모두 옮긴이 주이다. 주로 Nauka 전집에 실린 각주를 최대한 활용하였다. 각주에 활용된 자료의 출처는 괄호 안에 표시하였다.

3. 본문 중 돋움체는 원본에서 이탤릭체로 강조한 부분이다.

4. 본문 중 프랑스어는 원본 그대로이며, 본문에는 옆에 한국어를 함께 적었다.

차례

1부
지하

I[1]

나는 병든 인간입니다... 성질이 고약한 사람이오. 관심을 끌만
한 인간이 아닙니다. 내 짐작에 간에 문제가 있어요. 그렇긴 하지
만 나는 내 병에 대해 털끝만큼도 아는 바가 없고, 어디가 아픈지
도 잘 모르오. 치료는 안 받고 있고, 받은 적도 없소. 의학과 의사
는 존중하긴 하지만. 게다가 아직 미신을 심하게 믿는데, 의학을
존중할 만큼, 그 정도 믿는다고 해두지요. (나는 미신을 믿지 않을 만큼
충분히 교육받은 사람이지만, 미신을 믿습니다) 아니올시다, 나는 부아가
치밀어서 치료받고 싶지 않아요. 당신들은 아마 이 말을 이해하고
싶지 않을 거요. 아무렴요, 알 만합니다. 이 일에서 내가 대체 누구

---

1   이 기록의 저자와 이 글은, 말할 것도 없이, 허구이다. 그런데도 우리 사회
가 현재의 모습으로 형성되게 된 환경에 관심을 두고 이런 글을 쓸만한 사람들
은 우리 사회에 있을 법한 사람들일 뿐만 아니라 심지어 있어야 하는 사람들이
다. 나는 요즈음 볼 수 있는 개성이 뚜렷한 인물 중에서 평범한 사람들보다 조
금 더 튀는 인물을 대중 앞으로 끌어내고 싶었다. 이 인물은 아직까지 살아남은
세대를 대표하는 사람 중 하나이다. '지하'라고 제목을 붙인 1부에서 이 인물은
자기 자신과 자신의 시각을 받아들이도록 권하며 지하가 우리가 처한 환경에
서 생겨났고 생겨날 수밖에 없었던 원인을 해명하고 싶어 하는 듯하다. 2부에
서는 이 인물이 살면서 겪은 몇 가지 사건에 관한 진짜 '기록'이 등장한다. - 표
도르 도스토옙스키, 원주

에게 분풀이를 해대고 있는지 당신들에게 설명할 도리가 없네요. 의사에게 치료받지 않는다 해서 어떤 식으로도 의사들의 '얼굴에 먹칠하지' 못한다는 걸 나는 너무나도 잘 알고 있어요. 이렇게 행동하면 다른 사람 아닌, 나 자신만 손해라는 걸 그 누구보다 잘 알고 있다고요. 그래도 어쨌든 내가 치료를 받지 않는다면 그것은 부아가 치밀어서입니다. 간이 상했다면, 더 심하게 상하라고 하지 뭐!

오랫동안 이런 식으로 살았네요, 한 20년 됐습니다. 이제 나는 마흔이오. 예전에는 공직에 있었고 지금은 아니오. 나는 고약한 관리였어요. 까다롭게 굴면서 흡족해했지요. 하지만 뇌물은 전혀 안 받았으니, 이것만으로도 나 자신에게 상을 줄 만했어요. (맥없는 농담이네요. 그렇지만 지우지는 않을 겁니다. 정작 쓸 때는 상당히 재치 있다 생각했는데, 야비하게 뽐내려고 한 걸 내 눈으로 확인한 이상 지금은... 일부러라도 안 지우겠소!) 내가 앉아있는 책상으로 민원인들이 서류를 발급받으러 다가올 때면, 그들을 향해 이빨을 뿌드득 가는 소리를 냈고, 누구라도 괴롭히는 데 성공하는 날이면 나는 못 말릴 희열을 느끼곤 했지요. 대부분 성공적이었습니다. 그들 대다수가 소심한 사람들이었어요. 청원하러 온 이들이란 으레 그렇지 않습니까. 그런데 좀 차려입은 사람 중에 유난히 내 신경을 건드리던 장교가 하나 있었습니다. 그 장교는 고분고분하지 않은 것도 모자라, 혐오스러운 장검 소리를 달고 다니는 사람이었지요. 그 장검 때문에 나는 그와 일 년 반을 전쟁을 치렀어요. 종국에 승리를 거머쥔 것은 나였습니다. 장교는 다시는 장검 소리를 내지 않았어요. 그런데 이 일은 내가 아직 젊을 때 일어났지요. 그건 그렇고, 여러분, 뭐가 나를 가장 화나게 하는 결정적 요소였는지 아십니까? 그건 바로, 쓸개즙을 마지막 한 방울까지 짜내는 듯 속이 뒤집히는 순간조차 나란 사람은, 고약하게 성을 내기는커녕, 화난 표도 못 내는 인간임을, 걸핏하면 참새들이나 겁주면서 그걸 위안거리로 삼는 인간임을 매 순간 수치스럽게 스스로 의식했다는 겁니다. 바로 이 지점에 간교한 속임수가 있고 끔찍한 역겨움이 있는 겁니다. 내가 입에 거품을 물고 있을 때도, 아무 인형이라도 내게 가져다준다면, 달짝지근한 차라도 한 잔 내준다면, 나는 곧바로 온순해지고 말 겁니다. 심지어 나는 가슴이 뭉클해질 겁니다, 나중엔 틀림없이 나 자신에게 이를 갈고 수치스러워 몇 달 동안 잠을 못 이룰지라도 말이지요. 이것이 내게 숱하게 일어나는 일입니다.

아까 내가 고약한 관리였다고 한 건 거짓말입니다. 화딱지가 나서 거짓말한 거요. 나는 민원인들이나 장교와 단지 장난을 쳤을 뿐이지, 근본적으로 한 번도 고약할 수가 없었어요. 내 안에 그와는 완전히 모순되는 요소들이 수없이 많이 있음을 나는 매 순간 의식하고 있었어요. 이 모순적인 요소들이 내 안에서 들끓고 있음을 느꼈습니다. 나는 이것들이 평생에 걸쳐 들끓어대면서 내 안에서 저 멀리 바깥으로 튕겨 나가려 하는 걸 알았지만, 이것들을 내보내지 않았어요. 놓아주지 않았습니다, 일부러 바깥으로 내보내지 않았어요. 이것들은 수치스러울 정도로 나를 괴롭혔지요. 경련이 날 지경이었고, 급기야 질려버렸어요. 얼마나 진절머리가 나던지! 그런데 말입니다, 내가 지금 당신들에게 잘못을 뉘우치고, 뭔가에 대해 용서를 구하고 있다는 생각은 안 드는지?... 나는 당신들이 그렇게 여기고 있다고 확신합니다... 그런데 내가 확실하게 말할 수 있는 건, 내 알 바 아니라는 말이요, 당신들이 그렇게 생각하든 말든...

나는 고약한 사람은커녕 그 어떤 무엇조차 되지 못했소. 고약한 사람도, 착한 사람도, 비열한 사람도, 정직한 사람도, 영웅도, 버러지도 되지 못했소. 지금 나는 현명한 사람은 정녕코 그 무엇이 될 수 없으며, 어떤 무엇이 될 수 있는 것은 바보와 같은 사람들뿐이라는, 악의적이고 아무짝에도 쓸데없는 위로로 자신을 괴롭히면서 골방에 처박혀 남은 날을 살아가고 있소. 그러하오, 19세기를 사는 현명한 사람이라면 모름지기 물러터진 성격이어야 하고, 도덕적으로 그래야 마땅해요. 확실한 성격을 가진 사람은 행동가이며 유난히 편협한 존재요. 이는 내가 사십 년 동안 확신하는 바외다. 지금 내 나이가 마흔이오, 마흔이라는 것은 한 생애지요. 정말 최고령이오. 마흔을 넘기는 것은 예의에 어긋나고, 케케묵고 부도덕한 것이오! 누가 마흔을 너머 삽니까? 솔직하고 정직하게 대답해 보시오. 누가 마흔을 넘기는지 내가 말해주리다. 얼간이들과 비굴한 놈들이요! 나는 모든 노인에게, 덕망 있는 모든 노인에게, 백발이 성성하고 좋은 향기를 내뿜는 노인들 모두에게 눈을 똑바로 바라보며 대놓고 말할 겁니다. 온 세상을 향해 말할 겁니다! 나는 이렇게 말할 권리가 있소. 왜냐하면, 나는 육십 살까지 살 거니까. 나는 칠십까지 살 거니까! 팔십까지 살 거니까!... 잠깐만! 숨 좀 돌려야겠소...

여러분, 내가 당신들을 웃기고 있다고 생각하는 거요? 그 점에서도 착각하신 겁니다. 나는 당신들이 짐작하는 만큼, 혹은 당신들이 짐작할지도 모르는 만큼 그리 발랄한 사람이 못됩니다. 그런데 말이지요, 내가 지금껏 떤 수다로 이미 귀하들께서 짜증이 나셨다면(짜증이 났다는 게 느껴지네요), 한번 나한테 나란 사람은 도대체 누구인지 물어보시오. 그러면 나는 당신들에게 대답해주겠소. 나는 일개 중앙부처 8등급 관리[2]라고. 나는 뭐라도 먹고 살려고 직장에 다녔는데(단지 이 목적뿐이었소) 그러다가 작년에 먼 친척 한 분이 유언장에 남긴 6천 루블을 받게 되어, 그 즉시 퇴직하고 골방에 머물게 되었답니다. 내가 예전에도 이 방에 살긴 했지만, 지금은 이 방에 죽치고 있지요. 내 방은 누추하고 허접스러운 데다 도시 변두리에 있습니다. 내 하녀는 시골 아낙인데 늙고 어리석어 성질이 못돼먹은 것도 모자라, 항상 기분 나쁜 냄새가 나는 여자요. 사람들은 페테르부르크 날씨가 건강을 해치고, 내 보잘것없는 재산으로 페테르부르크에서 살기에는 생활비가 너무 많이 든다

---

2   중앙부처 8등급 관리(collegiate assessor) − 콜레지엄(collegium)은 러시아 제국 시절 분야별 통치를 담당하는 중앙부처를 말하는데 여기서 근무한 8등급 관리를 말한다. 군 계급으로 보면 '소령'에 해당한다. 이 당시 러시아에는 군/민간/궁정 3부문으로 나뉘어 각각 총 14등급의 관리가 있었다. 이 14등급을 마주 대할 때 부르는 존칭은 5가지로 나뉘는데 1(1~2등급), 2(3~5등급), 3(5등급), 4(6~8등급), 5(9~14등급)이다. 등급에 따라 뉘앙스가 구분된 존칭인데 여기서는 구체적인 번역을 생략한다. 이 8등급은 높은 직책에 해당하는데 귀족이라 해도 이 공직을 쉽게 맡을 수 있는 건 아니었다. 보통 대학교 또는 귀족학교 졸업장이 있거나 그에 상응하는 시험을 치고 등용되었다. (http://dic.academic.ru/ 참조)

고 말하지요. 내게 고개를 끄덕이며[3] 충고를 해대는 노련하고 현명하기 그지없는 사람들보다 내가 훨씬 더 상황을 잘 알고 있습니다. 하지만 나는 페테르부르크에 남을 거고 페테르부르크를 떠나지 않을 거요! 나는 그런 이유로 떠나지 않을 거요... 에휴! 그런데 내가 여기를 떠나든 말든 아무 상관 없지 않냐 말이지.

그건 그렇고 점잖은 사람이 아무 거리낌 없이 기분 좋게 할 수 있는 얘기가 뭘까요?

답변: 자기 얘기.

자, 그럼 내 얘길 해보지요.

II

내가 지금부터 하고 싶은 이야기는, 당신들이 듣고 싶어 할지 어떨지 모르겠지만, 왜 내가 버러지조차 되지 못했냐에 관한 이야깁니다. 나는 부단히도 버러지가 되고 싶어 했다는 것을 당신들에게 장엄하게 말하고 싶소. 하지만 나는 그것조차 되지 못한 사람이었다오. 여러분, 내 다짐하는데, 너무 과하게 의식하는 것은 병이에요, 진짜 완벽한 병이라는 말입니다. 인간의 일상을 위해서는, 평

---

3   '고개를 끄덕이는 사람'에 해당하는 원문은 'покиватель'이다. 이 단어는 'киватель'이라는 구어체 단어를 이용하여 도스토옙스키가 새로 만든 단어임이 명백해 보인다. 누군가에게 고개를 끄덕이거나, 눈짓으로 귀띔하거나 몰래 신호를 주는 사람을 말했다. (V.I.Daly 사전, 도스토옙스키 전집 4권 각주 참조 1989, 〈Nauka〉)

범한 인간이 의식하는 정도면 넘치도록 충분할 텐데요, 다시 말해, 우리의 불운한 19세기를 사는 성숙한 인간, 게다가 전 지구상에서 가장 추상적이고, 가장 의도적으로 만들어진 페테르부르크에서 (도시는 의도적으로 만들어진 도시와 그렇지 않은 도시로 나뉩니다) 서식하는 대단한 불행을 안고 사는 인간이 의식할 만한 양의 절반, 사분의 일 정도만 돼도 괜찮을 텐데요. 예를 들자면, 소위 거침없는[4] 사람이나 행동가로 불리는 모든 이들이 살면서 가지는 그런 정도의 의식이면 정말 충분했을 텐데요. 내가 행동가들을 비꼬려고 허세에 절어서 이 모든 것을 쓰고 있고, 그뿐만 아니라 내가 알던 장교처럼 저급한 어조로 거만하게 장검 소리를 내고 있다고 당신들이 생각한다는 데 내 가진 걸 걸겠소. 그런데 여러분, 누가 도대체 자기 병을 가지고 으스대며 우쭐거리기까지 한단 말이오?

그런데 나는 뭐냐고요? 모두들 이렇게 합니다. 병을 가지고 자랑들을 해대요. 나는 다른 사람들보다 심한 거겠지. 입씨름하지 않겠소. 내 항변은 엉터리요. 좌우간 나는 너무 많이 의식하는 것도 그렇지만 어떤 의식이든 그 자체가 병이라고 굳게 믿고 있소. 그렇게 주장하는 바이다. 이 이야기는 잠시 접어둡시다. 뭐 하

---

4   역자가 '거침없는'이라고 번역한 러시아어 단어는 'непосредственный' 이다. 이 단어가 19세기 30~40년대에 쓰였을 때는 '반성이나 자기분석과는 거리가 멀고, 망설임이나 주저함 없이 내부 충동이나 본능에 따라 말하고 행동하는 (사람)'이라는 의미였다. (참조 사전 Ушаков, 2, 533쪽). 단어의 의미를 도스토옙스키는 N.N.스트라호프에게 보낸 편지(1863년)에서 다음과 같이 쓴다. "나는, 여러모로 발달하긴 했지만 모든 방면에서 완성되지는 못했고, 믿음을 잃었지만 감히 안 믿지도 못하는, 권위에 도전하면서도 그것을 두려워하는 사람의 '거침없는' 천성을 선택한다." (도스토옙스키, 서한문 333쪽)

나 물어봅시다. 뭐 때문에 이렇게 됐을까요? 마치 일부러 그런 것처럼, 그때, 언젠가 우리들이 흔히 거론했던 '모든 아름다움과 숭고함'[5]의 온갖 미묘한 느낌을 내가 가장 잘 의식할 능력이 있었던 때, 그래요, 바로 그때, 나는 의식하지 않게 되고 추잡한, 음, 이를테면... 그래요, 한마디로 말해서, 모두가 하는, 그런 추잡한 행동을 하게 된 것일까요? 내가 그런 행동들을 아예 할 필요가 없다는 것을 가장 잘 의식하는 바로 그 시점에, 마치 일부러인 듯, 왜 나는 그런 행동들을 하게 됐을까요? 내가 선을, 모든 '아름다움과 숭고함'을 의식하면 할수록, 나는 나의 진창 속으로 더 깊이 빠져들었고 그 속에 완전히 침잠하게 되었습니다. 중요한 점은 이 모든 것이 내 안에서 우연히 일어난 것이 아니라 마치 그렇게 돼야 마땅한 것처럼 일어났다는 겁니다. 마치 이것이 나의 정상적인 상태이고, 결코 질병도 아니고, 맛이 간 상태도 아닌 것 같아서, 결국 이 상태와 싸워보려는 기분이 내게서 사라져 버렸습니다. 급기야 이것이 진정 나의 정상적인 상태라고 거의 믿을 뻔했습니다(어쩌면 실제로 믿었던 것도 같습니다). 애당초, 그러니까 처음에는, 이 싸움에서 내가 얼마나 고통을 당했는지 모릅니다! 나는 남들도 이런 일을 겪는다고는 믿지 않았고, 그래서 비밀처럼 평생 마음속에 감추

---

5   모든 아름다움과 숭고함─ '아름다움과 숭고함'이라는 개념의 조합은 18세기 미학 논문으로 거슬러 올라간다. 예를 들면, 버크《숭고함과 아름다움에 대한 우리 생각의 기원에 관한 철학적 연구》(1756), 칸트《아름답고 숭고한 감정에 관한 고찰》(1764) 등. 1840~1860년대 '순수' 예술에 대한 미학적 재평가 이후 이 표현은 반어적인 색채를 획득하였다. (도스토옙스키 전집 4권 각주 참조 1989, 〈Nauka〉)

고만 있었습니다. 나는 부끄러웠던 나머지(어쩌면, 지금까지 부끄러운 지도 모릅니다), 뭔가 비밀스럽고 비정상적이고 변태적인 쾌감을 느끼는 지경에 이르렀습니다. 날씨가 지랄 맞던 페테르부르크의 밤이면 나의 골방으로 돌아가며, 오늘도 역시나 추잡한 짓을 했고, 저지른 짓은 돌이킬 수 없다는 것을 강렬하게 의식하면서도, 마음속으로는 비밀스럽게 자신을 물어뜯으며 이빨로 물어뜯으며, 결국 쓰디쓴 괴로움이 어떤 치욕적이고 저주받은 달콤함으로 변했다가, 마지막에 가서는 기어이 견고하고 진중한 희열로 돌변할 때까지 자신을 갉아먹고 괴롭히는 단계를 맹렬하게 의식하는 겁니다! 그렇습니다, 희열입니다, 희열! 나는 그렇게 주장합니다. 그래서 나는 남들도 이런 식의 희열을 느끼는가를 꼭 알고 싶다고 말을 꺼낸 거요. 내 당신들에게 설명하지요. 여기에서 희열은 바로 자신의 굴욕을 너무나 선명하게 잘 인식하는 데서 오는 겁니다. 마지막 벽에 도달했다는 것을 스스로 느끼는 데서 오는 겁니다. 비루하긴 하지만 별다른 수가 없고, 네겐 다른 출구가 진작 없다는 데서, 이제는 절대 다른 사람이 되지 못한다는 데서, 다른 무언가가 될 수 있는 여력과 믿음이 아직 남아있다손 쳐도, 자신이 다른 존재가 되기를 원하지 않을 것이며, 원한다 해도, 아무것도 안 할 거라는 데서 오는 겁니다, 실제로 될만한 다른 존재가, 어쩌면, 아무것도 없을 테니까요. 결론 중의 결론, 핵심 중의 핵심은, 이 모든 것이, 강한 의식의 통상적인 기본 법칙에 따라, 이 법칙에서 곧바로 흘러나오는 습관성에 따라 일어나기 때문에, 결과적으로, 이 시점에서 다른 존재로 변하기는커녕, 단순히 아무것도 할 수 없게 됩니다. 예를 들면 이런 겁니다. 진짜 비열한 놈이 있어요. 그런데 그놈이 정말로 지가 비열한 놈이라고 스스로 느낀다면, 그 자체가 그놈에겐 위안이 되는 꼴입니다. 에휴, 됐습니다... 실컷 지껄였네요. 그런데, 설명은 됐습니까?... 여기서 희열이란 대체 뭡니까? 내가 설명해드리리다! 끝까지 한 번 해보겠소! 일단 펜을 손에 잡았으니......

나는, 말하자면, 끔찍하게 자기애가 강합니다. 나는 꼽추나 난쟁이처럼 조그마한 일에도 의심이 많고 골을 냅니다. 그런데 실제로 누군가 내 귀싸대기를 휘갈기는 일이 일어나도 내가 심지어 기뻐하는 그런 순간들이 있었단 말이지요. 진지하게 말하는 겁니다. 내가 이 순간에도 나름대로 희열을 찾을 수 있다는 말이겠지요. 물론 절망적인 희열이지요, 그러나 절망 속에서야말로 가장 짜릿한 희열이 있으며, 자기가 처한 상황에 출구가 없다는 것을 아주 강하게 의식하게 될 때 유난히 두드러집니다. 뺨이라도 한 대 맞을라치면, 연고로 너를 떡칠해줬다는 의식도 떡하니 몰려오는 겁니다. 중요한 것은, 이리저리 머리를 굴려보아도 어찌 됐든 간에 내가 모든 일에서 가장 잘못한 사람이 돼버리고, 제일 화가 나는 것은, 죄가 없는데도 죄인이 되는 거요. 말하자면, 자연법칙에 따라서. 왜냐하면, 우선, 내가 내 주변에 있는 모든 이들보다 더 현명하기 때문에 내가 죄인입니다. (나는 나를 둘러싸고 있는 모든 사람보다 더 현명하다고 항상 자부해왔다오. 그렇지만 어떨 때는, 당신들이 믿을지는 모르겠지만, 이를 부끄러워하기까지 했어요. 적어도, 나는 평생 사람들을 곁눈질로만 보았지, 한 번도 그들의 눈을 똑바로 바라보지 못했으니까요.) 게다가 결정적으로, 내 안에 너그러움이 있다면, 그 너그러움의 쓸데없음을 의식하는 데서 오는 고통으로 인해 나만 더 괴로우리라는 점에서 내가 죄인이오. 나는 정말로, 내 너그러움 때문에 아무것도 못할거요. 어떤 무뢰한이 자연법칙에 따라 나를 한 대 쳤다면, 용서도 못 할 거요, 자연법칙이 용서할 대상이 아니니까. 잊어버릴 수도 없어요, 자연법칙이라 해도 화가 나기는 매한가지니까. 급기야, 내가 완전히 너그럽지 않은 사람이 되려 한다거나, 무뢰한에게 보복하고 싶어 하더라도, 나는 누구에게도, 그 어떤 일로도 보복하지 못할 거요. 뭐라도 해보려는 결심을 못 했을 것이기 때문이오, 할 수 있었더라도 말이지요. 뭐 때문에 나는 결심하지 못 할까요? 이에 대해서는 따로 몇 마디 하고 싶소.

III

그런데 예를 들어, 자신을 위해 보복할 줄 아는 사람들, 자신을 지킬 수 있는 사람들은 이런 일을 보통 어떻게 할까요? 추측컨대, 정말로 그들은 복수심에 사로잡혀 이때만큼은 그들의 본질에는 온통 복수심뿐, 다른 건 아무것도 없습니다. 그런 양반은 마치 성난 황소처럼 뿔을 아래로 처박고서 목표를 향해 돌진하는데, 이를 막을 수 있는 것은 벽밖에 없습니다. (여러분, 말이 나와서 말인데, 벽과 맞닥뜨리면 이런 사람들, 거침없는 사람들과 행동가들은 진정으로 무력해집니다. 이들에게 벽이라는 것은, 우리 같은, 이른바 생각하는 사람들, 따라서 아무것도 하지 않는 사람들과 달리, 부인해야 할 대상이 아닙니다. 가던 방향을 틀기 위한 구실도 아니고, 우리 같은 사람들이 평소에는 그 존재를 안 믿지만, 맞닥뜨린다면 언제나 크게 기뻐하는 그런 구실도 아닙니다. 오히려, 거침없는 사람들과 행동가들은 모든 진심을 동원하여 투항합니다. 벽은 이들에게 어떤 위로가, 도덕적 허용이, 종말이, 그리고 심지어 어떤 신비로운 것조차 되는 겁니다... 벽에 대해서는 따로 나중에.) 따라서, 나는 이런 거침없는 사람을 진짜 사람, 정상적인 사람이라 봅니다. 자연이라는 포근한 어머니가 이 땅에 정중하게 생명을 주며 보기를 기대했던 사람이라 생각합니다. 나는 이런 사람이 속이 뒤집힐 정도로 부럽다오. 이런 사람은 어리석어요. 이에 대해 당신들과 논쟁할 마음은 없소만, 정상적인 사람은 당연히 어리석어야 하는지도 모르겠소. 어째서 그런지 당신들은 아십니까? 어쩌면 어리석은 것이 심지어 아주 아름답기조차 합니다. 게다가 나는 다음과 같은 추측을 강하게 하고 있어요. 예를 들어 정상적인 사람에 반대되는 사람을 보면, 다시 말해 강하게 의식하는 사람, 자연의 모태가 아니라 레토르트[6]에서 빠져나온 사람을(이것은 신비주의에 가까워요, 여러분, 하지만 나는 이 또한 가능하리라 생각하고 있소) 예로 든다면, 이 레토르트 인간은 자기와 반대되는 사람 앞에서 자신의 강화된 의식을 전부 동원하여, 진실로 자신은 인간이 아니라 쥐새끼라 여길 정도로 때로는 무력해집니

---

6   원래 레토르트는 증류기를 응용하여 고체를 간접적으로 가열하기 위해 사용하는 목이 굽어 관 형태로 길게 뻗어있는 장치를 말한다. 여기서는 10세기경 연금술사가 정해진 비책과 방법대로 인조 소인(Homunculus)을 만드는 데 사용했다는 유명한 레토르트를 말한다. (V.V.Rozanov 《도스토옙스키의 위대한 대심문관에 관한 전설》 참조)

다. 의식이 깨어있는 쥐라고 해두지요, 그래 봤자 쥐이고 여기는 사람인 거요, 따라서... 어쨌든. 중요한 것은 그 자신이 진정 자신을 쥐라고 여기는 것이오. 누가 그에게 그렇게 생각하라고 요구하지 않소, 이것이 중요한 점이요. 자, 이제는 이 쥐가 어떻게 행동하는지 봅시다. 쥐가 골이 났다고 (그런데 쥐는 거의 매번 골이 난 상태지요) 가정해 보자고요, 그래서 보복하고 싶어 합니다. 쥐는 앙심이라는 것을 l'homme de la nature et de la verite 자연과 진실의 사람[7]보다 훨씬 더 많이 품습니다. 무뢰한에게 악을 악으로 갚으려는 추하고 저속한 마음은, l'homme de la nature et de la verite에서보다 더욱더 쥐새끼의 머릿속을 긁어대고 있을 수도 있어요. 왜냐하면, l'homme de la nature et de la verite는 타고난 어리석음으로 인해, 자신의 복수를 지극히 단순하고 정의로운 행동이라고 생각하지만, 의식이 강한 쥐는 이런 정의를 인정하지 않습니다. 결국 마지막 행위까지, 보복의 마지막 행위에까지 이르게 됩

---

7   l'homme de la nature et de la verite - 프랑스어, '자연과 진실의 사람'. 장 자크 루소 (1712-1778)의 《참회록》(1782-1789)에 나오는 말이다: "Je veux montrer à mes semblables un homme dans toute la vérité de la nature, et cet homme, ce sera moi (나는 나의 동무들에게 진실과 자연에 거하는 사람을 보여주고 싶다 - 나는 이런 사람이 될 것이다)." 루소의 이 선언을 이용하여 종합적으로 그를 평가하기 위해 도스토옙스키는 하이네와 같은 생각을 한 것으로 보인다. 진실한 자서전을 아직 아무도 쓰지 못했다고 말하면서, 하이네는 자신의 책 《독일에 관하여》의 프랑스판 2권 10장(〈고백〉, 1853-1854)에 다음과 같이 썼다: "...ni le Genevois Jean-Jacques Rousseau; surtout ce dernier qui, tout en s'appelant l'homme de la vérité et de la nature, n'était au fond pas moins mensonger et dénaturé que les autres (…특히 마지막 사람이었던 제네바 사람 장 자크 루소도, 자신을 자연과 진실의 인간이라고 말하면서 본질에서 다른 이들만큼은 거짓되고 왜곡되었다)." (도스토옙스키 전집 4권 각주 참조 1989, 〈Nauka〉).

니다. 불행한 쥐는 맨처음 품었던 추잡한 생각은 놔두고라도, 질문과 의심이라는 허울을 쓴 수없이 많은 다른 추잡한 것으로 자신을 에워쌉니다. 한가지 질문에다 풀지 못한 수많은 문제를 끌어들이고 나면, 싫든 좋든 쥐 주변에는 어찌해볼 도리가 없이 뒤죽박죽 잡탕이 들끓는 듯하고, 급기야 쥐 앞에 근엄하게 서서 심판자나 독재자의 모습으로 쥐를 보고 큰소리로 웃어 재끼는 거침없는 행동가들이 튀기는 침과 의심과 흥분으로 가득한 냄새나는 오물이 부유하게 됩니다. 당연히 쥐는 발짓 한 번으로 모든 걸 포기하고 쥐 자신도 믿지 않는 가식적인 경멸의 미소를 지으며, 수치스럽게 작은 틈으로 슬쩍 기어들어갈 수밖에 다른 수가 없습니다. 거기서, 더럽고 냄새나는 지하에서, 모욕당하고 한 방 먹고 조롱당한 우리의 쥐는 즉시 싸늘하고 표독스러운, 그리고 중요한 것은, 영원히 박제될 원한을 가지게 되지요. 40년 동안 계속해서, 자신의 모욕을 마지막까지, 가장 수치스러운 세세한 일까지 일일이 기억할 것이고, 거기에 망상을 보태고, 원한에 사무쳐 자신을 조롱하고 괴롭히면서 매번 가장 수치스러운 세세한 일들을 더 지어내게 될 겁니다. 자신의 망상을 부끄러워하겠지만, 어쨌든 모든 것을 기억해내고 모든 것을 가려내며, 그런 일이 자기에게 일어났을 수도 있다는 구실하에 실제로 일어나지도 않은 일을 지어내고, 그리고 아무것도 용서하지 않습니다. 보복이 시작되는 것이지만, 되는대로 어쩌다가, 사소하게, 난로 뒤에서, 이름을 감추고 하는 보복이며, 보복할 권리가 있다는 것도, 보복이 성공하리라는 것도 믿지 않으면서, 자기가 저지른 보복으로 보복당하는 사람보다 백배는 더 자신이 고통당할 것을, 보복당하는 사람은 눈썹 하나도 까딱하지 않을 것을 미리 알고서 말입니다. 죽음을 맞이하는 때가 오면 기어이 또다시 모든 걸 기억하지요, 그 사이 쌓인 이자만큼을 더 얹어서... 그런데 바로 여기서, 냉혹하고 역겨운 절망과 희망의 경계에서, 믿음과 불신의 경계에서, 비통함으로 자기 자신을 산 채로 의식적으로 매장한 이곳에서, 40년 지하에서, 강고하긴 하지만 한편으론 의심스러운 출구 없는 이 상황에서, 내부로 파고드는 이루어지지 못한 소원들이 춤추는 지옥 속에서, 영원한 결정을 내리고도 1분만 지나면 다시 후회하는 이 망설임이라는 열병 속에서, 내가 아까 말했던 그 이상한 희열이 과즙이 되어 흘러나오는 겁니다. 이 희열은 얼마나 섬세하고, 때로는 얼마나 알아차리기 힘든지, 조금이라도 편협한 사람들이나 단순히 신경이 둔하기만 해도 이 희열이 가진 그 어떤 속성도 이해하기 힘들 거요. "그래요, 게다가 한 번도 귀싸대기를 맞아본 적이 없는 사람들도 이해하지 못할 거요."라고 당신들은 씨익 웃으며 한마디 보태겠지요. 그런 식으로 당신들은 내가 살면서 귀싸대기를 맞은 적이 있을지도 모르고, 그래서 전문가처럼 말하고 있다고 내게 정중하게 돌려서 말하는 것이죠. 당신들이 그렇게 생각한다는 데 내 가진 것을 걸겠소. 여러분 진정하세요, 나는 귀싸대기를 맞은 적이 없소. 하기야 당신들이 어떻게 생각하든 내가 무슨 상관이냐만. 나는 살면서 싸대기를 많이 때리지 못했다는 것을 어쩌면 더 유감스럽게 생각할 수도 있소. 됐습니다. 여러분이 징그럽게 재미있어 하는 주제는 여기까지만.

이 희열에 녹아있는 누구나 알만한 묘미를 이해하지 못하는 신경이 둔한 인간들에 관해 이야기를 차분히 이어가겠소. 이런 양반들은 무슨 일이 생길라치면, 황소처럼 악을 쓰며 목청껏 울부짖기는 하지만, 이렇게 하는 것만으로도 그들에게 위대한 명예를 가져다주는 꼴이 돼버려서, 내가 앞서 말한 것처럼, 불가능과 맞닥뜨리면 그들은 금세 온순해진다오. 불가능? 돌로 만든 벽을 말하나? 어떤 돌벽을 말하는지? 음, 당연히 자연법칙, 자연 과학의 결과, 수학이지요. 예를 들면 이런 것이오. 너란 인간이 원숭이에서 생겨났다고 증명해 보인다면, 인상 쓸 이유가 없지, 있는 그대로 받아들이라. 네 몸에서 나온 기름 한 방울이 너와 비슷한 족속의 기름 십만 방울보다 더 소중하다는 것을 진실로 네게 증명해내고 만다면, 선행, 의무, 어떤 망상, 편견이라고 일컬어지는 모든 것들이 이 결과로써 밝혀진다면, 있는 그대로 받아들이라, 별수가 있겠는가, 2 곱하기 2는 수학이니까. 어디 한번 반박해보세요.

당신들에게 외치는 소리가 들립니다. "실례지만, 반란을 일으켜선 안 돼요. 2 곱하기 2는 4니까요! 자연은 당신들이 무슨 생각을 하는지 묻지 않아요. 당신이 뭘 원하는지, 자연이 당신들 맘에 드는지 아닌지를 자연이 신경 써야 할 아무 이유가 없답니다. 당신들은 자연을 있는 그대로 받아들여야 해요, 당연히 자연이 만든 결과도요. 벽이 있으면 벽이 있는 거지요... 기타 등등, 기타 등등." 아이고, 자연법칙도, 2x2=4도 무슨 이유든 간에 어쨌든 내 맘에 들지 않는 판국에 자연법칙이든 산수든 그게 무슨 소용이 있단 말입니까? 물론, 나는 실제로 벽을 깨부술 힘이 없다면 이마로 벽을 치진 않을 거요, 그러나 내가 돌벽 앞에 있고 내 힘이 부족하다는 이유만으로 벽과 타협하지는 않을 거요.

　마치 그런 돌벽이 진짜 진정제가 되고, 정말로 하다못해 평화를 부르는 어떤 말이라도 되는 것처럼 보이는 유일한 이유는, 벽이라는 것이 2x2=4이기 때문이요. 맙소사, 헛소리 중의 헛소리로구나! 모든 것을 이해하는 것, 모든 것을 의식하는 것, 모든 불가능과 돌벽들이 훨씬 낫소. 당신들이 이들과 타협하기 역겹다면 그 어떤 불가능과도, 그 어떤 돌벽과도 타협하지 않는 것이 낫소. 가장 반박하기 어려운 논리를 조합하여 영원한 주제에 대해 가장 혐오스러운 결론에 이르는 것이 더 낫단 말입니다. 즉, 돌벽 문제에서조차도 어찌 됐든 자신의 죄를 인정하는 겁니다, 비록 또다시 아무런 죄가 없다는 것이 명명백백하지만 말이요. 그러고 나서 잠자코 무력하게 이를 갈면서, 습관성 속으로 애련하게 숨을 죽이며 침잠하는 겁니다. 원한을 품을 사람도 이젠 없어졌구나, 이야깃거리도 없고 어쩌면 앞으로도 결코 없을 것이다, 여기는 가짜와 속임수와 협잡이 판치는구나, 여기는 잡탕 찌개처럼 혼란이 들끓고 있구나, 공상하면서 말이지요. 뭐가 뭔지, 누가 누군지 알 수 없지만, 이 모든 불명료한 어둠과 속임수에도 불구하고, 여하튼 당신들은 아프단 말이요, 모르면 모를수록 더 심하게 아프단 말이오!

IV

"하하하! 그렇다면 당신은 치통 속에서도 희열을 찾겠네!" 당신들은 웃으면서 소리치겠지.

"무슨 말이요? 치통에도 희열은 있답니다," 이렇게 나는 대답할 거요. 한 달 내내 나는 치통에 시달렸소. 그래서 있다는 걸 압니다. 그런 상황이면 사람들은 묵묵히 화를 내기보다는 당연히 앓는 소리를 내지요. 하지만 이것은 솔직한 앓는 소리가 아니라 적의를 품은 신음이며 적의가 온전한 본질입니다. 이 앓는 소리에 고통받는 이의 희열이 나타납니다. 앓는 소리에서 희열을 느끼지 않는다면 신음은 하지도 않았을 겁니다. 여러분, 이것은 좋은 예라서 나는 이를 몇 가지로 나누어 설명하고자 합니다. 이 신음에 표현되는 것은, 첫째, 우리 의식이 볼 때, 당신이 당하는 고통이 완벽하게 굴욕적으로 목적이 없다는 사실입니다. 자연이 가진 온당한 정당성 때문에, 물론 당신들은 안중에도 없겠지만, 이 때문에 당신들이 고통을 당하긴 하지요. 그러나 자연은 고통받지 않습니다. 당신의 적은 없는데, 고통만이 존재한다는 의식이 등장합니다. 당신이, 이런저런 바겐게임[8]들과 함께 당신 이빨의 완전한 노예가 된

---

8   '바겐게임'이라는 성씨는 독일 도시 Wagenheim에서 유래한 성이지만, 러시아에 사는 사람의 성이므로 러시아식 발음을 따른다. 본문에서는 '바겐게임'이라는 성을 가진 치과의사들을 말한다. '상트페테르부르크 인명부'를 보면 1860년대 중반 페테르부르크에는 성이 '바겐게임'인 치과의사가 여덟 명 있었다. 그들이 제작한 광고판을 도시 전역에서 볼 수 있었다. (도스토옙스키 전집 4권 각주 참조 1989, 〈Nauka〉)

다는 의식, 누군가 원하면 당신 이빨이 아프기를 멈추고, 원하지 않으면 앞으로 3개월은 쭉 더 아플 거라는 의식, 그리고 마지막으로 당신이 계속해서 수긍하지 않고 어찌 됐든 대항한다면, 당신은 오로지 자기 자신을 위안하기 위해 스스로를 매질하거나, 당신 앞에 놓인 벽을 주먹이 빠개지도록 쳐보는 수밖에 없고, 더 결정적인 일은 할 수 없다는 의식이 나오는 겁니다. 그렇습니다, 바로 이런 피투성이 모욕, 누구의 것인진 모르지만 바로 이런 조롱으로부터 마침내, 폭발할 것 같은 음욕에 버금가는 희열이 시작되는 겁니다. 여러분, 기회가 되면 치통으로 고통을 받고 있는, 19세기 교양있는 사람의 앓는 소리에 귀를 한번 기울여 보세요. 치통이 시작되고 이틀째 혹은 사흘째 되는 날, 이제 첫날에 신음한 것과는 달리 신음하기 시작했을 때 말입니다. 다시 말해, 단순히 치통이 있어 아프다고 괴로워하는 사람이 아니라, 어떤 거친 사내처럼이 아니라, 개발과 유럽 문명에 감화된 사람이 내는 앓는 소리를, 요새 흔히들 표현하는 것처럼 '토양과 민중의 원천에서 떨어져나온 사람'의 앓는 소리를 들어보라는 말입니다. 그의 신음은 추잡하고 흉악할 정도로 불쾌한 소리로 변하면서 밤낮으로 계속됩니다. 그도 신음을 내봤자 자기에게 아무런 이득이 없음을 잘 알고 있어요. 공연히 자신과 남들의 참을성을 시험하여 신경질만 나게 한다는 사실을 누구보다 자신이 잘 알고 있다고요. 그의 고통을 눈앞에서 보는 사람조차, 일가친척조차 혐오하는 그 소리를 들으면, 눈곱만큼도 그의 말을 믿지 않고 속으로 이렇게 중얼거리지요. 저렇게 곡하듯 괴상스럽게 꾸며대며 과장하지 않고, 좀 달리, 조금 더 가볍게 신음할 수도 있는데, 이 사람은 앙심을 품고 고의로 야단법석을 떨고 있구나. 그런데 바로 이 모든 의식과 망신 속에 음욕에 비등할만한 쾌감도 녹아있는 겁니다. "당신들 저 때문에 괴롭지요, 속상하시죠, 집안사람 모두가 나로 인해 잠을 못 자요. 그러면 자지 마세요, 매 순간 당신들도 내 이빨이 아프다는 걸 느껴보시라고. 나는 예전에 되고자 했던 당신들의 영웅이 이제는 아니오. 나는 망할 놈, 몹쓸 놈일 뿐이오. 내버려두란 말이지! 나를 간파했다니 몹시 기쁘구려. 내 비굴한 신음이 듣기 역겹소? 역겨우라고 하지 뭐. 내가 지금부터 더 역겨운 소리를 지어보리다..." 이렇게 말할 거요. 아직도 이해가 안 됩니까, 여러분? 안 되는군요, 이 음욕에 견줄만한 쾌감이 지닌 미묘한 변주를 전부 이해하기 위해서는 더 고도로 성숙하고 더 완전하게 의식해야 합니다! 비웃습니까? 기쁘기 그지없소이다. 내 농담이, 여러분, 물론 기분 나쁘고 매끄럽지도 않은 데다, 앞뒤도 안 맞고 자기 불신에 찬 것이지만요. 그런데 이럴 수밖에 없는 것은 바로 내가 나를 존중하지 않아서요. 의식이 살아있는 사람이 정녕 자신을 조금이라도 존중할 수 있는 겁니까?

V

심지어 자기비하의 감정 그 자체에서조차 희열을 찾아낸 사람이, 정말이지, 진정 자신을 조금이라도 존중할 수가 있겠소? 나는 느끼한 어떤 후회 때문에 지금 이렇게 말하는 것이 아니오. 게다가 나는 이런 말을 하는 걸 절대로 봐줄 수가 없었어요. "용서해주세요, 아빠, 다시는 안 그럴게요." 내가 이런 말을 잘하지 못해서가 아니라, 정반대로, 어쩌면, 이런 말을 너무나도 잘하는 사람이었기 때문이오. 얼마나 그랬는데! 내가 꿈에서도, 마음속에서도 잘못을 저지르지 않았을 때, 꼭 일부러 그런 것처럼 멍청한 짓을 해서 나는 곤궁에 자주 빠졌지요. 이것이 무엇보다 더 추악했소. 그런데 이 순간마다 나는 또다시 마음이 감화되어 뉘우치고 눈물을 쏟아냈어요, 물론 과장을 좀 하긴 했지요, 연기하는 건 전혀 아니었다 해도. 어쩐지 심장이 이미 오염된 것 같았소... 이때는 자연법칙조차 탓할 수가 없었소. 비록 내 평생 자연법칙이 언제나, 그리고 가장, 나를 노엽게 했지만 말이오. 이 모든 걸 기억하는 건 혐오스럽다오. 그때도 혐오스럽긴 매한가지였소. 아무 때나 시간이 조금만 지나고 나면 나는 앙심을 품고 상황을 파악하게 돼요, 이 모든 것이 거짓, 거짓, 혐오스럽게 꾸며낸 거짓이라고, 그러니까, 이 모든 뉘우침, 이 모든 감화, 이 모든 갱생의 맹세가 다 거짓이라는 걸 알게 되지요. 뭐하러 나 자신을 그렇게도 난도질하고 괴롭혔는지 내게 한번 물어보시지? 답변 – 아무것도 안 하고 늘어져 있는 건 정말로 지겨웠기 때문, 그래서 엉뚱한 짓에 착수함. 정말이오. 여러분이 직접 자기 자신을 한번 관찰해 보세요, 그러면 실제로 그렇다는 걸 알게 될 거요. 어떻게든 시간을 보내려고 스스로 사건을 날조하고 인생을 지어냈던 거지. 그러니까, 무슨 이유가 있는 것도 아닌데 공연히 부아가 치미는 일이 나한테는 얼마나 많았던지요. 정말이지 특별한 이유 없이도 삐치고 화난 척하다가 급기야, 정말, 실제로 화가 나버리는 일이 종종 일어나는 걸 알지 않습니까. 평생토록 이런 교활한 장난을 어떻게든 던져버리고 싶었지만, 나는 결국 나 자신도 통제하지 못하는 인간이 되고 말았소. 부득이하게 누군가를 사랑하고 싶었던 적이 있었어요, 심지어 두 번씩이나. 진정 괴로웠어요, 여러분, 정말이오. 마음속 깊은 곳에서는 괴로워한다고 믿어지지 않고, 조롱이 꿈틀대긴 하지만 어쨌든 나는 고통스러워요, 진짜로, 진실하게 말이지요. 질투하고, 뚜껑이 열리기도 하고... 그런데 모든 것이 권태에서 오는 거요, 여러분, 지루해서요. 습관성에 짓눌리는 거지요. 의식이 낳은 합법적 직계 자식, 본능적인 열매가 습관성 아니겠습니까? 다시 말해, 의식적으로 '아무것도 안 하고, 늘어져, 있는 것'. 아까 내가 이 이야기는 이미 했지요. 다시 한 번 말합니다, 강조해서 말합니다. 모든 거침없는 사람들과 행동가들은 어리석고 편협해서 활동적이라고. 이것을 어떻게 설명해야 할까요? 이렇게 설명해 보지요. 그들은 자기들의 편협함으로 인하여 표면에 드러난 부차적인 이유를 가장 중요한 이유로 여기고, 자기 행위의 명백한 근거를 남들보다 쉽고 빠르게 찾았다고 확신하며 곧바로 안심하는 겁니다. 바로 이것이 핵심이요. 행동을 시작하기 위해서는 먼저 온전히 차분해져야 하지 않겠소? 어떤 의심도 남지 않도록 하는 게 마땅하지요. 그러면 나는 어떻게, 이를테면, 나를 차분하게 만드나? 내가 기대는 나의 가장 중요한 이유는 어디에 있는 거요? 근거는 어디 있겠소? 내가 어디서 그걸 가져오겠소? 나는 사유를 통해 훈련하는데, 그 결과,

그 어떤 가장 중요한 이유도 꼬리에 꼬리를 물고 더 중요한 다른 이유를 끌어들입니다. 그렇게 무한 반복되지요. 모든 의식과 사유라는 것의 본질이 그렇습니다. 그렇게 되면 이것은 이제, 역시나 자연법칙이 됩니다. 종국에 무엇이 결과로 남을까요? 똑같은 것이죠. 내가 보복에 대해 말했다는 것을 기억할 거요. (당신들이 몰입하지는 않았겠지만.) 인간은 보복한다, 왜냐하면 그렇게 함으로써 정의를 구하기 때문이다, 라고 말들 하지요. 인간이 가장 중요한 이유를, 근거를 찾았는데 그것이 바로 정의라는 말이지요. 이렇게 되면 인간은 모든 면에서 침착해지고, 그 결과, 자기는 정당하고 공정한 일을 한다고 자부하면서 차분하게 복수하는 데 성공합니다. 그런데 정말이지 나는 여기서 정의도 보지 못하겠고, 그 어떤 미덕도 발견하지 못하겠어요. 따라서 내가 보복하게 된다면, 그건 단지 앙심 때문이오. 앙심은, 말할 것도 없이, 나의 모든 의심을 전부 제압해 버릴 수 있을 테고, 이 경우에 가장 중요한 이유를 대신할 역할을 완벽하게 잘 수행할 수 있을 테지요, 그것은 바로, 앙심이 이유가 아니기 때문이오. 그런데 말입니다, 내가 앙심도 가지고 있지 않다면 (아까 내가 이 지점에서 얘기를 시작했소) 도대체 무엇을 해야 할까요? 내가 품은 앙심은 이 저주받을 의식의 법칙 때문에 화학적 분해를 당해요. 앙심의 대상은 기체가 되어 사라지고, 이유는 증발하고, 죄인은 발견되지 않고, 모욕은 모욕이 아니라 숙명이 되고, 아무도 치통에 죄가 없는 것처럼 결국은 또다시 같은 해결책이 나온다는 겁니다. 그것은 바로 주먹이 빠개지도록 벽을 쳐보기. 뭐, 될 대로 되라지, 가장 중요한 이유를 못 찾았으니까. 판단하려 하지 않고, 가장 중요한 이유 따윈 생각하지 않고, 잠시만이라도 의식 따윈 한쪽으로 치워버리면서 맹목적으로 자기 감정에 몰두하려고 해봐도, 하다못해 이렇게 시간을 때우면서, 아무것도 안 하고 늘어져 있으니 뭐든 증오도 해보고 사랑도 해보지만, 늦어도 내일모레가 되면 자신을 고의로 속였다고 자신을 경멸하기 시작하는 겁니다. 결국, 비누 거품과 습관성이 남는 거요. 아이고 여러분, 진정 나는, 어쩌면, 살면서 그 어떤 것도 시작하지도, 끝내지도 못했기 때문에 나 자신을 현명한 사람이라고 여길지도 모르오. 나보고 떠버리라고 해도 괜찮소, 해롭지는 않지만, 짜증 나는 떠버리라고 해도 괜찮소, 내버려두라지, 우리는 다들 그런 떠버리요. 온갖 종류의 현명한 이들이 존재하는 유일하고도 직접적인 쓸모가 수다를 떠는 것이라면 별수 없잖습니까, 쉽게 말해서, 삽질이나 하는 거지요.[9]

VI

아아, 내가 게으름 하나 때문에 아무것도 안 하는 거라면, 아이고, 그렇다면 나 자신을 얼마나 존중하겠소. 내가 하다못해 내 안에 게으름이라도 가지고 있었다면, 하다못해 스스로라도 굳게 믿을

---

9   원문에는 '빈 그릇을 다른 빈 그릇에 일부러 쏟아붓다'라고 써있다. '쓸데 없는 일을 하다, 무의미한 일을 하며 시간을 보내다' 정도의 의미이다.

만한 확실하게 보이는 속성이 내 안에 하나라도 있었다면, 나는 자신을 존중했을 거요. 질문: 어떤 사람인가? 답변: 게으름뱅이. 사람들이 나를 두고 이런 말을 한다면 얼마나 듣기에 좋았겠냐 말이지. 나란 사람이 확실하게 정의되었음을 의미하고, 나에 대해 뭐라도 할 말이 있음을 의미하는 거요. '게으름뱅이' - 이것은 진정 직함이며 임무요, 이것은 간판이외다. 비웃지 마시오, 실제로 그러니까. 그렇게 되면 나는 최상위 클럽의 합법적 회원이 되어 끊임없이 나 자신을 존중하는 일에만 관심을 갖는 거지요. 라피트[10]를 잘 안다고 평생을 자부했던 지인이 하나 있었소. 그 양반은 이를 자기가 지닌 확실한 가치라 여겼고 자신에 대해 의심을 품은 적은 한 번도 없었소. 그는 양심에 아무런 가책이 없는 상태라기보다는, 양심이 승리를 거머쥔 상태로 죽었고, 그가 완전히 옳았소. 내가 그렇게 나를 위해 간판을 골랐다면 게으름뱅이 식탐가가 되었을 거요. 하지만 그저 그렇게 뻔한 전형이 아니라, 예를 들면, 모든 아름다움과 숭고함에 공감할 줄 아는 그런 게으름뱅이 식탐가요. 어때요, 마음에 드십니까? 오래전부터 희미하게 이를 공상 속에서 그려왔소. 이 '아름다움과 숭고함'이 내 나이 사십에 내 뒤통수를 세차게 짓눌러버렸소. 내 나이 사십에 말이요, 아아, 그때라면, 그때라면 달랐을 텐데! 나는 곧바로 나에게 맞는 일을 찾아냈을 텐데 - 그것은 바로 모든 아름다움과 숭고함의 안녕

---

10   프랑스 적포도주 종류. 프랑스 남부에 있는 지명인 라피트 성(샤토 라피트: Chateau Lafitte)에서 유래했다.

을 위해 잔을 드는 일이지요. 나는 무슨 건수를 잡아서라도 내 잔에 먼저 눈물을 따르고, 그런 다음 모든 아름다움과 숭고함을 위해 잔을 들이켰을 거요. 그랬다면 나는, 세상에 있는 모든 것을 아름답고 숭고한 것으로 변화시키고, 누가 봐도 더러운 쓰레기에서 아름다움과 숭고함을 찾아냈을 거요. 나는 흠뻑 젖은 스펀지처럼 눈물을 쏟아냈을 거요. 어떤 화가가 게Ge[11]의 그림을 그렸다 칩시다. 곧바로 나는 게Ge의 그림을 그린 화가의 건강을 위해 잔을 들지요, 왜냐하면 모든 아름다움과 숭고함을 사랑하기 때문이오. 한 작가가 〈누구든 자기 좋을 대로〉라는 글을 썼다면, 그 즉시 나는 〈누가 됐든 아무나〉의 건강을 위해 잔을 들지요, 모든 '아름다움과 숭고함'을 사랑하기 때문이오.[12] 나는 이에 대해 나를 존중하라고 요구할 것이오, 나를 존중하지 않는 자는 끝까지 쫓아가서 잡아낼 거요. 평안하게 살다가 의기양양하게 죽는다 – 얼마나 매혹적입니까, 진정 완벽한 매혹 아닙니까! 그러면 태산만큼 커다란 배때기를 달고, 삼중 턱을 키우고, 술주정뱅이의 코를 만들어냈을

---

11   니콜라이 니콜라예비치 게 – 러시아 화가, 1831년에 태어나 1894년에 사망했다.

12   이 대목에서 작가는 니콜라이 게가 그린 그림 〈비밀스러운 저녁〉에 대해 공감하는 평론을 잡지에 게재한 살티코프-셰드린을 논쟁적으로 공격하고 있다. 이 그림은 화가 아카데미에서 1863년에 주최한 가을 전시회에 처음으로 걸렸는데 상반되는 평들을 불러일으켰다. 그 후, 도스토옙스키는 '역사적 실재와 지금의 실재'를 고의로 섞었다고 니콜라이 게를 비난했는데, 이에 대해 도스토옙스키는 다음과 같이 표현했다: "왜곡되고 편견에 사로잡힌 생각이 나왔다. 모든 왜곡은 거짓이며 아예 사실주의가 아니다." (작가일기 1873 〈전시회에 부쳐〉), 〈누구든 자기 좋을 대로〉는 살티코프-셰드린의 평론이며 1863년 《동시대인》에 게재되었다. (도스토옙스키 전집 4권 각주 참조 1989, 〈Nauka〉)

텐데, 나를 만나는 사람마다 나를 보며 이렇게 말하겠지요. "대단한 장점이군! 정말 확실하게 눈에 띄네요!" 당신들이 어떻게 생각하든 우리가 사는 이렇게 부정적인 세기에 이런 평을 듣는다는 건 기분 좋은 일이 아니겠소, 여러분.

VII

하지만 이 모든 것이 빛깔 좋은 꿈이지요. 어디 한번 나한테 대답 좀 해주시겠소? 인간은 자신의 진정한 이익이 뭔지 모르기 때문에 추한 악행을 일삼는다고 누가 맨 먼저 선언했습니까? 누가 제일 처음 선포했습니까? 만약 어떤 사람을 가르치고 깨우쳐 그 사람이 진정한, 제대로 된 자신의 이익에 눈을 뜬다면, 그 사람은 그 즉시 악행을 멈추고 곧바로 선하고 훌륭한 사람이 될 거라고, 왜냐하면 눈을 떴으니 진정 자신에게 유익한 것이 무엇인지 이해하면서 선에서 자신의 이득을 찾아내기 때문이라고, 자신에게 이로운 것에 반대되는 행동을 일부러 하는 사람은 한 명도 없는 법이니, 고로, 눈을 뜬 인간은 필연적으로 선을 행할 수밖에 없다고 누가 말했습니까? 아이고 아가야! 이런 순수하고 해맑은 아이야! 그렇다면 먼저, 수천 년이라는 역사를 통틀어 인간이 자신에게 이득이 된다는 사실 하나만 좇아 행동한 적이 얼마나 됩니까? 사람들이 미리 알면서도, 그러니까 무엇이 자신에게 진정 득이 되는지 제대로 알면서도, 그것은 뒷전으로 돌리고 다른 길로, 위험으로, 요행으로, 그 누구도 그 무엇도 강요하지 않는 길로 투신했던 수없이 많은 사실은 어떡할 겁니까? 마치 정해진 길만 아니면 된다는 듯, 다른 길, 힘든 길, 터무니없는 길을 칠흑 같은 암흑 속을 더듬듯 헤매며 끈질기고 고집스럽게 개척해나갔던 수없이 많은 사실은 어떻게 설명할 겁니까? 이들은 정말로 이런 고집과 아집이 그 어떤 이득보다 더 좋았던 게 아니겠소... 이득? 이득이 뭡니까? 그러면 인간의 이득이라는 것이 대체 무엇인지 완벽히 정확하게 정의하는 일을 당신들이 해보겠소? 만약에 말입니다, 인간의 이득이라는 것이 종종 자신에게 득이 되는 것보다 실이 되는 것을 원할 수 있는 때가 있고, 심지어 그렇게 해야만 하는 일이 일어난다면요? 만약에 그렇다면, 이런 경우가 가능하기만 하다면, 모든 규칙은 티끌이 되어 사라져버립니다. 그런 경우가 있는 겁니까? 어찌 생각하시오? 비웃고 있군요. 비웃으시오. 여러분, 허나 대답은 해주시오. 인간의 이득이라는 것이 제대로 맞게 셈을 하듯 정리된 겁니까? 어떤 이득이 그 어떤 기준에도 들어맞지 않을 뿐 아니라 들어맞을 수도 없는 그런 경우는 없었나요? 정말이지, 여러분, 내가 아는 것처럼, 당신들의 인간 이득 등록장부는 통계 수치나 과학적, 경제학적 공식에서 따온 평균적인 숫자 정도로 채워져 있지 않소? 당신들의 이득이라는 것은 바로 번영, 재산, 자유, 평안 뭐 그런 따위를 말하는 것이겠지요. 그래서 어떤 사람이 명백하게, 고의로 이 등록장부에 맞지 않게 행동했다손 치면, 당신들이 보기에, 그래요, 내가 보기에도 당연히, 이 사람은 깨치지 못한 인간 아니면 완전히 미친 사람인 거요, 그렇습니까? 정말로 놀라움을 금치 못할 일이 있소. 모든 통계학자와 현명한 자와 인류를 사랑하는 자들이 인간의 이득을 계산할 때 어떤 이득 한 가지만 매번 빼먹는 일이 뭐 때문에 일어나는 거요? 심지어 그들은 결산할 때도 이 한 가지 이득을 응당 그래야 마땅할 모양으로 계산에 넣지 않소. 이 모양에 결산 전체가 좌우되는데도 말이오. 이 한 가지 이득을 등록장부에 넣는다고 해서 별일이 일어나는 것도 아닐 텐데 말이오. 그런데, 이 까다로운 이득이 그 어떤 기준으로도 분류되지 않고 그 어떤 목록에도 들어가지 않는다는 불행이 있소이다. 예를 들면, 내가 아는 사람이 하나 있소... 흐음, 여러분! 당신들도 그를 알아요, 그래요, 누가, 어느 누가 그를 모르겠소! 어떤 일을 준비하면서 이 양반은 당신들에게 곧장 찾아가 상식과 진리의 법칙에 따라 자신이 어떻게 행동해야 하는지를 청산유수로 그럴싸하게 떠들어댑니다. 게다가, 흥분과 열정에 휩싸여 당신들에게 인간의 진정한 정상적인 이익에 관해 이야기합니다. 자신의 이득이 뭔지도, 덕행의 진정한 의미도 모르는 한 치 앞밖에 보지 못하는 어리석은 자들을 비웃으며 욕합니다. 그러다가 정확하게 15분이 지나면, 어떤 갑작스러운 사건이 주변에서 일어난 것도 아닌데 그의 모든 이익보다 힘이 센, 내면에서 올라오는 무언가에 의해 예기치 않게 터무니없는 행동을 하는 겁니다. 무슨 말이냐면, 자기가 방금 했던 말에 정확히 반대되는 태도를 보입니다. 상식의 법칙을 거스르고, 자신의 이익에 반하는, 한마디로 모든 것을 거스르는 행동을 하는 겁니다... 내가 아는 사람은 집단적인 유형의 인물임을 미리 밝혀둡니다. 그래서 그 사람 하나만 비난하는 건 어째 좀 어려운 일이지요. 내 말이 바로 그겁니다, 여러분, 실제로 뭔가 그렇지 않습니까? 자신에게 가장 이득이 되는 것보다 더 소중한 것이 거의 모든 사람에게는 있습니다. 다른 식으로 말하면 (논리를 망가뜨리면 안 되니) 어떤 가장 유익하고도 유익한 이득이 하나 있는데 (내가 조금 전 말한 결산에 넣는 걸 빠뜨린 바로 그 이득), 이 이득은 다른 모든 이득보다 더 중요하고 더 유익하여서 이 이득을 위해서 사람은, 필요하다면, 모든 법칙을 거스르는 길을 택합니다. 상식과 명예와 평안과 성공을 거스르고, 한마디로, 훌륭하고도 유익한 모든 것을 거스릅니다. 그 자신이 가장 소중하게 여기는 가장 유익한 일순위 이득을 얻기만을 바라면서요.

"흠, 하지만 그것도 이득이긴 하잖소." 하고 당신들은 내 말에 끼어들겠지, 잠시만 기다려 주십시오, 서로 알아듣게 설명할 수 있으니, 말장난하자는 게 아니잖소. 이 이득은 우리가 만들어놓은 모든 분류 기준을 파괴하고 인류를 사랑하는 자들이 인류의 행복을 위해 만든 모든 시스템을 계속해서 부숴버리기 때문에, 그래서 주목할만한 것이오. 한마디로 말해 모든 것에 저촉됩니다. 이 이득이 무엇인지 내가 당신들에게 말하기 전에 나는 내 평판을 해쳐도 좋으니 건방지게 말하겠소. 이 모든 훌륭한 시스템, 인간이 이익에 도달하기 위해 노력할 수밖에 없도록 해놓으면 그 즉시 선하고 고귀한 인간이 된다면서 인간의 진정한 정상적 이익을 인류에게 해설하는 이 모든 이론은, 내가 볼 때 아직은 수리논리학일 뿐이라고! 그래요, 수학적 논리올시다! 인류가 자신의 이득 시스템을 통하여 모든 인류를 혁신한다는 이 이론을 주장한다는 것도 정말이지, 정말로 이건, 내가 볼 때, 거의 똑같은데…… 이를테면, 인간은 문명화될수록 온순해지므로 점점 피비린내 나는 잔인함과 전쟁으로부터 멀어진다는 버클의 이론을 따르는 것과 마찬가지란 말이요.[13] 논리대로 하면 인간이 그렇게 되는 것 같지요. 그러나 인간은 천성적으로 시스템과 추상적 결론을 얼마나 좋아하는지, 논리를 지켜낼 수만 있다면 고의로 진실을 왜곡하고 보고도 못 본 체하고 듣고도 못 들은 체하지요. 그래서 말입니다, 예를 하나 들어보지요, 정말로 선명한 예입니다. 주위를 한번 둘러보시오. 피가 강물처럼 흐르고 있지요, 게다가 샴페인처럼 명랑하게 콸콸 흐릅니다. 버클이 살았고 우리가 거쳐온 19세기를 한번 보시오, 위대한 나폴레옹과 지금의 나폴레옹을 한번 보시오,[14] 영원한 연방 미국을 한번 보시오,[15] 그리고 마지막으로 황당한 슐레스비히홀슈타인을 보시오[16]… 문명이 도대체 우리 안에 있는 무엇을 약화한다는 말입니까? 문명은 인간 안에서 다양한 감각을 계발할 뿐

13　　영국의 역사학자이자 사회학자인 헨리 토머스 버클(1821~1862)은 자신의 책《영국 문명의 역사》에서 문명이 발전하면 민족들끼리의 전쟁은 없어질 것이라고 역설하였다. (도스토옙스키 전집 4권 각주 참조 1989, 〈Nauka〉)

14　　나폴레옹 1세(1769~1821)와 나폴레옹 3세(1808~1873)를 말한다. 두 나폴레옹의 통치 기간에 프랑스가 엄청난 전쟁을 치렀기 때문에 언급되었다. (도스토옙스키 전집 4권 각주 참조 1989, 〈Nauka〉)

15　　1861~1865년 미국에서 일어난 내전을 말한다. 노예 제도의 폐지를 주장하는 북부와 존속을 주장하는 남부 사이에 일어났다. (도스토옙스키 전집 4권 각주 참조 1989, 〈Nauka〉)

16　　슐레스비히홀슈타인 독일 공국은 1773년부터 실지로 덴마크의 한 지방이 되었다. 1864년 프로이센과 덴마크 간 전쟁이 일어났고 이 영토는 프로이센으로 귀속되는 결과를 낳았다. (도스토옙스키 전집 4권 각주 참조 1989, 〈Nauka〉)

이고... 결정적으로 이게 다요. 이 다양성을 발달시킴으로써 인간은 피 속에서도 희열을 찾는 단계까지 갈지도 모르지요. 정말이지 인간에게 실제로 그런 일이 벌어졌지 않소. 혹시 당신들은 세련되기 그지없는 학살자들이 거의 완벽하게 가장 문명적인 군자들이었고 아틸라도, 스텐카 라진[17]도 어떨 때는 이들의 발끝에도 못 미치는 걸 알아채셨는지? 그들이 아틸라나 스텐카 라진보다 그리 관심을 끌지 않는 이유는 바로, 그들은 너무 자주 볼 수 있는 사람들이며, 너무나 평범하고 눈에 익은 사람들이기 때문이오. 인간이 문명 덕택에 피에 더 굶주리게 되지는 않았다손 쳐도, 최소한 예전보다 더 나쁘게, 더 추악하게 피에 굶주리고 있을 거요. 예전에는 인간이 유혈이 낭자한 곳에서 정의를 보았고, 양심에 거리낌 없이 그래야 마땅한 사람을 응징했다면, 지금 우리는 학살이 추악한 행위임을 알면서도, 여하튼 이 추악한 행위를 일삼고 있소, 게다가 예전보다 더 큰 규모로. 뭐가 더 나쁘냐고요? 직접 판단하세요. 클레오파트라[18]는 (로마 역사에서 예를 가져와 미안하오) 금으로 만든 핀을 자기 노예들의 가슴에 찔러 넣고 그들이 비명을 지르고 몸부림을 치면 거기서 희열을 느꼈다고 합니다. 당신들은 이렇게

---

17   아틸라(Attila, 생년 미상~453년) - 훈족(Hun族: 몽골, 튀르크계의 기마 유목민족)의 왕. 로마제국 이란, 갈리아 지방(오늘날 프랑스)에서 파괴적인 군사작전을 펼쳤다. 스테판(스텐카) 라진 (1630~1671년) - 돈강 유역 코사크(Don Cossack)이며 1667년에서 1671년까지 러시아 농민봉기를 이끌었다.

18   클레오파트라 (기원전 69~30년) - 이집트 프톨레마이오스 왕조 최후의 여왕 (재위 BC 51~BC 30). 클레오파트라의 이름이 1861년 러시아 출판물에 자주 언급되었다. (도스토옙스키 전집 4권 각주 참조 1989, 〈Nauka〉)

말하겠지요. '그때는 지금과 비교하면 상대적으로 야만적인 시대였다, 그리고 지금도 핀을 쑤셔 넣기 때문에 (역시 상대적이라고 말하면서) 야만적인 시대다. 지금의 인간은 야만적인 시대보다야 이따금 더 명확하게 보는 법을 배우긴 했지만, 이성과 과학이 지시하는 대로 행동하는 것에 아직까지는 익숙하지 못하다.' 어쨌든 당신들은, 어떤 추악하고 낡은 습관이 완전히 사라지고 상식과 과학이 완벽하게 인간의 본성을 재교육하고, 인간이 나아가야 할 방향을 제대로 제시해주기만 하면 인간은 그 즉시 적응하게 되리라 믿어 의심치 않고 있소. 당신들은 그때가 되면 인간이 스스로 자발적인 실수는 하지 않게 되고, 이렇게 표현해도 된다면, 정상적인 자신의 이익과 자신의 의지를 분리하는 일은 별수 없이 원하지 않게 될 거라 확신하지요. 당신들은 덧붙여 이렇게 말합니다. '과학이라는 것이 사람을 가르치고 (그거라도 한다고 해도 그래도 치장일 뿐이요, 내 보기에는), 의지도, 변덕도 실제로는 사람에겐 없는 것이며, 더구나 있었던 적도 결코 없었다, 사람이라는 것은 피아노 건반이나 오르간의 음전(音栓)과 비슷한 것이며,[19] 더구나 세상에는 자연

---

19   프랑스 유물론 철학자 디드로(1713—1784)가《달랑베르와 디드로의 대화》 (1769)의 책에 쓴 판단을 말한다: "우리는 감각이라는 재능과 기억이 선물한 도구들이다. 우리의 감정은 우리를 둘러싼 자연이 치지만 자주 자신이 직접 쳐대는 건반이다." (도스토옙스키 전집 4권 각주 참조 1989, 〈Nauka〉). 음전 - 음전(스톱:stop)이란 같은 악기로 다른 음색을 얻기 위한 장치로, 리드 오르간, 하프시코드, 아코디언 등에도 쓰인다. 파이프 오르간에서도 형상이 같다. 음빛깔이 같은 대소의 반음계적 파이프의 한 계열을 스톱이라 하며 대체로 그 수효가 많을수록 규모가 큰 오르간이다. 보통 80 전후를 가지고 있다. 주자는 스톱을 조작하며, 음빛깔을 변화시키기 위하여 조작부에 장치된 스위치들도 음전(音栓)이라는 뜻으

법칙이라는 것도 있어서 인간이 무엇을 하든 간에 모든 것은 인간이 원하는 대로 되는 것이 전혀 아니고 자연법칙에 따라 저절로 이루어진다.' 고로, 이 자연법칙을 밝혀내기만 하면 되고 자신의 행위에 대한 책임을 지지 않아도 되니, 인간이 살기는 엄청나게 쉬워지는 겁니다. 그러면 인간의 모든 행위는 자동으로 이 법칙에 따라 계산될 것이고 수학적으로 로그표처럼 108,000가지까지 분류되어 명세표에 등록되는 거요. 아니면 그보다 이게 더 낫겠군요, 지금의 렉시콘 백과사전[20]과 비슷한 선의에 관한 출판물이 몇 권 나와서 모든 것이 거기에 정확하게 산출되어 기술되는 거요, 그러면 세상에는 의도적 소행이랄 것도, 모험이랄 것도 이제는 없어지는 거지요.

그때가 되면, – 이것은 전부 당신들이 말하는 거요, – 절대적으로 완벽하고, 또 수학적으로 정확하게 산출된 새로운 경제적 관계가 등장할 거니까 상상할 수 있는 모든 문제는 한순간에 사라지게 될 거요, 실제로 이런저런 답변이 곧바로 주어질 것이기 때문이요. 그렇게 되면 수정 궁전[21]이 건설될 겁니다. 그렇게 된다면...

로 스톱이라고 한다. (https://ko.wikipedia.org 참조)

20   렉시콘 백과사전 – 발행인 렉시콘 플류샤르(아돌프 플류사르)의 성을 따와 만든 최초의 러시아 백과사전이자 의미 있는 사전 중 하나이다. 1834년부터 1841년까지 출간되었고 러시아 알파벳 'Д'까지 작업 되었다.

21   수정궁전(Crystal Palace)은 1851년 런던에서 건축가 G.팍스톤에 의해 건축되었고 1853~1854년 시드니 교외로 옮겨졌다. 1861년과 1862년에 런던에서 개최되었던 전시회에서 메인 전시관으로 쓰였다. '그렇게 되면 수정으로 만든 궁전이 건설될 겁니다'는 체르니셉스키의 장편소설 《무엇을 할 것인가?》 (1862~1863년에 쓰고, 1867년 제네바에서 출간)에 나오는 '베라 파블로브나의 네 번째

음, 한마디로 말해서, 그렇게 되면 행복을 가져다주는 카간 새[22]가 날아들어 오는 거죠. 물론, 그렇게 된다면, (이제 내가 말하는 거요) 예컨대, 끔찍하게 지루해지지 않을 거라고 어떻게도 보장할 수 없어요. (모든 것이 로그표에 따라 정확하게 용도에 맞게 맞춰져 있다면 도대체 무슨 할 일이 있겠습니까?) 대신에 모든 것이 극도로 분별 있게 이루어지겠지요. 물론 시루함 때문에 뭐든 못 하겠습니까! 지루해서 금으로 만든 핀으로 찔러대고 하는 것 아니겠습니까? 그래도 이런 건 문제도 아닙니다. 추악한 것은, (또다시 내가 말하고 있소) 어쩌면, 금으로 만든 핀에 찔리는 걸 기쁨으로 여기게 될지도 모른다는 것이요. 인간이란 어리석잖소, 현상적으로 아둔하지요. 다시 말하면, 인간이란 어리석은 건 전혀 아니라고 해도 견줄 대상이 없을 정도로 은혜를 모르는 존재인 건 맞소. 예를 들면, 나는 이런 일이 생겨도 전혀 놀라지 않을 거요. 전적으로 분별 있는 미래 세상에서 천한 얼굴, 아니 이 말이 더 낫겠군, 반동적이고 빈정거리는 인상을 한 어떤 젠틀맨이 느닷없이 불쑥 나타나서 양손을 허리에 올리고 우리 모두에게 이렇게 말하는 겁니다. "여러분, 이 모든 로그들은 지옥에나 가라 하고 다시금 우리 자신의 어리석은 의지로 살 수 있도록, 오로지 그렇게만 되도록, 이 모든 분별력을 한방

꿈'에 대한 논쟁적 암시이다. 거기에는 '무쇠와 수정으로 만든' 궁이 묘사되는데 그곳에는 프랑스의 공상적 사회주의자 샤를 푸리에가 상상했던 대로 사회주의 사회 사람들이 살고 있다. 이 궁전을 묘사하기 위해 런던에 있는 수정궁전이 모델이 되었다. (도스토옙스키 전집 4권 각주 참조 1989, 〈Nauka〉)

22   카간 새 - 민간설화에 나오는 전설적인 새로 사람들에게 행복을 가져다 준다. (도스토옙스키 전집 4권 각주 참조 1989, 〈Nauka〉)

에 발로 뻥 걷어차 먼지처럼 날려버리지 않으렵니까!" 이건 그래도 참을만하오. 모욕적인 건, 곧바로 그의 추종자들이 생기는 거요. 인간이란 그렇게 생겨먹은 존재니까. 이 모든 것은 아주 사소한 이유 때문에 일어나요. 얼마나 사소한지 언급할 필요조차 없을 것 같은데, 그것은 바로 인간이란 언제 어디서나, 그가 어떤 사람이든 간에, 이성과 이득이 명령하는 대로가 아니라, 자기가 원하는 대로 행동하길 좋아했기 때문이오. 자신의 이득과는 반대 방향을 원할 수가 있는 거요, 때로는 확실하게 그렇게 해야만 해요(이것은 나의 생각이오). 자기 자신의 욕망, 자신의 의지대로 자유로운 욕망, 야만스럽기 그지없을지언정 자기 자신의 변덕, 때때로 정신병자가 될 정도까지 들뜨게 만든다 하더라도 자신의 환상 – 바로 이것이 전부이며, 이것이 결산에서 빠뜨린 바로 그 이득, 그 어느 범주로도 분류되지 않고, 이것 때문에 모든 시스템과 이론들이 항상 지옥으로 꺼져버리는 가장 유익한 바로 그 이득이요. 무슨 근거로 현자들은 모두 인간에겐 무언가 정상적이고, 무언가 선한 욕망이 필요하다고 생각했을까요? 인간에게는 분별 있는 유익한 욕망이 꼭 필요하다는 공상을 그들은 뭐 때문에 했을까요? 인간에게 필요한 것은 바로 예속되지 않은 자신의 욕망 하나뿐이오. 이 독자성이 어떤 대가를 치러야 하든 어떤 결과를 가져오든 말이오. 음, 욕망은 정말 귀신이나 알지 그 누가 어찌 알겠소...

VIII

"하하하! 욕망이라는 것은, 본질을 보면, 당신이 원하기만 하면 없 앨 수 있는 것이 아니오! — 큰소리로 웃으며 당신들은 내 말에 끼 어들겠지 — 과학은 현재 인간을 세세하게 해부하는 단계에까지 이르렀고, 지금은 누구나 다 알다시피 욕망과 자유의지라고 일컬 어지는 것은 다름 아닌즉슨..."

잠깐만요, 여러분, 나도 그렇게 시작하려고 했소, 솔직히 말하 면 나는 깜짝 놀라 질겁할 뻔했소. 방금 나는 이렇게 소리치고 싶 었다오, 욕망이 무엇에 따라 좌우되는지, 이것이 과연 무엇인지 귀신이나 알지 그 누가 알겠느냐고. 그러다가 천만다행으로 과학 이라는 것을 기억해내고... 침착해졌소. 당신들이 방금 말을 꺼냈 어요. 실제로, 음, 정말로 우리의 욕망과 변덕을 모두 알아내는 어 떤 공식을 찾아낸다면, 다시 말해 그것들이 무엇에 좌우되는지, 도대체 어떤 법칙에 따라 작동하는지, 어떻게 퍼져나가는지, 이런 저런 경우 어디로 움직이는지 등등, 즉, 진짜 수학 공식을 찾아낸 다면, 그렇게 되면 인간은 그 즉시, 어쩌면, 욕망하는 것을 멈추게 될지도 모르오, 그래요, 아마도 멈추게 될 거요. 정리된 표에 맞춰 욕망할 기분이 나겠소? 더군다나 그렇게 되면 인간은 곧바로 인 간이길 멈추고 오르간 음전이나 그 비슷한 것으로 변해버릴 것이 기 때문이오. 소망도 없고, 의지도 없고, 욕망도 없지만, 오르간 조 작부에 달린 음전 같지 않은 인간이란 어떤 인간인가요? 당신들 은 어찌 생각합니까? 가능성을 계산해봅시다. 그런 일이 가당키나 할까요, 아닐까요?

　당신들은 이런 결론에 도달합니다. "흠... 우리의 욕망들은 대부분, 무엇이 우리의 이득인가에 대한 잘못된 견해에서 발생하는 실수들이오. 우리가 이따금 터무니없는 엉터리를 원하는 건, 우리가 어리석어서, 우리에게 미리 제시된 어떤 이득을 취할 수 있는 가장 쉬운 길을 이 엉터리에서 찾기 때문이오. 자, 이 모든 것이 해석되고 계산되어 종이에 기록되면, (이렇게 될 공산이 꽤 큽니다. 자연법칙 중 어떤 것들은 인간이 절대 알아낼 수 없다고 미리 믿어버린다면 불쾌하기도 하고 무익하기도 하니까요.) 그렇게 되면, 당연히 이른바 욕망이라고 말하는 것도 없어질 것이오. 욕망이 지성과 언제든 비밀리에 완벽하게 타협한다 해도, 그때가 되면 우리는 생각하여 분별하게 되지 스스로 욕망하지는 않게 될 거요, 왜냐하면 지성을 간직하면서 터무니없는 것을 욕망하고 상식에 거스르는 행동을 고의로 저지르며 자신에게 해가 될 것을 바랄 수는 없기 때문이오... 그런 식으로 모든 욕망과 지성은 실제로 계산될 수 있는 것들이오, 왜냐하면 이른바 우리가 가진 자유의지의 법칙이라는 것이 언젠가는 밝혀지게 될 거고, 농담이 아니라 진짜로 표와 비슷한 형태로 작성될 수 있고, 그렇게 되면 우리는 이 표에 따라 실제로 욕망하게 될 것이기 때문이오. 예를 들어, 내가 어떤 사람에게 엄지손가락이 보이게 주먹을 내밀었다 칩시다.[23] 그렇게 한 이유가 바로,

---

23　　러시아에서는 엄지를 검지와 중지 사이에 끼우고 주먹을 내미는 모양이
　　　상대방을 놀리거나 모욕하는 행위이다.

몇 번째 손가락이 보이도록 하여 그 사람에게 엿 먹으라는 모양을 해야 하고 안 할 수가 없도록 예정되어 있었기 때문이었다는 것을 언제라도 나에게 계산해서 증명해준다면, 내 안에 자유로운 어떤 것이 남아있기나 하겠소? 특히 내가 학자에다 어디서 학위라도 한 사람이라면요? 그렇게 되면 나는 내 인생을 앞으로 30년 정도는 내다볼 수 있고, 한마디로 말해서, 이것이 표와 같은 형태로 정리된다면, 진정 우리가 할 수 있는 일은 아무것도 없는 거요. 어찌됐든 받아들여야 할 거요. 그래요, 우리는 지치지 않고 반복하여 자신에게 주지시켜야 합니다. 어떤 구체적인 순간에, 어떤 구체적인 상황에서 절대로 자연은 우리의 의사를 묻지 않는다는 것을요. 우리가 상상하는 대로가 아니라, 있는 그대로의 자연을 받아들여야 한다는 것을요. 우리가 실제로 표를 만들고 명세표를 만들려고 한다면, 음, 그리고... 심지어 레토르트를 지향한다면, 어쩔 도리 없이, 레토르트도! 받아들여야 한다는 것을요. 그러기 싫다 해도, 당신의 의사와 상관없이 받아들여질 거요..."

그렇긴 하요만, 바로 이 곤란한 지점에서 내가 좀 끼어들어야 겠소! 여러분, 내가 너무 철학적인 얘기에 빠져서 미안합니다. 여기 지하에서 40년이라오! 좀 더 공상에 빠지도록 허락해주시오. 그런데 있잖습니까, 여러분, 지성이 좋은 것이라는 데는 논쟁의 여지가 없습니다. 하지만 지성은 지성일 뿐이고 인간의 논리적 사고 능력만 흡족하게 할 뿐이지요. 하지만 욕망은 전 생애, 다시 말해 인생 전체에 걸쳐 지성과 함께, 모든 가려움과 함께 등장하는 현상입니다. 비록 우리의 생이 이 현상 속에서 자주 누더기가 돼버리지만 어쨌든 그래도 인생이잖소. 루트의 값이나 구하는 것만이 아니라는 말이지요. 정말이지 나는, 말하자면, 제대로 자연스럽게 살고 싶소. 내 논리적 사고 능력 하나만을, 다시 말해, 내가 살아가는 능력의 20분의 1밖에 안 될 그런 능력을 충족시키기 위해서가 아니라 내 삶의 모든 능력을 전부 충족시키기 위해서요. 지성이 무엇을 압니까? 지성은 알아낼 수 있었던 것만 알뿐입니다. (그 밖의 것은 결코 알지 못할 겁니다. 이렇게 말하는 것이 비록 위로는 안 되지만 말 못 할 이유도 없는 거 아니겠습니까?) 반면에 인간의 본성은, 의식적, 무의식적으로 그 안에 있는 모든 것을 사용하여, 통합적으로 움직이는 것이며, 거짓말은 할지언정 살아있는 것입니다. 여러분, 당신들이 어쩐지 나를 불쌍하게 보는 것 같네요. 당신들은 깨치고 성숙한 인간은 ─ 한마디로 말해서 미래의 인간이 이럴 거요 ─ 자신에게 불리한 것을 알면서 원하지는 못할 거라고, 이것은 수학이라고 내게 강조하고 있네요. 전적으로 동의합니다. 실제로 수학입니다. 하지만 백번도 더 당신들에게 반복해서 말하는데 단 하나의 경우가 있어요, 단 하나. 인간이 자기에게 해로운 것, 분별없는 것, 심지어 가장 어리석은 것을 일부러, 의식적으로 바라는 경우가 있단 말입니다. 그것은 바로, 자기에게 가장 어리석은 것조차도 소망할 수 있는 권리를 갖기 위해서요. 자신에게 현명한 것 하나만 원해야 하는 의무에 얽매이고 싶지 않기 때문이요. 이건 진짜 더 어리석은 일이고 이건 진정 변덕이지만 실제로는 우리 같은 사람들에겐 이 땅에 존재하는 모든 것 중에서 가장 유익한 일일 수가 있는 것이오. 어떤 경우에서는 유난히 그렇소. 그중에서도, 모든 이득보다 더 유익한 이득은 우리에게 불 보듯 뻔한 해를 끼치거나, 이득에 대해 우리의 지성이 가장 건전하다고 판단 내린 결론에 모순되는 것이기조차 하오. 왜냐하면, 어떤 경우에도 가장 중요하고 가장 소중한 그것, 바로 우리의 인격과 우리의 개별성을 그 이득이 간직하기 때문이오. 어떤 이들은 이 점이 실제로 인간에게 있어 무엇보다 중요하며, 욕망이란 당연히 원하기만 하면 지성과 어울릴 수 있고, 특히 욕망을 악용하지 않고 적절히 사용하기만 한다면 욕망은 유익하기도 하고 때로는 찬양할 만한 것이라고까지 확신에 찬 어조로 말합니다. 하지만 욕망은 몹시 자주, 심지어 대부분의 경우에 고집스럽게 지성과는 완전히 다른 목소리를 냅니다. 그리고... 그리고... 그리고 이 다른 목소리도 유익하고 심지어 때로는 몹시 찬양할 만한 것임을 당신들은 아시나요? 여러분, 인간이 어리석지 않다 칩시다. (실제로, 한가지 이유 때문에라도 인간을 어리석다고 말할 수는 없소. 인간이 어리석다면, 그렇다면 대체 그 누가 현명하단 말이오?) 인간이 어리석지는 않다 쳐도 어쨌든 소름 끼치게 배은망덕한 존재인 건 맞아요! 견줄 대상이 없을 정도로 은혜를 모르오. 인간에 대한 가장 적절한 정의가 '두 발로 걷는, 은혜를 모르는 존재'라고까지 나는 생각하오. 그런데 이게 다가 아닙니다. 이것이 인간이 가진 가장 중요한 단점이 아니라고요. 인간의 가장 중요한 단점은, 노아의 홍수부터 슐레스비히홀슈타인 시대에 이르기까지의 인간사에서 항상 있었던, 변함없는 부도덕성이오. 부도덕은 곧 분별이 없는 것을 말하오. 무분별이 부도덕에서 기인한다는 사실은 오래전부터 누구나 알고 있는 것이기 때문이오. 인류의 역사를 한번 눈여겨보시오. 자, 뭐가 보입니까? 위대함이오? 그래요, 위대하긴 합니다. 예를 들어, 로도스 거상[24] 하나만 보아도 얼마나 대단합니까! 아나옙스키가 이 거대한 동상을 보고 어떤 이들은 인간의 손이 만든 작품이라고 하고 다른 이들은 이 동상을 자연이 직접 만들었다고 주장한다고 괜히 증언하는 건 아니잖습니까. 다채로움요? 그래요, 다채롭긴 합니다. 모든 역사와 모든 민족에게서 열병식이나 퍼레이드에서 행진할 때 입는 의상만 가지고 오더라도 얼마나 대단합니까. 이런 옷만 들고도 다리가 부러질 정도겠지요, 그 어떤 역사학자도 견뎌내지 못할 겁니다. 단조로움이오? 음, 그래요, 단조롭기도 합니다. 싸우고 또 싸웁니다. 지금도 싸우고, 이전에도 싸웠고 이후에도 싸웠습니다. 맞아요, 이건 정말 너무나도 단조로워요. 요약하면, 세계 역사에 대해서는 뭐든지 말할 수 있소. 뒤죽박죽 뒤엉킨 추측으로 생각할 수 있는 것은 뭐든지 말할 수 있소. 역사에 대해 말할 수 없는 단 한 가지는, 바로 '분별이 있었다'는 것뿐이오. 당신들은 첫마디에서 사레들린 것 같을 거요. 심지어 다음과 같은 일도 시시각각으로 일어나니까요. 살다 보면 품행이 올바르고 분별 있는 사

---

24   '로도스 거상'은 높이가 32m나 되는 태양의 신 헬리오스의 청동 동상으로 기원전 280년에 세워졌고 세계 7대 불가사의에 속한다. 고대 그리스 로도스 항구에 서 있었다. A.G. 아나옙스키(1788-1866)는 1840~1860년대에 발간된 저널에서 농담거리로 삼았던 문학류 위서(literary hoax)를 쓰는 작가였다. 〈호기심 편람〉이라는 소책자에서(상트페테르부르크, 1854) 작가는 다음과 같이 썼다. '로도스 거상은 바빌론의 공중정원을 만든 세미라미스가 세운 것이라고 주장하는 일부 작가들이 있고, 또 다른 작가들은 인간의 손이 아니라 자연이 만든 동상이라고 확신한다.' (도스토옙스키 전집 4권 각주 참조 1989, 〈Nauka〉)

람들, 현명하고 인류를 사랑하는 사람들을 정말이지 항상 만나게 됩니다. 이들은 인생 전체의 목표를 할 수 있는 한 바르고 분별 있게 사는 것으로 설정합니다. 이들은 가까운 이들에게 빛을 비추고, 정말로 세상을 바르고 분별 있게 살 수 있다는 것을 이웃들에게 증명하기 위해서 산다는 말입니다. 그게 뭐 어떻다고요? 이런 사람 중에서 많은 이들이 늦든 빠르든, 인생의 막바지에 닿아서든 이런저런 우스꽝스러운 사건을, 심지어 때로는 정말 품위 없기 그지없는 사건을 만들면서 자신을 배반했던 것은 누구나 알고 있는 일이잖소. 이제 내가 당신들에게 질문하리다. 이런 이상한 속성을 타고난 존재인 인간에게서 무엇을 기대할 수 있겠습니까? 이 땅에 존재하는 모든 복으로 인간을 범벅해 보십시오. 머리부터 잡아끌어 행복의 도가니에 거품이 부글부글 올라오도록 푹 집어 넣어 보십시오. 인간에게 경제적인 풍족을 한번 줘보십시오. 자고, 사탕이나 먹고, 세계 역사가 끊어질까 봐 잡다하게 분주한 것 말고는 아무것도 할 일이 없도록 한번 만들어 보십시오. 인간은 그럴 때도, 인간이라는 것은 그럴 때도, 은혜를 모르기 때문에, 남을 비난하는 습성 때문에 당신들에게 혐오스러운 짓을 행할 거요. 심지어 사탕에 목숨을 걸게 되고, 파멸에 이르는 허튼짓을, 가장 비경제적인 황당한 짓을 하게 될 거요. 오로지 이 모든 긍정적인 분별력에 자신의 파멸적인 공상적 요소를 섞어 넣기 위해서 말이오. 모든 사람은 사람이지 피아노 건반이 아니라는 걸 자기 자신에게 증명하기 위해서 (마치 이것이 아주 필요하기라도 한 듯), 이것만을 위해서 자신의 가장 황당무계한 꿈, 자신의 가장 하잘것없는 어리석음을 지켜내려고 버틸 겁니다. 이 건반으로 자연법칙이 직접 연주한다고는 해도 명세표에 없는 것을 욕망하는 것이 불가능하게 되는 날까지 끝까지 연주할 거라고 자연법칙은 으름장을 놓을 테니까요. 또한, 인간이 정말로 피아노 건반에 지나지 않는다 해도, 인간에게 자연과학이나 수학으로 이를 증명한다 해도, 거기서 의혹이 풀리는 건 아닙니다. 인간은 단지 은혜를 모른다는 이유만으로, 자기 생각을 고수하려는 이유만으로, 주어진 것을 거스르는 행동을 일부러 행할 겁니다. 그런데, 인간은 어찌해볼 재간이 없을 때 파괴와 혼란을 생각해내고 온갖 고통을 만들어내지요, 그러면서 어떻게든 자기 생각을 고집합니다! 세상에 저주를 퍼붓습니다, 오직 인간만이 저주를 퍼부을 수 있기 때문이죠(이건 인간을 다른 동물과 구분 짓는 가장 중요한 특권이오). 그렇게 인간은 온갖 악담을 퍼붓는 것으로 자신의 목적을 완수합니다. 바로, 인간은 인간이지 피아노 건반이 아니라고 정말로 확신하게 되는 겁니다! 이것도 모두 예상하여 표에 명시할 수 있고, 혼란도, 절망도, 저주도, 미리 계산할 수 있는 가능성이 이 모든 것을 멈추게 할 수 있으니 종국에는 지성이 자리를 잡을 것이라고 당신들은 말하겠지요. 그렇게 되면 인간은 지성을 버리고 자신의 요구를 관철하려고 일부러 미치광이가 될 거요! 나는 그렇게 믿고 있고 이 생각에 책임질 수 있소. 왜냐하면, 인간의 일이라는 것이 모두 실제로는 인간이 자기는 인간이지 오르간에 달린 음전이 아니라고! 매 순간 자기 자신에게 증명하는 일인 것만 같기 때문이오. 남의 죄를 뒤집어쓰더라도 증명하고, 동굴에 처박혀 야만인같이 살게 되더라도 어떻게든 증명해낸다 말이오. 이런 일을 알고 나서 어떻게 죄를 짓지 않을 수가 있고, 아직 음전은 아니라고 어찌 찬양하지 않을 수 있고, 아직 욕망이 무엇에 좌우되는지 귀신이나 알지 누가 알겠느냐고 떠들어대지 않을 수 있단 말이오...

당신들은 내게 이렇게 소리를 지르겠지(당신들이 아직 내 말에 소리라노 지를 가치가 있다고 느낀다면). "그런데, 그 누구도 나에게서 의지를 앗아가는 일은 없고, 단지 나의 의지가 직접, 나 자신의 의지를 사용하여, 나의 정상적인 이익과 일치하도록, 자연법칙과 산술과 일치하도록, 그렇게 만들도록 어떻게든 부단히 노력할 뿐이오."

어이구, 여러분, 인간사가 표에까지, 산수에까지 이른 마당에, 2x2=4인 마당에 무슨 자신의 의지가 있겠소? 2 곱하기 2는 내 의지와 상관없이 4가 되는 거요. 자신의 의지라는 것이 그런 식으로 존재하는 겁니까!

IX

여러분, 내가 농담하고 있는 건 맞습니다. 그리 재미있는 농담도 아니라는 걸 나도 알아요, 그렇지만 모든 걸 농담으로 받아들이면 안 되잖습니까. 나는 이를 갈면서 농담하고 있는지도 모릅니다. 여러분, 나를 괴롭히는 질문들이 있소, 당신들이 해결을 좀 해주시오. 예를 들어, 당신들이 과학과 상식이 요구하는 대로 인간을 낡은 습관에서 벗어나게 하고 인간의 의지라는 것을 고쳐보려 한다고 칩시다. 그런데 인간을 개조할 수 있을 뿐만 아니라 개조해야 한다고 당신들이 생각하는 이유는 뭡니까? 무엇 때문에 당신들은 인간의 욕망은 고쳐야 마땅할 대상이라고 생각합니까? 한마디로 말해서, 왜 당신들은 그런 교정이 실제로 인간에게 이득을 가져다준다고 생각하나요? 그리고 말을 꺼낸 김에 다 해보면, 이성과 산술의 판단에 의해 보증되는 정상적이고 진정한 이득에 거스르지 말아야 인간에게 실제로 항상 유익하며, 이것이 곧 인류 전체에게 법이라고, 왜 당신들은 대체로 그렇게 확신하는 거요? 이것은 아직 당신들의 가정일뿐이잖소. 이것이 논리의 법칙이라고 쳐도 어쩌면 인류의 법은 절대 아니오. 여러분, 혹시 당신들은 내가 미쳤다고 생각합니까? 해명을 한번 해보지요. 인간은 근본적으로 창조하는 동물이며, 의식적으로 목표를 향해 가고, 공학 기술을 영위하도록 운명지어진 동물이라는 것에 나는 동의합니다. 한마디로, 언제나 쉬지 않고 길을 닦는 존재라고 나도 생각합니다, 그 길이 어디로 뻗어 나가든 상관없이 말이지요. 그런데 어쩌면 인간은 길을 닦도록 예정되었기 때문에, 바로 그 때문에 인간은 때때로 다른 방향으로 길을 꺾어버리고 싶어하는지도 모르오. 게다가, 거침없는 행동가가 원래 얼마나 우둔하든지 간에, '길이라는 것은 대부분의 경우 어디로든 뻗어 나갈 수밖에 없고, 중요한 것은 그 길이 어디를 향하느냐가 아니라 길이 나도록 하는 것이며, 선량한 아이가 공학 기술을 무시하고 만 가지 악의 근원이라고 하는 치명적인 나태에 빠지지 않도록 하는 것이다'라는 생각이 이따금 이 행동가의 머릿속에 들어오기 때문일지도 모르오. 인간이 뭔가를 만들고 길을 닦는 것을 좋아한다는 데는 논쟁의 여지가 없소. 그런데 도대체 무엇 때문에 인간은 파괴와 혼돈 또한 그렇게 열광적으로 좋아한단 말이오? 한번 대답해주시려나! 이 문제에 관해 나는 특별히 몇 마디 하고 싶소. 인간이 파괴와 혼돈을 좋아하는 이유가 (정말 두말할 필요도 없이 아주 좋아할 때가 있소, 실제로 그래요) 혹시 목표를 이루거나 건축한 집을 끝까지 완성하는 것을 인간 자신이 본능적으로 두려워하기 때문이 아닐까요? 당신들이 어찌 알겠소만, 어쩌면 사람은 집에 절대 가까이 가지는 않으면서 멀리서 보는 것만 좋아할 수도 있고, 아니면 인간은 집을 짓는 것만 좋아하지 그 안에 살지는 않으면서 지은 집을 aux animaux domestiques 가축에게 줘버릴 수도 있소. 개미나 양이나 기타 등등에게 말이오. 그런데 개미들은 완전히 다른 취향을 가지고 있소. 개미들은 이와 비슷한 놀랍고도 영원히 파괴되지 않을 집을 하나 가지고 있는데 그것은 바로 개미굴이오.

훌륭하기 그지없는 개미들이 개미굴에서 시작되었고 개미굴에서 마감될 거라는 사실은 개미들의 불변성과 확실성에 커다란 명예를 가져다주는 일이오. 그런데 인간이란 경솔하기도 하고 비난받아 마땅한 존재라 체스를 둘 때처럼 목표를 이루는 과정만을 좋아하지, 목표 자체를 좋아하지 않을 수도 있소. 그리고 누가 알겠소 (책임지는 건 불가능하오), 어쩌면 인류가 추구하는 이 땅의 모든 목적이라는 것은 달성하는 과정의 연속성 그 자체를 말할 뿐인지도 모르오. 달리 말해서, 2x2=4라는 공식과 달라서는 안 되는 목적 자체에 있는 것이 아니라 삶 자체를 말하는 것일지도 모른다는 말이오. 그런데 2x2=4가 되면 이미 삶이 아니잖소 여러분, 그건 죽음의 시작이오. 최소한 인간은 항상 이 2x2=4를 왠지 두려워했는데 나는 지금도 두렵소. 인간이 이 2x2=4를 찾아서 바다를 건너고 이것을 찾으려고 인생을 바치고, 이런 것만 한다고 가정해봅시다. 그런데 발견해서 실제로 찾게 되는 것은, 왠지는 모르지만 정말로 두려워합니다. 찾아내는 순간, 그땐 찾을만한 것이 더는 아무것도 없을 것을 인간이 느끼고 있는 거지요. 노동자들은 일을 마치면 최소한 돈을 받아요, 그 돈으로 선술집에 가고 그러다가 경찰서에 가겠지요. 이것이 바로 1주일 단위로 되풀이되는 일과예요. 근데 인간은 어디로 가지요? 매번 비슷한 목적들을 달성하는 과정에서 마음속에 뭔가 불편한 것이 느껴집니다. 달성하는 과정을 인간은 좋아하지만 달성하는 것은 전혀 좋아하지 않아요, 정말이지 끔찍하게 우스운 일이지요. 한마디로 말해서, 인간은 코미디 같은 존재요. 이 모든 것은 명백한 말장난입니다. 그렇다 해도 2x2=4는 어찌 됐든 이루 말할 수 없이 참을 수가 없습니다. 2x2=4는 정말이지 내 생각에 후안무치 그 자체올시다. 2x2=4가 양손을 허리에 올리고 당신들의 길을 막고 서서 건방지게 쳐다보며 가래침을 뱉고 있어요. 나는 2x2=4가 걸출한 작품이라는 생각에 동의하오. 그런데 모든 것을 칭송하기로 작정한다면 2x2=5도 어떨 때는 더할 나위 없이 사랑스러운 물건이라오.

그런데 당신들은 왜 오로지 정상적이고 바람직한 것만이, 다시 말해 단지 안락만이 인간에게 유익하다고 그렇게 진지하고 굳게 확신하는 겁니까? 이성이라는 것이 이득의 문제에서 실수하는 일은 없는 건가요? 과연 인간은 이 안락만을 희구하는 걸까요? 인간은 고통도 똑같이 원하지는 않을까요? 고통이란 것도 인간에게 안락만큼이나 똑같이 유익하지 않을까요? 인간은 때로는 고통을 끔찍하게 사랑합니다. 열정이다 싶을 정도로 사랑합니다. 이것은 사실입니다. 이 문제에선 세계사를 들여다볼 필요도 없어요. 당신들이 인간이고 얼마간이라도 인생을 살아보았다면 자신에게 한번 물어보세요. 내 개인적인 생각을 말하라면 단지 안락만을 희구하는 것은 어쩐지 점잖지 못하다고까지 느껴지오. 좋든 나쁘든 뭐라도 부수는 것이 때로는 매우 즐거운 일인 것도 맞소. 나는 이 문제에서 고통을 옹호하려는 것도, 안락을 옹호하려는 것도 아니오. 내가 지키려는 것은... 내 변덕이오. 그리고 싶을 때 내가 변덕을 부릴 수 있도록 하고 싶다는 말이오. 고통은, 예를 들면, 보드빌[25]에서는 있어서는 안 되죠, 알고 있소. 수정궁전에서 고통은 있을 수 없는 일이기도 하오. 고통은 의심이고 부정인데, 수정궁전이 뭡니까, 그 안에서 의심한다는 게 가당키나 합니까? 그런데 나는 인간이 진정한 고통, 즉, 파괴와 혼돈을 절대 거부하지 않는다고 확신하고 있어요. 고통이란, 의식에 이르는 유일한 이유이기 때문이오. 내가 첫머리부터 말하긴 했지만, 의식이란 내 생각에 인간이 겪는 위대하기 짝이 없는 불행이오. 그렇지만 인간은 의식하는 것을 좋아하고 어떤 충족과도 맞바꾸지 않을 것을 나는 알고 있

---

25   보드빌(vaudeville) - 춤과 노래 따위가 들어간 가볍고 풍자적인 통속 희극.

소. 의식은, 말하자면, 2x2=4와는 비교할 수 없이 숭고한 것이오. 2x2=4 다음에는 당연히 할 수 있는 일도, 알아야 할 것도 아무것도 없을 거요. 그렇게 되면 할 일이라고는 오감을 틀어막고 묵상에 빠지는 것밖에 없을 거요. 그런데 의식하고 있으면 결과적으로 같은 상황이라고 하더라도, 말하자면, 할 수 있는 일은 아무것도 없을 테지만 최소한 때때로 자신을 찔러 상처를 입힐 수는 있소, 이렇게 하면 어쨌든 회복되어 살아나게 되지요. 비록 반작용이긴 하더라도 아무것도 할 수 있는 일이 없는 것보다야 낫지 않겠소.

X

당신들은 영원히 무너지지 않을 수정으로 지은 건물을 믿겠지요. 다시 말해 몰래 뒤에서 혀를 쑥 내밀어서도 안 되고, 호주머니 속에 있는 손가락으로 엿 먹으라는 손짓을 해서도 안 되는 그런 건물 말이오. 음, 나는 어쩌면 이 건물이 수정으로 만들어지고 영원히 무너지지 않는 것이기에, 심지어 모르게라도 혀를 잘못 놀려서는 안 되는 것이기에, 바로 그 때문에 이 건물을 두려워하고 있는지도 모르오.

그런데 말입니다. 만약 궁전 대신 닭장이 있고 비가 온다면, 아마 나는 비에 젖지 않으려고 닭장으로 기어들어갈 거요. 하지만 비를 피하게 해줬다는 고마움 때문에 닭장을 궁전으로 생각하지는 않을 거요. 당신들은 웃음을 터뜨리며 이 경우에는 닭장이든 저택이든 마찬가지라고 말하기까지 하네요. 맞습니다 — 내가 대답합니다 — 단지 비에 젖지 않으려고 사는 거라면요.

그런데 만약 내가, 사람들은 이러려고 사는 것이 아니며 기왕 사는 거라면 저택에서 살아야 한다는 생각을 내 머릿속에 붙들어 매고 있다면 어찌해야 합니까? 이것이 나의 욕망이고, 이것이 나의 소망입니다. 당신들이 내가 원하는 바를 바꿔놓을 수 있을 때만 내게서 이 욕망을 도려낼 수 있을 거요. 음, 나를 꼬드겨 다른 사람으로 바꿔보세요, 내게 다른 이상을 줘보세요. 아직 나는 닭장을 궁전으로 받아들이지 않습니다. 심지어 이렇다 칩시다 — '수정궁전은 헛된 꿈이고 자연법칙에 맞지도 않는 것인데 나 자신의 어리석음으로 말미암아, 우리 세대의 낡고 비합리적인 어떤 습성들로 말미암아 내가 꾸며낸 것이다.' 수정궁전이 자연법칙에 맞지 않는다고 해도 그게 나와 무슨 상관이오. 수정궁전이 내 소망 속에 있거나, 아니면, 고쳐 말해서, 내 소망이 존재하는 동안 존재한다면 상관없는 일 아니오? 당신들은 또다시 웃음을 터뜨리는 건가요? 웃으십시오. 나는 온갖 비웃음은 받아들이겠지만, 그래도 내가 먹고 싶을 때 배부르다는 말은 하지 않을 거요. 나는 수정궁전이 자연법칙에 따라 존재하고 실제로 존재한다는 이유 하나 때문에 타협하게 하고 끊임없이 원점으로 돌아오게 만드는 상황에서 잠자코 있을 내가 아니라는 것을 알고 있소. 가난한 사람들이 천 년 정도 임대계약을 하고 세 들어있고, 만약을 대비해 바겐게임 치과의사 홍보 간판을 단 웅장한 아파트 건물을 가지는 것을 내 소망의 월계관이라고 생각하지 않소. 내 소망을 없애버리시오,

내 이상을 지워버리시오. 내게 아무거나 더 나은 걸 보여주시오. 그러면 나는 당신들을 따라가리다. 당신들은 엮일 필요가 없다고 말할지도 모르겠네요. 그렇다면 정말이지 나도 당신들에게 똑같이 대할 수 있소. 우리는 진지하게 논의하고 있는 겁니다. 당신들이 내 말에 신경 쓰고 싶지 않다면 나도 정말이지 애원하지 않겠소. 나에게는 지하가 있다오.

나는 아직 살아있고 소망하고 있소. 그런 웅장한 집을 짓기 위해 내가 벽돌 하나라도 얹을 수 있다면 내 손이 말라비틀어져 마비된다 해도 좋소![26] 내가 혀로 놀려댈 수 없어서, 그 한 가지 이유로 방금 수정으로 만든 건물을 거부했다고는 생각하지 마세요. 내가 그렇게 말했던 건 나란 사람이 혀를 내밀기를 좋아해서가 전혀 아니요. 나는 혀를 내밀 필요가 없는 그런 건물이 당신들이 지은 모든 건물 중에는 아직 없다는 사실에, 단지 그것 때문에 화가 났을 수도 있소. 내가 혀를 놀리고 싶은 마음이 더는 절대로 생기지 않는 그런 건물이 세워진다면 고마운 마음에서라도 오히려 나는 내 혀를 아예 잘라버릴 수도 있소. 그렇게는 세울 수 없다는 둥 아파트를 넣어야 한다는 둥 그런 일에까지 왜 내가 신경을 써야 하오? 뭐하려고 나는 이런 소망을 하는 사람으로 생겨났을까요? 정말로 나의 온 존재가 기만으로 가득 차있다는 결론에 도달하기

---

[26] 프랑스 공상적 사회주의자인 샤를 푸리에의 제자인 V. 콘시데란(1808~1893)의 저작들에서 만나볼 수 있는 표현인 "나는 미래 사회라는 건물을 위하여 나 자신의 돌을 얹는다"에 대한 논쟁적 암시이다. 이 표현은 공상적 사회주의자들과 논쟁하면서 도스토옙스키의 장편소설《죄와 벌》에서 라주미힌과 라스콜니코프가 또다시 언급한다. (도스토옙스키 전집 4권 각주 참조 1989, 〈Nauka〉)

위해서만 이렇게 생겨난 걸까요? 진정 이것만이 목적인 겁니까? 그렇다고 믿지는 않습니다.

그런데 말이지요, 지하에 사는 우리 같은 사람들에겐 말에게나 사용하는 굴레를 씌워 엄격하게 다뤄야 한다고 굳게 믿고 있소. 이런 사람들은 지하에서 사십 년을 말없이 살 수 있기는 하지마는, 밝은 곳으로 나왔다 하면 폭발해버린다오. 계속 말하고, 말하고, 또 말하고...

XI

결론 중의 결론은, 여러분, 아무것도 하지 않는 것이 더 낫습니다! 의식적인 습관성이 더 낫습니다! 그러므로 지하에, 축복이여 임하라! 내가 비록 정상적인 사람을 속이 뒤집힐 정도로 부러워한다고 말하긴 했지만 그런 사람이 처한 환경을 보고 있노라면 그 사람이 되기는 싫소. (그래도 여전히 그를 계속해서 부러워는 할 거요. 아니, 아니요, 어떤 상황이라도 지하가 차라리 낫소!) 지하에서는 적어도 할 수 있는 것이... 아이고! 내가 정말 지금도 거짓말을 하고 있구려! 거짓말하는 거요. 나도 지하가 전혀 낫지 않다는 것을 2x2처럼 잘 알고 있어요. 낫다고 말할 수 있는 건 다른 어떤 것, 내가 갈망하지만 어떻게도 찾을 수가 없는 완전히 다른 것이오! 지하 따위는 귀신이나 잡아가 버려라!

심지어 이렇다 해도 더 나을 거요. 무슨 말이냐면, 내가 지금

썼던 모든 말 중에 뭐라도 나 스스로가 믿는다면요. 여러분, 당신들게 맹세합니다. 내가 지금 일필휘지로 써내려간 글에 있는 것 중에 내가 믿고 있는 건 하나도, 단 한마디도 없소! 다시 말해 나도 믿긴 하지마는, 왜인지는 모르지만 내가 돌팔이처럼 거짓말하고 있는 것 같다는 의심도 동시에 들고 있소.

"그러면 이런 건 전부 뭐하러 썼소?" 당신들이 묻습니다.

내가 만약 아무런 할 일도 주지 않고 40년 동안 당신을 가뒀다 생각해 보시오. 40년 후에 내가 당신을 보러 왔다면 그때 당신은 뭘 하고 있겠소? 진정 40년 동안 사람을 아무런 할 일도 없이 내버려둔다는 게 가당키나 한 일이오?

"그건 창피한 일도, 굴욕적인 일도 아니오! — 경멸하듯 고개를 절레절레 흔들며 당신들은 아마도 내게 말하겠지, — 당신은 삶을 갈구하면서도 뒤죽박죽 엉켜버린 논리로 삶의 문제를 해결하려 하는군요. 당신의 수법이란 얼마나 성가시고 얼마나 뻔뻔한지, 그러면서도 당신은 또 얼마나 겁을 먹고 있는지! 당신은 헛소리를 하면서 흡족해합니다. 당신은 건방진 말을 뻔뻔하게 하면서도 그것 때문에 계속해서 겁을 내고 사과를 합니다. 당신은 아무것도 두려워하지 않는다고 주장하면서도 우리의 비위를 맞추고 있군요. 당신은 이를 갈고 있다고 강조하면서도, 우리를 웃기려고 말재간을 부리네요. 당신이 부리는 말재간이 재미도 없다는 걸 당신도 알고 있지만, 확실히 그것들이 문학적 가치는 있다고 자부하고 있네요. 어쩌면 당신에게 고통스러운 일이 정말로 있었을지도 모르지만, 당신은 자신의 고통을 털끝만큼도 귀하게 여기지 않소.

당신에게 진실은 있을지언정 순수함이 없소. 당신은 눈곱만한 허영심에 들떠 진실을 자랑하려 하고, 욕보이고, 시장에 내다 팔고 있소... 당신이 정말 하고 싶은 말이 있지만, 겁을 먹고 마지막 말은 감추고 있소. 당신은 정작 말을 꺼낼 용기는 없으면서 비굴하게 무례하기만 하오. 당신은 의식을 찬양하지만 정작 자신은 머뭇거리며 망설이기만 하오. 설사 당신의 머리가 움직인다 해도 당신의 마음은 타락으로 물들었기 때문이오. 깨끗한 마음이 없으면 바르고 온전한 의식도 없는 법이오. 당신은 어찌 그리도 끈질기단 말이오, 당신은 어찌 그렇게 졸라대고 있소, 당신은 어찌 그리도 억지흉내를 내고 있느냔 말이오! 거짓, 거짓, 거짓이오!"

물론 당신들이 한 말은 전부 방금 내가 지어냈소. 이것도 지하에서 쓴 거요. 나는 사십 년 내내 당신들의 이런 말을 쥐구멍으로 들어왔소. 내가 이 말을 직접 지어내긴 했지만 꾸며진 건 이것뿐이오. 마음속으로 너무 많이 떠올린 것을 문학 형식에 맞춘 건 이해할만하지 않소...

그런데 말입니다, 내가 이 모든 걸 인쇄해서 당신들이 읽을 수 있도록 줄 거라고 상상할 정도로, 정말이지, 당신들이 진정 그렇게 남을 쉽게 믿는 사람들이오? 나한테는 이런 의문점도 있소. 무엇 때문에 내가 당신들을 '여러분'이라고 부를까요? 왜 내가 진짜로 독자를 대하듯 당신들을 대할까요? 내가 진술을 시작하려 하는 그런 고백 따윈 보통 출판하는 일도 없고 다른 사람들에게 읽어보라고 권하지도 않아요. 적어도 나한테는 그런 결단성도 없고 결단성을 가질 필요가 있다고 생각하지도 않소. 그런데 말입니다.

내 머릿속에 어떤 생각이 번뜩 떠올랐고 무슨 일이 있어도 꼭 실행에 옮기고 싶소. 그건 바로 이런 거요.

어떤 사람이든 기억 속에는 정말로 가까운 친구에게만 열어 보이고 싶은 사실이 있지요. 친구에게도 말하고 싶지 않고 오로지 자신만의 비밀로 간직하고 싶은 사실도 있습니다. 그리고 마지막으로, 사람에겐 자기 자신에게조차 열어 보이기가 두려운 사실도 있는데 아무리 품행이 반듯한 사람이라도 그런 사실들은 꽤 쌓이게 될 겁니다. 이렇게까지도 말할 수 있어요 - 사람이 반듯할수록 그런 사실은 더 많다. 나 자신이 바로 얼마 전 나의 과거 모험담 하나를 상기해보려고 했는데 아직 계속 그 주변만 맴돌고 있는 것을 봐도 압니다. 웬일인지 초조해지기까지 합니다. 기억해내는 데 그치지 않고 기록하기로 결심까지 한 마당에 나는 나 자신에게라도 철저히 솔직할 수 있는지, 그래서 모든 진실을 두려워하지 않을 수 있는지를 실험해보고 싶소. 말이 나온 김에 덧붙이면, 하이네는 진실한 자서전은 거의 불가능하고 사람이란 자기 자신에 관해 거짓을 늘어놓게 된다고 주장합니다. 하이네의 말을 빌리면, 루소는 직접 쓴 참회록에서 자신을 비방하는 거짓말을 했고 심지어 허영심에서 고의로 그랬습니다.[27] 나는 하이네가 옳다고 생각

---

27   프랑스에서 출판된 책《독일에 관하여》의 제2권 〈고백〉(1853~1854)에서 하이네는 "자기 자신에 관한 인물묘사는 불편한 일임을 넘어서서 단순히 불가능한 일이다... 정직해지려는 모든 시도에서 어느 한 사람도 자기 자신에 대해 진실을 말하지 못한다." 하이네는 "루소가《참회록》에서 실제로 자신이 행한 행위를 숨기기 위해서, 또는 허영심에서 거짓 고백을 하고 있다"고 확신했다. (도스토옙스키 전집 4권 각주 참조 1989, 〈Nauka〉)

합니다. 단지 허영심 하나 때문에 때때로 자기 자신에게 온갖 종류의 죄를 어떻게 덮어씌우는지 정말로 잘 알고 있습니다. 심지어 이 허영심이 어떤 식의 허영심인지도 잘 감지하고 있어요. 하지만 하이네는 대중 앞에서 고백하는 사람을 비판했어요. 나는 바로 나 자신을 위해 쓰고 있고 처음이자 마지막으로 밝히는데, 내가 독자들을 대하고 있는 듯 쓴다면 그것은 그런 느낌을 주기 위해서요, 그렇게 해야 더 쉽게 써지는 것 같아서. 그냥 형식일 뿐이오, 속이 비어있는 하나의 형식. 내 책을 읽는 독자는 결코 없을 것이오. 나는 이미 내 생각을 밝혔소...

내 기록을 어떻게 편집할지에 대해 어떤 것에도 구속받기 싫소. 순서나 체계를 만들지 않을 거요. 기억해내는 대로 글로 옮기겠소.

그런데 여기서, 당신들은 말꼬리를 잡고 물고 늘어지며 이렇게 물어볼 수도 있겠지요. "당신이 정말로 독자를 염두에 두지 않는다면 혼자서 지금 뭐하러, 그것도 종이에다 대고, 이러고 있습니까? 순서와 체계는 만들지 않겠다는 둥, 기억나는 대로 쓰겠다는 둥 설득을 하면서. 뭐하려고 당신은 설명하고 있습니까? 뭐하러 양해를 구하나요?"

그런데 말입니다, - 내 대답이오.

이 문제는 심리학 전체를 아울러서 봐야 하는 일입니다. 어쩌면 내가 단순히 겁쟁이일 수도 있어요. 아니면 내 앞에 대중이 있다고 일부러 상상하면 기록을 할 때 내가 더 점잖아지기 때문인지도 모르지요. 이유를 찾자면 천 개는 될 거요.

이런 질문도 할 수 있겠지요. 무엇을 위해, 뭐 때문에 나는 글을 쓰고 싶은 걸까요? 대중이 읽을 게 아니라면 생각 속에서만 모든 것을 기억해 내고 종이에 굳이 옮기지 않아도 되는 것 아니오?

그렇겠네요. 하지만 종이에 쓰면 어쩐지 더 그럴싸해 보일 것 같습니다. 그렇게 하면 뭔가 마음이 동하고 나에 대한 판단이 더 엄격해질 수 있으며 문체도 더 좋아지겠지요. 게다가 나는 기록하면서 정말로 마음이 가벼워질 수도 있어요. 예를 들어, 요새만 해도, 옛날 기억 하나가 여느 때와 달리 나를 짓누르고 있어요. 며칠 전에 이 기억이 선명하게 떠올랐는데 머릿속을 계속 맴도는 지겨운 노랫가락처럼 그때부터 나를 떠나지 않고 있네요. 아무튼, 여기서 벗어나고 싶소. 그런 기억들이 나는 수백 개요. 그 수백 개 중에서 가끔 어떤 기억 하나가 튀어나와 나를 짓누르는 거요. 내가 그런 기억을 기록한다면 그 기억은 사라질 거라고 왠지는 모르지만 나는 믿고 있소. 그렇다면 한번 시도해보지 않을 이유가 없잖소?

마지막으로, 나는 심심합니다. 그런데 항상 아무것도 안 하고 있어요. 기록을 하면 정말로 일하는 것처럼 느껴질 거요. 사람이 일을 하면 선하고 정직해진다고들 하잖아요. 최소한 그렇게 될 기회는 되겠지.

요사이 눈이 옵니다. 대개가 습설(濕雪)인 함박눈[28]이고 누리끼

---

28   함박눈 – 원문에는 '젖은 눈(습설:濕雪)'이라고 나와 있다. 눈은 습기를 머금은 정도에 따라 '습설(濕雪)'과 '건설(乾雪)'로 구분한다. 습설은 대개 비교적 따뜻한 날에(-1~1℃ 사이일 때) 내리고 '함박눈'과 '날린눈'이 대표적으로 여기

리하고 우중충합니다. 어제도 왔고 며칠 전에도 왔어요. 아무래도 눈이 오니까 우스운 기억 하나가 떠올랐는데 지금 내 머릿속을 맴돌며 떠나지 않고 있어요. 일이 이렇게 된 이상, 내 기록이 함박눈에서 시작된 중편소설이 돼도 좋겠네요.

에 속한다. 건설은 건조한 대기 상태에서 추운 날에 (−10℃ 아래로 떨어질 때) 내리는데 가루 형태로 잘 뭉쳐지지 않으며 '싸락눈'과 '가루눈'으로 나뉜다. 소설의 배경이 되는 상트페테르부르크는 겨울왕국에 있는 도시답게 겨울이 길고 추운데 한겨울에는 건설이 많이 내린다. 건설이 오는 날은 은가루 세상처럼 뽀드득거리는 새하얀 풍경이다. 하지만 한겨울에도 일교차가 매우 큰 날이나 한겨울을 제외하고 눈이 올 때면 습설(함박눈)이 내린다. 그런 날은 비교적 따뜻해서 내린 눈이 녹아 길이 흙과 섞여 질척거리는 진창이 되는데 그 길로 힘겹게 다니는 사람들과 마차를 한 장면에 넣고 보면 누리끼리하고 우중충한 풍경이 그려진다.

2부
함박눈에서 시작된 이야기

어두운 방황에서

뜨거운 확신의 말로

내가 타락한 영혼을 구했을 때

깊은 고통에 휩싸인 너는

손이 으스러지도록 저주했다

너를 칭칭 동여맨 악덕을;

쉽게 잊어버리는 양심을

기억으로 벌할 때

너는 내게 들려주었다

내게 오기 전 모든 이야기를;

갑자기 두 손으로 얼굴을 감싸고

부끄러움과 두려움에 휩싸여

너는 눈물을 토해냈다

당혹감에 온 몸을 떨던 너는...

그리하여... 그리하여... 그리하여...

N.A. 네크라소프

I

그 당시 나는 겨우 스물네 살이었습니다. 당시에도 내 생활은 이미 음울하고 어수선하고 황폐하다 싶을 정도로 고독했어요. 나는 아무하고도 가깝게 지내지 않았고 말을 섞는 것조차 피했으며 점점 더 내 골방으로 숨어들어 갔습니다. 청사에서도, 업무를 보면서도, 나는 심지어 아무에게도 눈을 돌리지 않으려 애썼어요. 그리고 이 모든 것이 내 생각이었지만, 나는 직장 동료들이 나를 괴짜라고 여길 뿐만 아니라, 지독히 혐오스럽게 나를 쳐다본다고 여겼습니다. 내 머릿속으로 이런 생각이 들락거렸어요. '동료들이 혐오스럽게 쳐다본다는 생각을 왜 나 외에는 아무도 하지 않는 거지?' 얽은 자국인 심한 얼굴이 역겨워서 과히 산적과 같은 사람이 우리 청사에 근무하고 있었어요. 내가 그런 품위 없는 얼굴이었다면 아마 나는 누구에게도 감히 눈길을 주지 못했을 겁니다. 한편, 어떤 직원은 제복이 어찌나 낡았는지 그 사람 근처에만 가도 불쾌한 냄새가 났어요. 그런데도, 그 사람들 중에서 누구도 옷이나 얼굴 때문에도, 어떤 정신적인 것 때문에도 난처해 하는 법이 없었어요. 사람들이 자기를 혐오스럽게 바라본다고 그 누구도 상상조차 하지 않았습니다. 상상은 했다손 쳐도, 상사가 눈여겨보지만 않는다면 상관없다 여겼을 겁니다. 인제 와서야 내가 명확하게 깨달은 사실이지만, 당시 허영심이 하늘을 찌를듯했던 나는 자신에 대한 기준도 당연히 높아서, 미칠 듯이 불만스럽게 나 자신을 자주 바라보았고, 이것이 혐오에 이를 정도여서, 마음속으로 나의 기준을 만나는 사람 모두에게 적용한 겁니다. 나는, 이를테면, 내 얼굴이 싫었어요. 얼굴이 비열하게 생겼고, 심지어 뭔가 야비한 표정이 깃들어 있다는 생각마저 들어, 사람들이 내게서 추악한 면을 알아차리지 못하도록, 직장에 가는 족족 최대한 남들에게서 분리되려고 고통스럽게 애를 쓰면서, 할 수 있는 한 고결하게 보이도록 노력했습니다. 나는 이런 생각을 했습니다. '잘생긴 얼굴은 아니어도 괜찮아. 그렇지만 적어도 고결하고, 의미심장하고, 그리고, 중요한 것은, 극도로 총명하게 보여야 해.' 하지만 나는 이 모든 완벽함을 내 얼굴로는 절대 표현할 수 없음을 쓸쓸하게 인식하고 있었던 것 같습니다. 그런데 무엇보다 끔찍한 것은 내 얼굴이 두드러지게 멍청하게 생겼음을 내가 알았다는 거예요. 총명해 보이기만 한다면 얼마든지 받아들였을 겁니다. 사람들이 내 얼굴에서 지극히 총명한 점을 찾아내기만 한다면 심지어 야비한 표정까지도 받아들일 수 있었을 겁니다.

당연히, 우리 청사 직원 모두를, 나는, 한 사람 한 사람 다 미워했어요. 모두를 경멸하면서도 그들을 두려워했던 것 같아요. 그러다 느닷없이 그들을 나보다 더 훌륭하다고 생각하기도 했습니다. 당시에는 웬일인지 그런 생각이 불쑥 들곤 했습니다. 갑자기 모두를 경멸하다가 별안간 훌륭하다고 생각하기를 반복했어요. 고상하고 성숙한 사람은 자신에게 끝없이 높은 기준을 들이밀지 않고서는, 때때로 증오에까지 이를 정도로 자신을 경멸하지 않고서는 허영에 찬 사람일 수가 없습니다. 그런데, 그들을 경멸하건, 나보다 더 훌륭하다고 생각하건, 나는 누가 됐든 간에 마주치는 사람 앞에서는 대부분 눈을 내리깔았어요. 나는 이런 실험을 하기까지 했습니다. 나를 바라본다고 생각되는, 뭐가 됐든, 시선이라 할만한 것을 견뎌낼 수 있는가 하는 실험이요. 하지만 항상 내가 먼저 시선을 떨구는 것으로 상황은 종료되었어요. 나는 이것 때문에 분노로 치를 떨었습니다. 우습게 보이는 것도 몸서리칠 만큼 두려워서, 겉으로 드러난 모든 일에서 나는 노예처럼 틀에 박힌 질서를 따랐습니다. 나는 기꺼이 일반적인 궤도 안으로 깊숙이 들어갔고, 내 안에서 조금이라도 어긋난 것이 보이기만 하면 진심으로 깜짝 놀라곤 했습니다. 그렇지만 내가 어떻게 계속 참아낼 수 있었겠습니까? 나는 이 시대 사람들이 성숙해야 하는 만큼 병적일 정도로 성숙한 사람이었어요. 나머지 인간들은 모두 멍청했고 무리 지어 다니는 양 떼처럼 서로서로 닮아 있었습니다. 어쩌면 청사를 통틀어 내가 겁쟁이고 노예라고 나 혼자만 생각했는지도 모르지요. 바로 그래서 내가 성숙한 사람이라고 느꼈던 겁니다. 그렇지만 내가 겁쟁이에 노예였던 것은 내 느낌으로만 그런 게 아니고 실제로 정말 그랬습니다. 나는 이것을 당황하지 않고 아무렇지도 않게 말합니다. 이 시대의 고상한 사람이라면 겁쟁이에 노예이고, 그래야 마땅하니까요. 그렇게 되는 것이 정상입니다. 나는 이를 깊이 확신하고 있어요. 그런 사람은 그렇게 태어났고 그렇게 되도록 생겨먹은 겁니다. 어떤 우연한 상황 때문에 이 시대에 그래야 한다는 것이 아니라, 다른 모든 시대에서도 고상한 사람은 겁쟁이, 노예여야 합니다. 이는 이 땅에 사는 고상한 사람들에 속하는 자연법칙이에요. 만약 그들 중 누가 어떤 일에 잠시 허세를 부리더라도, 거기에 안심하거나 주목할 필요가 없어요. 다른 일이 생기면 그는 어떻게든 겁을 내게 되니까요. 그런 것이 유일하고 영원한 해결책입니다. 당나귀와 그것의 잡종들만이 용감한 척하지만 그것들도 정해진 울타리까지만 갑니다. 그것들에게 관심을 둘 필요가 없어요, 그것들은 그만큼 아무것도 아니니까요.

그 당시 나를 괴롭힌 사실이 한 가지 더 있는데, 그것은 바로 아무도 나를 닮지 않았고 내가 아무도 닮지 않았다는 사실이었어요. '나는 혼자고, 저들은 전체잖아', 이런 생각을 하다가 나는 생각에 침잠하곤 했습니다.

이런 일을 보면 그때 나는 아직 어렸던 겁니다.

반대되는 예도 있었어요. 가끔 관청에 다니기가 얼마나 싫었던지 병을 얻어 퇴근하는 일이 한두 번이 아닐 정도였어요. 그러다가 이렇다 할 이유도 없이 회의가 들고 냉정해지는 시기가 불쑥 찾아오는 겁니다. (나의 모든 일은 시기로 구분되어 일어납니다.) 말하자면 내 자신의 편협함과 까다로움을 비웃고 낭만적이라고 자신을 책망하는 겁니다. 아무하고도 말을 섞고 싶지 않다가도 직장 동료들과 이야기를 나누고 싶고, 그것도 모자라 친해지고 싶다는 생각이 느닷없이 드는 겁니다. 모든 까다로움이 이렇다 할 구실도 없이 갑자기 한꺼번에 사라진 거죠. 누가 알겠습니까, 어쩌면 내겐 그런 까다로움 따위는 애당초 없었고 내가 책에서 본 걸 따라 한 것에 불과했을지도? 나는 아직도 이 문제에 해답을 찾지 못했어요. 그들과 일단 친해졌으니 그들의 집에 드나들기도 하고 카드놀이도 하고 보드카도 마시고 승진에 관한 얘기도 나누고…… 그런데, 귀하들께서 괜찮으시다면 여기서 잠시 다른 얘기를 하고 싶네요.

일반적으로 말해서, 우리 러시아에서는 독일이나, 특히 프랑스 낭만주의자와 같이 아둔하고 천상에 사는 듯한 낭만주의자가 있었던 적이 없었어요. 독일이나 프랑스 낭만주의자들은 무슨 일이 일어나건 눈 하나 깜짝 안 합니다. 발밑에서 땅이 갈라진다 해도, 프랑스 전체가 바리케이드로 차단되어 멸망한다 해도 이런 낭만주의자들은 예의상으로라도 변해보려고 하는 법이 없을 것이며, 그들 모두는, 말하자면, 무덤에 들어가는 날까지 자기들만의 천상의 노래를 부를 겁니다. 그들이 바보천치들이기 때문이죠. 우리 러시아 땅에는 그런 바보들이 없고, 바로 이 점이 우리가 독일 및 기타 등등의 땅과 구별되는 이유죠. 바로 이 때문에, 우리 러시아에서는 천상에 사는 것 같은 기질이 그 자체로 순수하게 발현될 수가 없는 겁니다. 예외가 있긴 했는데, 러시아의 '두드러진' 당대 사회평론가와 비평가들이 코스탄조글로와 표트르 이반노비치 아저씨[29] 같은 사람들을 좋아하며 분별없이 그들을 우리의 이상

---

29   전형적인 주인을 말한다. 고골 《죽은혼》에 나오는 코스탄조글로와, 상식적이고 실용적이며 사무적인 사람의 화신인 곤차로프 《평범한 이야기》(1847)에 나오는 표트르 이반노비치 아두예프를 말한다. (도스토옙스키 전집 4권 각주 참조 1989, 〈Nauka〉)

으로 삼고서, 독일이나 프랑스에서처럼 천상에 사는 사람들로 생각하여 우리 러시아 낭만주의자들을 왜곡하였습니다. 실상은 정반대입니다. 우리나라 낭만주의자들의 속성은 천상에 사는 유럽 낭만주의자들의 속성에 완전히 정면으로 대치되며 유럽의 잣대에는 전혀 들어맞지 않습니다. (내가 '낭만주의자'라는 단어를 사용하도록 양해해 주시기를. 이 단어는 오래되었고 훌륭하고 가치가 있으며 누구나 아는 말이지요.) 우리 낭만주의자의 속성은 모든 것을 이해하는 것, 모든 것을 보는 것이고, 가장 두드러진 우리의 석학들이 보는 것보다 훨씬 더 명확하게 보는 경우가 잦은 것을 말합니다. 그 누구와도 그 무엇과도 타협하지 않으면서도 아무것도 경멸하지 않는 것을 말합니다. 모든 것을 우회하며, 모든 것에 양보하고, 모든 것을 정중하게 대합니다. 유용하고 실질적인 목표(관사, 보잘것없는 연금, 훈장들)를 절대 놓치지 않습니다. 온 정성을 다하고 서투른 서정시를 동원하여 이 목표를 노리면서도, 동시에 '아름다움과 숭고함'을 무덤에 들어가는 순간까지 마음속에 굳게 간직하는데, 면포에 싸인 자그마한 보석처럼 자신을 어떻게든 온전히 보존합니다. 이것은 바로 그 '아름다움과 숭고함'을 위해서도 유용한 일입니다. 우리 러시아의 낭만주의자는 스펙트럼이 넓은 인간이기에 모든 잔머리꾼 중에서도 일등 잔머리꾼입니다. 당신들에게 장담할 수 있어요... 내가 직접 경험한 바이기도 하고. 물론, 이건 모두 낭만주의자가 영리했을 경우요. 내가 무슨 말을 하는 거야! 낭만주의자는 항상 영리합니다. 우리나라에도 바보 낭만주의자들이 한때 있었지만, 그들은 자기들의 자그마한 보석을 좀 더 편하게 지키려고 일찌감치 힘이 남아돌 때 독일인으로 다시 태어나서 저기 저쪽, 바이마르나 슈바르츠발트나 그 너머로 이사를 갔어요. 그 이유 하나 때문에라도 그런 낭만주의자들은 고려 대상이 아니라는 말을 나는 하고 싶었어요. 나는, 이를테면, 청사에서 근무하는 걸 진심으로 경멸했지만 어쩔 수가 없어서 박차고 나오지는 못했어요. 거기 앉아있으면 급여는 나오니까요. 결과적으로, 어쨌든 박차고 나오지 못했단 말입니다. 우리 낭만주의자라면 미쳐버릴 게 틀림없지만(이런 일은 몹시 드물지요) 다른 직업으로 갈아탈 가능성이 눈앞에 보이지 않으면 있던 곳을 박차고 나오지는 않아요. 그를 절대 쫓아내지도 않습니다. 다만 '스페인 왕'[30]이 되면 정신병동으로 끌고갈 수도 있겠지요, 하지만 그것도 낭만주의자가 정신줄을 완전히 놓아버렸을 경웁니다. 그런데 여기서는 물러빠지고 희멀건 사람들만 정신줄을 놓지요. 그 결과 무수히 많은 낭만주의자가 높은 지위를 차지하게 됩니다. 그들의 흔치 않은 다면성! 가장 모순되는 감각들을 함께 지니는 능력은 얼마나 대단한지! 당시에 나는 이것에 위안을 받았고, 지금도 같은 생각을 하고 있습니다. 바로 이런 이유로 우리나라에는 '스펙트럼이 넓은 기질'을 가진 이가 그렇게 많은 겁니다. 이들은 밑바닥까지 떨어지는 상황에서도 자신의 이상을 절대로 잃어버리지 않아요. 이들이 이상이라는 것을 위해 손가락 하나 까딱하지는 않더라도, 누구나 알아보는 강도나 도둑이라

---

30   고골의 중편 《광인일기》 (1835)에 등장하는 미친 포프리쉰은 자신을 스페인의 왕이라고 여겼다. (도스토옙스키 전집 4권 각주 참조 1989, 〈Nauka〉)

할지라도, 어쨌든 자신의 가장 중요한 이상을 눈물이 날 정도로 떠받들고, 마음은 보기 드물게 정직하지요. 그렇단 말입니다, 우리 러시아에서만큼은 악명 높은 파렴치한이 완벽하게, 심지어 고결하다 싶을 만큼 마음이 정직하면서도, 동시에 파렴치한이기를 눈곱만큼도 마다치 않을 수 있습니다. 다시 한 번 말하지만, 우리 낭만주의자들 사이에서 자주 탄생하는 사기꾼 중에는 가끔 엄청나게 유능한 사기꾼들이 있는데 ('사기꾼'이라는 단어를 나는 기꺼이 사용하오), 그들이 가진 현실감각과 유용한 지식이 얼마나 대단한지 경찰들과 구경꾼들이 그들을 보고 경악한 나머지 혀가 얼어붙어 쩍 소리밖에 내지 못한답니다.

다면성이란 진실로 놀라운 것이라, 이것이 이어질 상황에서 어떻게 변하여 무엇으로 만들어질지, 장차 우리에게 무엇을 가져다줄지 그 누군들 알겠습니까? 다면성이란 꽤 괜찮은 재료가 아니냐 말씀입니다! 내가 지금 터무니없는 어떤 맹목적인 애국심에서 하는 말이 아닙니다. 그런데, 내가 보기에, 내가 지금 비웃는다고 당신들은 또다시 생각하네요. 혹시 모르지요, 어쩌면 그 반대일지도. 무슨 말이냐면, 당신들이 보기에, 내가 진지하게 그렇게 생각하는 거죠. 어떤 경우라도, 여러분, 나는 당신들의 두 생각을 전부 영광으로, 특별한 기쁨으로 받아들이겠소. 잠시 딴 얘기를 해서 미안하오.

내 직장 동료들과의 친밀한 관계를 나는, 당연하게도, 오래 지속하지 못했고, 얼마 지나지 않아 사이가 멀어졌어요. 당시는 아직 어려서 경험이 없었던 터라 인사조차 하지 않게 됐고 그들로부터 완전히 떨어져나왔습니다. 그런데 이런 일은 살면서 한 번밖에 없었어요. 나는 보통 항상 혼자였으니까요.

집에서는, 일단, 책만 붙들고 있었습니다. 외부에서 받는 느낌들로 내 안에서 쉼 없이 끓어오르는 모든 것을 잠재우고 싶었어요. 외부 느낌 중에서 내가 받아들일 수 있는 것이라곤 책을 읽는 것뿐이었어요. 물론, 책은 많은 역할을 했지요. 책을 읽으면서 흥분하고, 기뻐하고, 괴로워했습니다. 하지만 때로는 견딜 수 없이 지루해서 싫증이 났어요. 어떻게든 몸을 움직이고 싶었고, 그래서 나는 어둡고, 지하와 닮은, 추잡한 것에, 타락이라기보다는 하찮은 방탕에 갑자기 빠져들었습니다. 나의 일상적인 병적인 예민함 때문에 내 안에서 주체할 수 없는 정념이 불타올랐어요. 눈물과 경련을 동반하는 히스테리 발작이 일어날 때도 있었어요. 책을 읽는 것 빼고는 마음 둘 곳이 아무 데도 없었습니다. 내 주변엔 내가 존중할만한 것도, 내 관심을 끌어당기는 것도, 아무것도 없었다는 말입니다. 게다가 우울한 기분이 밀려들었어요. 모순되는 것과 대조되는 것을 향한 발작적인 갈증이 끓어올랐어요. 그런 다음 나는 방탕한 생활에 빠져든 겁니다. 자기변명이나 하려고 내가 이렇게 떠들어대고 있는 건 절대로 아닙니다... 아, 아니에요! 거짓말이요. 나는 핑계를 대고 싶었어요. 나 자신을 위해서, 여러분, 콕 집어서 말하는 겁니다. 거짓말은 하고 싶지 않아요. 그렇게 한다고 약속했습니다.

나는 가장 끔찍한 순간에 내게 들러붙어 저주스런 욕설까지 하게 만드는 수치심을 느끼며, 밤이면 고립되어, 비밀스럽게, 겁을 집어먹고, 추하게 방탕한 생활을 했습니다. 그때 이미 나는 마음속에 지하를 품고 있었어요. 혹시라도 우연히 나를 보거나 나와 부딪히거나 나를 알아볼까 봐 끔찍하게 두려웠습니다. 그래서 나는 아주 깜깜한 곳만 찾아다녔습니다.

한번은 밤에 어떤 선술집 앞을 지나가다 불이 켜진 창문으로 당구대 옆에서 사람들이 당구봉을 들고 몸싸움을 벌이는 와중에 한 사람을 들어 창밖으로 내던지는 장면을 보게 됐어요. 여느 때 같으면 나는 몹시 언짢았을 겁니다. 그러나 그때는 패대기 당한 양반이 느닷없이 어찌나 부럽던지요. 얼마나 부럽던지 나는 술집으로 들어가서 당구대로 다가갔어요. '혹시라도, 내가 싸우자고 달려들면, 나도 창밖으로 던져주겠지.'

나는 취하지 않았지만, 뭐 어쩌겠습니까, 그 정도로 히스테리를 일으킬 만큼 우울한 기분에 휩싸일 수도 있는 것을! 그렇지만 아무 일도 일어나지 않았어요. 나는 창문으로 뛰어내리는 것도 못할 사람인 것만 확인하고선, 싸우지 않고 밖으로 나왔습니다.

그곳에 있던 한 장교가 초장에 나를 눌러버린 겁니다.

나는 당구대 옆에 서 있었고, 보이지 않아 내가 통로를 막고 있는 것도 몰랐는데, 마침 이 장교가 지나가려던 참이었던 거예요. 그는 내 어깨를 잡고 잠자코, 아무런 말도, 설명도 없이, 나를 서 있는 곳에서 한쪽으로 밀쳐내고선 아무 일도 없었다는 듯 지나갔어요. 나를 차라리 두들겨 팼더라면 용서할 수도 있었는데, 나를 밀쳐내고도 이를 안중에도 두지 않은 건 용서할 수가 없었습니다.

그때 진짜 싸움이었다면, 더 적절한, 더 그럴싸한 싸움이었다면, 이를테면, 문학적인 싸움이었다면 내가 무슨 짓을 했을지 누가 알겠습니까만! 나를 파리처럼 취급한 겁니다. 이 장교는 키가 10 베르시코[31] 정도였고, 나는 키가 작고 말랐어요. 싸움은, 그런데도, 내 손안에 있었습니다. 나는 항의했어야 했고, 물론, 그랬다면 나를 창밖으로 내던졌겠지요. 하지만 나는 생각을 바꾸고 원한을 품고서 슬그머니 사라지는 쪽을... 택했습니다.

당황하고 흥분한 나는 선술집을 나와 곧바로 집으로 돌아갔습니다. 그 후로도 나의 방탕은 계속됐지만, 이전보다 더 소심하고 더 억눌리고 더 침울하게 이어졌어요, 마치 눈물을 머금고 하는 것처럼. 그렇지만 어쨌든 계속됐습니다. 그건 그렇고, 내가 겁이 나서 장교를 두려워 했다고는 생각하지 마시길. 나는 마음속으론 한 번도 겁쟁이였던 적이 없다오, 일이 벌어지면 끊임없이 겁을 내긴 했지만요. 잠시만요, 웃지 마시오. 알아듣게 해명하지요. 무슨 일이든 나는 해명을 할 수 있소, 믿으셔도 좋아요.

아아, 이 장교가 결투에 응하는 그런 종류의 사람이었다면! 그렇지만 아니었소, 이 사람은 결투에 나가느니 차라리 당구봉을 휘두르거나 아니면 고골의 피로고프 중위처럼[32] 상관에게 일러바치는 그런 신사들(아이고 애석하게도! 오래전에 일찌감치 사라져 버린 낱말

---

31   19세기 러시아에서는 전통적으로 키를 재는 단위가 베르시코(1베르시코
=4.45cm)였는데 두 아르신(1아르신=0.71m)을 넘는 부분을 키로 쟀다. 따라서 이
장교의 키는 약 186cm이다. (도스토옙스키 전집 4권 각주 참조 1989, 〈Nauka〉)

32   고골의 중편소설 《넵스끼 거리》(1835)에 등장하는 피로고프 중위를 말한
다. 한 유부녀를 유혹하려다 그녀의 독일인 남편에게 두들겨 맞은 뒤에 중위는
장군에게 하소연하면서, 동시에 사령부에 진정서를 제출하려 했다.

인)에 속하는 바로 그런 사람이었소. 이들은 결투 따위 할 인간들이 아니고, 우리 같은 사람들이나 민간인들과 결투를 하면 여하튼 체면을 구긴다 생각했을 거요. 게다가 보통 결투는 뭔가 생각이 없고, 방종하고, 프랑스적이라고 치부하면서도 자기들은 사람들을 건드리고 다닙니다. 특히, 키가 10 베르시코가 넘는 그 사람은요.

나는 겁쟁이라서가 아니라, 끝을 모르는 허영심 때문에 두려워한 겁니다. 나는 10 베르시코가 넘는 키 때문에 겁을 먹은 것도 아니고, 나를 아프게 두들겨 패고 창밖으로 내던질까 두려워한 것도 아니었소. 육체적인 용기는, 정말이지, 충분했지만, 정신적인 용기가 부족했소. 내가 겁을 먹은 건, 거기 있던 모든 사람이, 버르장머리 없는 점수 계산원부터 시작하여 옷깃은 기름때가 찌들었고 얼굴은 여드름으로 뒤덮인 죽돌이 관리 나부랭이에 이르기까지, 내가 항의하거나 그들과 문학적인 말로 대화를 시도하면 내 말을 못 알아듣고 비웃을까 봐서 그랬소. 왜냐하면, 명예에 관한 일을 말할 때는, 여기선 명예 자체를 말하는 게 아니라 명예에 관한 일(point d'honneur)을 말하는 거요. 우리나라에선 문학적인 말을 써야지 다른 식으로 말해선 안 되잖소. 일상적인 언어로 '명예에 관한 일'을 표현하기가 어려워요. 내가 굳게 확신한 것은(낭만주의에 휩싸여 있음에도 이런 놀라운 현실감각을 지녔다니!), 거기 있는 모든 이들이 웃겨서 배를 잡고 쓰러지고 그 장교는 나를 그냥, 그러니까 별 악의 없이 때리기만 하는 것이 아니라, 무릎으로 걷어차면서 당구대 주변으로 끌고 다니다가 불쌍하게 느껴질 때가 돼서야 창밖으로 패대기쳤을 거라는 겁니다. 당연히, 이 하찮은 이야기가 나와 얽히게 되면 이런 식으로 끝나버릴 수는 없지요. 그 후에도 나는 그 장교를 길에서 자주 마주쳤고 그를 눈여겨 관찰했습니다. 그 장교가 날 알아보았는지는 모르겠어요. 하는 기색으로 보아 못 알아본 게 틀림없어요. 그러나 나는, 나란 사람은 원한과 증오를 품고서 그를 지켜보고 있었습니다. 그렇게 계속되었지요, 몇 년 동안이나요! 내 분한 마음은 해를 거듭할수록 점점 커지고 더 강해졌습니다. 처음에는, 은밀하게, 이 장교의 뒤를 캐기 시작했습니다. 내가 아는 사람이 아무도 없기 때문에 무척 힘이 들었어요. 그런데 어느 날, 내가 멀리서 그의 뒤를 밟고 있을 때, 그와 가까운 것으로 보이는 어떤 사람이 길에서 이 장교의 이름을 크게 불러서, 나는 급기야 장교의 성을 알게 되었습니다. 또 한 번은, 그의 집 바로 코앞에 내내 앉아 있다가 문지기에게 10코페이카짜리 은화 한 닢을 찔러주고 장교가 어느 건물, 몇 층에, 혼자 혹은 누구와 함께 사는지 등, 한마디로 말해, 문지기에게서 얻어낼 수 있는 모든 것을 나는 알게 됐습니다. 어느 날 아침, 한 번도 문학가였던 적이 없었음에도 실상을 까발리는 형식으로 풍자하여 중편소설을 써서 이 장교를 묘사해보려는 생각이 문득 들었습니다. 나는 신이 나서 소설을 써내려갔습니다. 나는 그를 까발리고 심지어 헐뜯기까지 했고, 장교의 이름도 처음에는 금방 알아챌 수 있을 정도로 살짝만 변조했다가 다시 생각해보고 나서 아예 다른 이름으로 바꿔서 잡지 《조국의 기록》[33]에 보냈습니다. 하지만 당시만 해도 폭로하는 내용을 싣는 경우는 없었기에 내 소설은 출판되지 않았습니다. 나는 참으로 기분이 상했어요. 어떨 때는 분한 마음이 내 목을 조르는 것 같았습니다. 나는 내 원수에게 결투를 청해야겠다고 결심하고 말았습니다. 나는 그에게 훌륭하고 매력적인 편지를 쓰면서 나에게 사과하라고 간청하는 내용을 담았습니다. 사과하지 않으면 결투를 청할 뜻을 분명히 밝히면서요. 만약 장교가 '아름다움과 숭고함'을 조금이라도 이해하는 사람이라면, 편지를 읽자마자 내게로 달려와 내 목을 껴안고서 우정을 고백할 정도로 편지를 잘 썼습니다. 그렇게만 됐다면 얼마나 좋았겠어요! 그 장교와 나는 잘 살았을 텐데! 정말 잘 살았을 텐데! 그는 자기의 명예로운 지위를 이용해 나를 보호하고 나는 나의 성숙함으로, 음... 관념으로, 그를 고상하게 만들었을 텐데. 그랬다면 참 많은 것이 가능했을 텐데! 그때가 장교가 나를 모욕한 때로부터 2년이 지난 후라는 점을 당신들이 생각해보신다면, 내가 시대착오를[34] 감추고 해명하는 편지를 솜씨 좋게 잘 썼음에도 불구하고 내 도전은 꼴사납기 그지없게 시대착오적이었음을 여러분들은 짐작할 수 있을 겁니다. 그러나 천만다행으로 (지금까지도 눈물을 흘리며 전지전능한 분께 감사드리고 있습니다) 나는 편지를 보내지 않았습니다. 내가 편지를 보냈더라면 무슨 일

---

33   《조국의 기록(OTETCHESTVENNIYA ZAPISKI)》 - 1818~1884년에 러시아 상트페테르부르크에서 발간된 문학잡지이다. 문학과 사회사상 발전에 큰 영향을 준 출간물이다. http://dic.academic.ru 참조

34   시대착오- 아나크로니즘 anachronism.

이 일어났을지를 생각하면 소름이 쫙 돋아요. 그런데 불쑥... 느닷없이 가장 쉽고 가장 독창적인 방법으로 내가 복수를 했지 뭡니까! 문득 획기적인 생각 하나가 떠오른 겁니다. 휴일에 3시가 좀 넘으면 나는 가끔 넵스끼 거리로 나가 볕이 드는 길을 따라 걸었습니다. 다시 말해, 걸었다기보다는 헤아릴 수 없는 괴로움과 굴욕에 시달리다 짜증이 나 속이 뒤집힐 것 같았습니다. 하기야 나는 그런 일도 겪을 필요가 있었겠지만요. 나는 장군들, 근위기병이나 경기병, 귀부인들에게 끊임없이 길을 내주면서 행인들 사이를 가장 꼴사나운 모습으로, 미꾸라지처럼 이리저리 빠져나갔어요. 이때 내 옷이 보잘것없고 이리저리 빠져나가는 내 꼴이 하찮고 볼품없다는 생각에만 매달려 심장에는 경련성 통증이 일어나고 등에는 불이 붙는 듯했습니다. 그것은 쓰디쓴 괴로움, 온 세상 사람 눈에 불결하고 쓸모없는 한 마리 파리, 내가 파리 새끼라는 연속적이고 자발적인 느낌으로 변해버린 생각 때문에 일어나는 끊이지 않는, 견딜 수 없는 수치였습니다. 누구보다 똑똑하고, 누구보다 성숙하고, 누구보다 고상하지만 – 그건 당연히 그런 것이고 – 끊임없이 모두에게 길을 양보하는 파리, 모두에게 굴욕당하고 모두에게 모욕당한 파리 새끼요. 나는 뭐하러 이런 고통을 받고 있었으며, 뭐 때문에 넵스끼 거리로 나간 걸까요, 난들 알겠습니까? 그렇지만 틈만 나면 뭔가가 나를 그쪽으로 막무가내로 끌어당겼어요.

바로 그때 내가 1장에서 말했던 그 희열이 파도처럼 밀려들기 시작했습니다. 장교와의 일이 벌어진 후에 나는 더 강하게 넵스끼 거리로 이끌렸어요. 넵스끼 거리에서 그 장교를 자주 보았고 바로 거기서 내가 그를 흥미롭게 관찰했기 때문이지요. 그도 휴일이면 넵스끼 거리에 자주 출몰했답니다. 장교 역시 장군이나 지위가 높은 인사들을 마주치면 옆으로 비켜 길을 터주며 그들 사이를 미꾸라지처럼 빠져나갔어요. 하지만 우리 같은 사람들이나 심지어 우리보다 조금 더 높은 사람들은 그냥 밀쳐내면서 마치 자기 앞에 아무것도 없는 것처럼 똑바로 걸어가면서 그 어떤 경우에도 길을 내주는 법이 없었어요. 나는 장교를 보면서 삼킨 분노로 배가 터질 지경이었지만, 그런데도... 화를 참으며 장교를 마주치는 족족 옆으로 비켜섰습니다. 심지어 길거리에서조차 내가 장교와 어떻게도 동등할 수 없다는 사실에 정말 괴로웠습니다. '뭐 때문에 네가 먼저 길을 터주는데?' 가끔 새벽 두세 시에 잠에서 깨면 광적인 히스테리에 사로잡혀 집요하게 자문하곤 했어요. '법으로 정해진 것도 아니잖아, 어디에 문서로 써놓은 것도 아니잖아? 절반씩 양보하는 거로 해야지, 점잖은 사람들이 마주치면 보통 그렇게 하는 것처럼 말이야. 장교가 절반 양보하고 네가 절반 양보하고, 그렇게 되면 서로를 같이 존중하면서 지나갈 수 있는 거지.' 하지만 현실에선 그렇지가 못했습니다. 길에서 비켜서는 건 항상 나였고, 그 장교는 내가 자기에게 길을 양보하는 걸 눈치조차 못 챘어요. 그러다가 놀라운 생각이 번뜩 떠올랐습니다. '그런데 말이지 ─ 문득 그런 생각이 들었어요 ─ 장교를 다시 만났을 때... 비켜서지 않는다면? 그를 밀쳐내는 일이 생기더라도 일부러 비켜서지 않으면, 그럼 어떻게 될까?' 용감무쌍한 이 생각이 평온을 앗아

갈 정도로 나를 점점 장악해왔습니다. 나는 이 상상을 계속하면서 내가 그런 상황을 맞이하면 어떻게 행동할 것인지 더 명확하게 생각하기 위해 넵스끼 거리로 징글맞도록 일부러 더 자주 나갔습니다. 나는 황홀했어요. 시간이 흐를수록 계획대로 될 거라 믿어졌지요. '당연히 완전히 밀쳐내지는 않겠지 — 기쁨에 겨워 미리 상냥해지면서 나는 생각했습니다 — 그냥 길에서 비켜서진 않겠다는 거지. 아플 정도로 부딪히는 것이 아니라 어깨를 맞대는 정도로, 체면을 상하지 않을 정도로 딱 그만큼만. 장교가 나를 치는 만큼 나도 그만큼만 그를 치는 거야.' 나는 마침내 굳게 결심했습니다. 그런데 말이지요, 준비하는 시간이 무척 오래 걸렸어요. 우선 그럴싸한 차림새로 결전의 순간을 맞이해야 해서 의상에 신경써야 했어요. '혹시라도, 만약에 말이지, 예를 들어, 구경할만한 사건이 벌어진다면 말이야, (거기 구경꾼들은 남아돌지. 백작 부인도 지나가고, D 공작도 지나가고, 문학계 전체가 지나가지) 옷을 잘 입어야 해. 잘 차려입으면 상류사회 사람들 눈에 장교와 내가 어느 정도 동등하게 보일 거야.' 이 목표를 세우고 나는 가불을 받아 치르킨 가게에서 검은 장갑과 괜찮은 모자를 샀습니다. 검은 장갑은 내가 처음에 점 찍은 레몬색보다 더 그럴싸해 보이고 취향이 더 고급인 것 같았어요. '색깔이 너무 강해, 관심받고 싶어 안달한 사람처럼 보일 거야,' 하고 생각하며 나는 레몬색 장갑을 고르지 않았습니다. 하얀 상아 커프스가 달린 좋은 셔츠는 오래전에 진작 준비해 뒀는데, 외투가 문제였습니다. 외투는 그런대로 꽤 괜찮고 따뜻했어요. 그렇지만 솜을 덧댄 옷이고 너구리 털 깃이 달려 있어서 이 모양이 하인들이 입는 옷 같아 보였습니다. 옷깃을 뭐가 됐든 다른 거로 바꾸고 비버 털을 붙여야 했어요, 보통 장교들이 입는 외투 처럼요. 그래서 나는 고스틴니 드보르[35]를 드나들었고 몇 차례 둘러본 끝에 값싼 독일산 비버 털로 결정했습니다. 이 독일산 비버 털은 너무 빨리 닳아버려 금세 볼품이 없어지지만 막 샀을 때는 썩 괜찮아 보입니다. 한 번의 결전을 위해 필요했기 때문에 내게 는 안성맞춤이었죠. 가격을 물어보니 비싸긴 했습니다. 궁리를 거듭한 끝에 나는 내 너구리 털 옷깃을 팔기로 했어요. 나에게는 큰 돈인 모자란 금액은 내 상관인 안톤 안토니치 세토치킨 계장에게 빌리기로 했습니다. 세토치킨 계장[36]은 온순하긴 하지만 진지하고 확실한 사람이라 아무에게도 돈을 빌려주는 일이 없었어요. 하지만 내가 공직에 들어올 때 유력한 인사가 업무에 나를 배정하면서 특별히 계장에게 추천한 사실이 있었습니다. 나는 끔찍하게 고민했습니다. 안톤 안토니치에게 돈을 부탁하는 것이 망측하고 부끄러웠어요. 이삼일 잠을 못 잤습니다. 이 일이 아니어도 그땐 적게 잤고 흥분에 휩싸여 있을 때였어요. 심장이 어인 일인지 희미하게 잦아들어가다가 쿵쾅, 쿵쾅, 쿵쾅 뛰기를 반복했습니다!… 안톤 안토니치는 처음엔 놀란 기색을 비치더니 이내 인상을 찌푸렸

---

35   고스틴니 드보르 – 상점들이 밀집된 크고 넓은 백화점식 건물인데 대도시마다 있었다. 상트페테르부르크에는 표트르 1세 시대에 건축되었고 지금 위치한 넵스끼 거리로 다시 옮겨져 건축이 완공된 해가 1785년이다. 지금도 영업을 하고 있다.

36   계장이라고 번역한 단어는 1811년부터 1917년까지 있었던 직책인데 중앙조직이나 지방조직에서 가장 작은 단위(직역하면 책상)를 이끌었다. 7등관이었다.

고 생각에 잠겼다가 2주 후 월급에서 빌려준 돈을 제한다는 각서를 받고서야 마침내 돈을 빌려주었어요. 드디어 그렇게 모든 준비가 완료되었습니다. 멋진 비버 털은 꼴사나운 너구리 털이 있던 자리에 왕처럼 등극했고 나는 서서히 사건에 착수했습니다. 공연히 한 방에 해결하려 해서는 안 되는 일이었기에, 교묘하게, 단계적으로, 이 일을 잘 마무리해야 했습니다. 하지만 솔직히 말하면, 수많은 시도 끝에 나는 절망에 빠지게 됩니다. 어떻게 해도 맞부딪쳐지지 않는 거예요, 그게 다였어요! 내가 결심을 했든, 내가 마음을 안 먹었든 간에, 바로 지금 부딪치나 보다 싶은 순간에 정신을 차려보면, 내가 또다시 길을 터준 후였고 장교는 나를 알아채지도 못하고 지나갔어요. 그가 다가올 때면 신이 내게 결단력을 심어주도록 기도문을 외우기까지 했습니다. 한번은 완전히 결심을 굳히고서, 내가 그 장교의 다리 밑에 다다른 순간 상황이 종료된 적도 있었습니다. 왜냐하면, 마지막 순간, 10cm 정도 간격을 두고 내가 기가 죽어버린 겁니다. 그는 아주 편안하게 나를 지나쳤고, 나는, 공이 튀는 것처럼 옆으로 날아갔습니다. 그날 밤 나는 또다시 흥분에 휩싸여 헛소리를 지껄여댔습니다. 그런데 뜻밖에도 이 모든 일이 더할 나위 없이 멋지게 마무리되었답니다.

전날 밤 나는 치명적인 계획을 중단하고 신경을 꺼버리겠다고 굳게 결심하고서, 내가 이 모든 것에 어떻게 신경을 끄는지 보기 위해 마지막으로 넵스끼 거리로 나갔습니다. 그런데 내 원수를 세 걸음 앞에 둔 순간, 나는 뜻하지 않게 난데없이 결의를 모아 눈을 꼭 감았고, 그러고 나자 그 장교와 내 어깨가 밀착해서 부딪쳤지

뭡니까! 나는 그에게 조금도 길을 양보하지 않았고 그와 완벽히 대등하게 길을 지나갔습니다! 그는 옆을 쳐다보지도 않았고 아무것도 눈치채지 못한 척했지만 그런 척한 것일 뿐입니다. 내가 장담해요. 나는 지금까지도 확실히 그렇다고 믿고 있어요! 물론 내가 충격을 더 받긴 했지요, 그가 힘이 더 셌으니까. 하지만 그게 중요한 게 아니잖아요. 핵심은 내가 목표를 달성했고 품위를 유지했으며 한 걸음도 양보하지 않았고 공개적으로 나 자신을 그와 사회적으로 동등한 위치에 세웠다는 겁니다. 나는 모든 것에 대해 앙갚음을 했다고 느끼며 집으로 돌아왔어요. 나는 황홀했습니다. 승리를 기뻐하며 이탈리아 아리아를 불렀어요. 3일 후에 무슨 일이 내게 일어났는지 당신들에게 자세히 말하지는 않겠습니다. 만약 '지하' 1장을 읽었다면 당신들은 어림짐작으로 알 수 있을 거요. 그 후 장교는 어디론가 전출됐지요. 한 14년 정도 나는 그를 보지 못했네요. 여보게 자네, 지금은 뭘 하나? 누구를 밀치고 다니는가?

II

내 타락의 시기가 막을 내리면, 나는 끔찍할 정도로 속이 매스꺼웠습니다. 후회하는 마음이 찾아들면 구역질이 날 정도로 불쾌해서 그 마음을 쫓아내곤 했답니다. 하지만, 서서히 나는 이런 상태에 익숙해져 갔지요. 나는 모든 것에 익숙해집니다. 정확하게 말하면 익숙해진다기보다는 그러저럭 참아내는 데 자발적으로 동의한다고나 할까요. 내게는 모든 것을 묵인하게 하는 출구가 있었지요. 그것은 바로 '모든 아름다움과 숭고함'으로 도피하는 겁니다. 말할 것도 없이, 공상 속에서요. 나는 엄청나게 공상 속을 헤매고 다녔습니다. 골방에 틀어박혀 3개월을 연달아 공상에 빠졌답니다. 이때만큼은 새가슴을 졸이며 외투 옷깃에 독일산 비버 털이나 다는 그런 양반하곤 전혀 닮지 않았었지요. 내가 느닷없이 주인공으로 둔갑하는 겁니다. 공상 속에서 나는 키가 10베르시코나 되는 중위가 내게 찾아오더라도 코빼기를 들이미는 것조차 허용하지 않습니다. 그 장교를 생각할 겨를조차 없지요. 내 공상이 무엇이었는지, 내가 어떻게 공상을 즐겼는지 지금 말하기는 어렵지만, 당시 나는 공상에 즐겁게 빠졌어요. 그건 그렇고, 지금도 나는 즐겁게 공상할 때가 있습니다. 내가 방탕한 행동을 한 후에는 이 공상들이 특별히 더 달콤하고 강렬했고 후회와 눈물을, 욕설과 무아지경을 동반했지요. 유별나게 심취해서 행복으로 황홀한 순간들이 있었는데 행여 마음속으로라도 눈곱만큼도 비웃지 않았어요. 정말 그랬습니다. 믿음, 소망, 사랑이 있었어요. 무슨 말이냐면, 어떤 기적이 일어나서 외부 환경이 어떤 식으로든 변화되어 이 모든 공상이 갑자기 사방으로 길을 내어 넓어질 거라고 당시에 나는 맹목적으로 믿고 있었어요. 갑자기 이와 관련된 활동의 무대가 지평선처럼 펼쳐질 거라는 믿음이지요. 유익하고 멋지고, 중요한 것은, **완벽하게 준비된** (어떻게 나타날지 나는 결코 알 수 없지만, 중요한 건, 완벽히 준비된) 활동의 무대가 펼쳐져서 백마라도 타고 월계관이라도 쓰고서 내가 갑자기 세상으로 나아간다는 믿음이지요. 공상 속에서 보조적인 역할 따윈 내게 말도 안 되는 일이었고 그 이유인즉슨 바로 현실에서 내가 매우 침착하게 보조 역할을 하고 있었기 때문입니다. 주인공 아니면 쓰레기, 어중간 한 건 안 됨. 바로 이것이 나를 망쳤어요. 왜냐하면, 쓰레기 속에서 나는 '공상할 때는 주인공'이라는 생각으로 자신을 위로했고 주 인공이 쓰레기를 가려주었기 때문이죠. 보통 사람은 쓰레기가 되 는 걸 부끄러워한다고 흔히 말하는데, 주인공은 완전한 쓰레기가 되기에는 너무 높은 존재라, 바로 그런 이유로, 쓰레기가 될 수 있 는 거니까요. '모든 아름다움과 숭고함'이 내게 밀물처럼 몰려드 는 때가 내가 방탕한 행동을 할 때와 내가 가장 밑바닥에 있던 바 로 그때인 건 정말 다행스러운 일이지요. 이 밀물은 자신의 존재 를 나에게 알려주려는듯 섬광들이 번쩍이듯이 밀려왔는데 자신 의 존재로 방탕을 파괴하는 것이 아니었습니다. 반대로, 대조하 여 타락을 돋보이게 하려는 듯, 좋은 양념처럼 꼭 필요한 만큼 딱 그만큼만 밀려들었습니다. 양념은 모순과 고통으로, 곤혹스러운 내면 분석으로 구성되었습니다. 이 모든 고통과 괴로움이 어떤 풍미를 더해주었고, 내 방탕에 의미까지 부여해 주었어요. 한마 디로, 좋은 양념의 임무를 온전히 수행했다는 말입니다. 이 모든 것이 어느 정도 깊이가 없는 것은 아니었습니다. 그러지 않고서 야 내가 단순하고 저속하고 거침없는 하급관리의 방탕을 용인하 고, 이 모든 쓰레기를 감당할 수가 있었겠습니까! 그때 쓰레기에 있는 그 무엇이 나를 유인하여 밤이면 거리로 꼬드겨냈을까요?

아니올시다. 나한테는 어떤 경우에도 빠져나갈 고상한 개구멍이 있었습니다.

나는 얼마나 많은 사랑을, 아이고, 얼마나 많은 사랑을, 나의 이 공상들 속에서, 그러니까 이런 '모든 아름다움과 숭고함으로 도피한 상태'에서 겪었던지요. 환상적인 사랑에 불과하더라도, 실제 인간사에 소용된 적은 결코 없다 해도, 나중에 현실에서 구현하고 싶은 욕구를 느낄 필요가 없을 만큼 사랑이 넘쳐났습니다. 현실에서 구현하려 했다면 불필요한 사치가 됐을 테니까요. 그렇긴 하지만, 모든 것이 항상 게으르고 황홀한 예술로 전이되면서 마무리되었습니다. 다시 말해, 완벽하게 완성된, 시인이나 낭만주의자들에게서 많이 훔쳐와 이런저런 필요에 최적화된, 매우 아름다운 존재의 형상으로 피어났단 말입니다. 예를 들면, 나는 모두를 무찌르고 승리를 거둡니다, 모든 사람은 마땅히, 잿더미 속에서도 나의 모든 완벽함을 자발적으로 인정할 수밖에 없습니다. 나는 모든 사람을 용서합니다. 나는 유명한 시인이자 궁중 대신이 되어 사랑을 실천합니다. 억만금을 얻어 그 즉시 인류를 위해 기부한 다음 모든 사람이 보는 앞에서 나의 수치스러운 지난날을 고백합니다. 물론, 수치만 있는 것이 아니라 그 속에는 엄청나게 많은 '아름다움과 숭고함'도 있지요. 자랑스러운 만프레드[37] 같이요. 모두가 울음을 터뜨리고 내게 키스를 퍼붓지요(그렇게 안 하는 사람은 목석 같은 놈들이겠죠). 나는 새로운 사상을 전파하

---

37   만프레드 – 바이런의 장편시극《만프레드》(1817)의 주인공이다.

러 주린 배를 움켜쥐고 맨발로 길을 떠나고 아우스터리츠의 반동
주의자[38]들을 처단합니다. 그러고 나면 행진곡이 울려퍼지고 사
면이 공포됩니다. 교황은 로마를 떠나 브라질로 가는 것에 동의합
니다.[39] 그런 다음 보르게제 파크 코모 호숫가에서 이탈리아 전 국
민을 위한 대무도회가 열립니다. 이 잔치를 위해 코모 호수를 일
부러 로마로 옮겨왔기 때문이죠.[40] 그 다음은 수풀에서의 무대가
펼쳐지고…… 등등등등, 설마 당신들이 모르는 이야기는 아니겠
지? 그렇게 감동하고 눈물을 흘리고 난 후 이 모든 것을 시장에
내다 파는 것처럼 떠벌리는 것은 천박하고 비열합니다, 하고 당
신들은 말하겠지요. 뭐가 비열합니까요? 당신들은 정말로 내가
이 모든 것을 수치스러워할 거로 생각하는지? 당신들의 인생에서
무슨 일이 일어났든 간에 이 모든 것이 더 어리석은 일이라고 생
각하나요, 여러분? 게다가, 내 공상 중엔 꽤 괜찮은 것도 있었어
요, 정말로... 코모 호수에서 이 모든 일이 다 일어난 건 아니랍니
다. 그런데 당신들이 옳아요. 정말 천박하고 비열해요. 뭐가 제일

---

38   이 대목과 그 다음에서 주인공은 자신이 나폴레옹 1세 역할을 한다고 생각
한다. 여기서는 1805년 12월 2일 나폴레옹 1세가 오스트리아-러시아 연합군
과의 아우스터리츠 전투에서 승전한 사실을 말하고 있다.

39   나폴레옹 1세와 교황 비오 7세의 분쟁으로 인해 1809년 나폴레옹 1세는
교회에서 제명되었고 교황 비오 7세는 5년 동안 프랑스 황제의 실질적 포로였
다. 1814년에 돼서야 비오 7세는 로마에 재입성하였다.

40   여기서는 1806년에 있었던 프랑스제국 건국 기념 축하연을 말하는데 나폴
레옹 1세의 생일인 8월 15일에 맞춰 열렸다. 웅장한 건물과 분수, 조각상들로
장식된 로마에 있는 보르게제 파크는 18세기 상반기에 조성되었고 당시 나폴
레옹 1세의 누이였던 폴리나의 남편 카밀로 보르게제의 소유였다. 코모 호수는
이탈리아 알프스에 있다.

비열하냐면 내가 지금 여러분에게 변명을 시작한 거요. 더 비열한 건 이 상황을 내가 지금 지적하고 있다는 거요. 됐습니다, 관두죠. 그러지 않으면 말이 끝나지 않고 꼬리에 꼬리를 물 테니. 하나는 다른 것보다 더 비열하고 그 다른 건 또 다른 것보다 더 비열하고... 모든 것이 그럴 테니까요.

나는 왠지 연속해서 공상에 빠지는 기간이 3개월을 넘기면 사회생활로 돌진해야만 하는 저항할 수 없는 욕구를 느끼기 시작했습니다. 사회생활로 돌진한다는 말은 내 경우엔 상관인 안톤 안토니치 세토치킨 계장의 집을 손님으로 방문한다는 뜻이었습니다. 이 사람은 내 인생에서 유일하게 변함 없는 지인이었는데 지금 생각해보면 이 상황에 나 자신도 놀랍네요. 공상을 계속 하다가, 지금 당장 곧바로 사람들을, 온 인류를 껴안고 싶은 행복을 누리고 싶어 못 견딜 것 같은 시기가 도래할 때만 나는 그에게 갔습니다. 그런 행복을 누리려면 하다못해 한 사람이라도 실재하는 현실에서 아는 사람이 있어야죠. 그런데 안톤 안토니치에게는 화요일(그의 접견일이에요)에만 갈 수 있었습니다. 따라서, 온 인류를 껴안고 싶은 마음이 항상 화요일에 맞춰서 일어나도록 해야 했어요. 안톤 안토니치는 P 거리 근처에 있는 건물 4층에, 볼품없고 누르끼리한 인상을 주는 천정이 낮고 좁디좁은 방 4개짜리 집에 살고 있었습니다. 그 집에서 그는 두 딸과 차를 따라주던 친척 아주머니와 함께 살았어요. 열넷, 열셋인 딸들은 둘 다 짧은 들창코를 하고 있었어요. 두 딸이 계속 귓속말로 속삭이며 히히거려서 나는 크게 당황했습니다. 집주인은 보통 때처럼 서재에 있었는데 우리 청사 아니면 다른 청사에서 근무하는 관리로 보이는 은발의 손님과 함께 책상 앞에 놓인 소파에 앉아 있었어요. 손님이 두세 명을 넘는 경우와, 같은 사람이 반복해서 오는 경우를 나는 한 번도 본 적이 없어요. 그들은 여러 얘기를 나눴는데 소비세나 상원에서 열리는 경매 얘기, 급여나 승진에 관한 이야기, 각하 이야기와 그를 기쁘게 하는 방법에 관한 대화였습니다. 내겐 그 사람들 옆에 한 네 시간씩 바보처럼 앉아서 버티며 그들의 이야기를 듣는 참을성이 있었어요. 그들의 대화에 감히 끼어들지는 못하면서요. 나는 정신이 멍해지면서 몇 번씩이나 땀으로 목욕을 하고 몸이 마비되는 것 같기도 했지만, 좋기도 하고 유익하기도 했습니다. 집으로 돌아오면 나는 온 인류를 껴안고 싶은 욕망을 한동안 잠시 미뤄둘 수 있었습니다.

그런데 학교[41] 동창생 시모노프라고 지인이라 할 수 있는 사람이 한 명 더 있었어요. 페테르부르크에 사는 동창들이 많았다고는 할 수 있지만 나는 그들과 교류가 없었고 길거리에서 마주쳐도 아는 척도 안 하고 지냈습니다. 내가 다른 관청으로 근무지를 옮긴 것도 어쩌면 그들과 함께 있기 싫고 지긋지긋한 나의 어린 시절과 한방에 결별하기 위해서였는지도 모릅니다. 그놈의 학교, 끔찍한 감옥살이 시절에 저주나 내려라! 쉽게 말해 학교에서 석방되자마자 나는 동창들과 곧바로 멀어졌어요. 마주치면 인사라도 하는 두

---

41   '학교'라고 역자가 번역한 단어는 대학교를 제외한 초·중·고등학교를 말하는데 러시아에서는 초등, 중등, 고등학교가 통합되어 있다. 보통 11학년까지 있다.

세 명은 아직 남아있었습니다. 그중 한 명이 시모노프였는데 학교 다닐 때 어떤 것으로도 두각을 나타낸 적이 없었던 침착하고 조용한 학생이었어요. 그런데 나는 시모노프에게서 어느 정도 독립심과 정직하다고까지 할 수 있는 면을 봤어요. 그가 아주 멍청했다고 생각하지도 않습니다. 내가 그와 잘 지냈던 환한 날들이 있었지만 얼마 가지 못했고, 어인 일인지 우리 사이에 느닷없이 먹구름이 끼게 되었어요. 내가 보기에 그는 이 기억들 때문에 불편해했고 내가 예전 분위기를 만들까 봐 몸을 사리는 것 같았습니다. 내가 그에게 아주 불쾌한 사람일 수도 있겠다 생각하긴 했지만, 어쨌든 그렇다고 확신하지는 않은 채로 그가 사는 집에 놀러 가곤 했습니다.

어느 목요일, 외로움을 견디다 못해 나는, 안톤 안토니치 댁은 목요일에 손님을 받지 않는 것을 알기에, 시모노프를 떠올렸어요. 4층에 있는 그의 집으로 올라가면서 이 사람은 나를 불편해하는데 공연히 그에게 가고 있다는 생각이 들었습니다. 그러나 결국이런 생각은 언제나, 일부러 작정이라도 한 것처럼, 나를 안절부절못하도록 부추겼기 때문에, 나는 그냥 집 안으로 들어갔습니다. 시모노프를 마지막으로 본 지 거의 일 년만이었어요.

III

나는 그 집에서 동창 두 명과 더 마주쳤습니다. 그들은 중요한 일을 의논하고 있는 듯 보였어요. 내가 온 것에 그 누구도 별다른 관심을 보이지 않아서 이상하다 싶을 정도였습니다. 이들을 만난 게 몇 년 만이거든요. 나를 하찮은 파리 새끼처럼 여긴 게 분명했습니다. 학교 다닐 때도 나를 이렇게 무시하시는 않았어요, 모두가 나를 미워하기는 했지만요. 그들이 나를 무시하는 건 물론 이해할 만했습니다. 내가 관직으로 성공하지도 못했고 내 무능과 보잘것없음을 나타내는 간판이라도 되는 듯한 남루한 옷차림을 하고 다닐 정도로 나는 바닥까지 떨어져 있었으니까요. 그렇다 해도 나는 무시가 이 정도일 줄은 예상하지 못했습니다. 시모노프는 내가 온 것에 오히려 의아해하기까지 했어요. 예전에도 내가 오면 그가 의아해하는 것 같긴 했지만요. 이 모든 것이 나를 당혹스럽게 했지만 나는 울적한 마음으로 앉아서 그들이 하는 대화를 듣기 시작했습니다.

이들은 장교로 근무하다가 먼 지방으로 떠나는 친구인 즈베르코프의 송별회를 내일 같이 마련하려는 계획에 관해 진지하고 열띤 대화를 나누고 있었어요. 무슈[42] 즈베르코프는 나와 학교를 내내 같이 다닌 동창이었어요. 고학년에 올라가면서 나는 그를 유난히 미워하기 시작했습니다. 저학년일 때 그는 모두가 좋아하는 쾌활하고 괜찮은 아이였어요. 그런데도 나는 저학년일 때도 그를 미워했는데, 바로 그가 쾌활하고 괜찮은 아이였기 때문이었습니다. 그는 항상 공부를 잘 못했지만, 학년이 올라갈수록 성적이 더

---

42   Monsieur, ~씨, 프랑스어.

나빴어요. 그런데도 비빌 언덕이 있었기에 졸업은 무사히 했습니다. 졸업반이 되었을 때 즈베르코프는 농노 200명을 유산으로 물려받았는데, 우리가 거의 모두 가난한 집 자식들이었기에 그는 우리 앞에서 으스대며 다녔지요. 천박하기가 비할 데 없었지만, 그런데도, 그 친구 건방을 떨 때도 착하고 귀엽게 보이는 아이였죠. 아이들은 겉으로는 가식적이고 환상적인 명예와 위엄을 보이려고 했지만, 극히 일부를 제외하고는 모두 즈베프코프가 으스댈수록 그의 옆을 알짱거리며 따라다녔어요. 콩고물이라도 얻으려고 따라다녔던 게 아니라 즈베르코프가 대접받는 사람으로 살라는 복을 타고난 거죠. 게다가 어쩐 일인지 그 당시 친구들은 즈베르코프를 능수능란과 좋은 매너의 대명사로 여겼어요. 나는 좋은 매너를 더 참을 수 없었습니다. 나는 자기 확신에 가득 찬 격렬한 그의 목소리도, 지독히 멍청하게 튀어나오는 자신만의 재치를 좋아하는 그도 싫었어요. 말을 대담하게 뱉어내긴 했지만요. 나는 그의 잘생겼지만 멍청한 얼굴이 (나 같으면 기꺼이 내 총명하게 생긴 얼굴과 맞바꾸었을 겁니다), 거리낌 없는 40년대식 장교 같은 태도가 싫었습니다. 나중에 여자들을 어떻게 잘 다룰지(그는 장교 계급장 없이는 여자들을 만나고 싶어 하지 않았기에 그럴 수 있는 순간이 오길 몹시도 기다렸어요.), 나중에 그럴 순간이 오면 자기가 어떻게 결투에 나갈 건지 이야기를 해대는 그가 나는 싫었습니다. 항상 말이 없던 내가 갑자기 즈베르코프와 맞붙게 된 일이 기억납니다. 그가 쉬는 시간에 볕 좋은 날 뛰어다니는 강아지 새끼처럼 한바탕 놀고 나서는, 나중에 어떻게 정사를 할지 동급생들과 같이 떠들어대다가 불쑥 이렇게 말하는 겁니다 – 자기 영지에 있는 시골 처녀는 단 한 명도 그냥 놔두지 않겠다, 이걸 droit de seigneur 초야권[43]이라고 하는데, 감히 이에 대항하는 사내들이 있다면 그놈들을 전부 결딴내고 그 수염 달린 놈들 모두에게 소작료를 두 배로 부과하겠다. 야비한 우리 동급생들은 박수를 쳐댔고, 나는 그 처녀들과 그들의 아비가 불쌍해서는 전혀 아니고, 단지 그런 벌레만도 못한 인간에게 환호하는 것이 싫어서 즈베르코프에게 싸움을 걸었습니다. 내가 이겼지만, 즈베르코프가 멍청하게 굴긴 했어도 유쾌하고 능글맞게 응수했기에 웃음이 그치고 나서는 솔직히 내가 완전히 이긴 게 아닌 꼴이 됐습니다. 웃음이 그의 편을 들었으니까요. 그는 그 후에도 몇 번 말싸움에서 나를 이기긴 했어요. 악의가 있었다기보다는, 그냥, 농을 던지듯, 지나가듯 잠깐씩 웃으면서. 나는 화가 나서 일부러 그에게 대응하지 않았습니다. 졸업하고 나서 얼마 지나지 않았을 때는 그가 내게 가까이 다가오는 듯했고, 그것이 나를 좀 우쭐하게 했기 때문에 특별히 거부하진 않았습니다. 하지만 얼마 지나지 않아 우리는 자연스럽게 멀어졌어요. 시간이 흐르고 나는 그가 중위가 되었다는 소식과 어떻게 술판을 벌이고 노는가를 소문으로 들었습니다. 나중에는 군대에서 승승장구한다는 소문도 돌았어요. 길에서 만나도 그는 이제 나를 아는 척하지 않았고, 나같이 보잘것없는 인간과 인사를 해서 자기 평판을 해치게 되는 걸 그가

---

43   프랑스어, 영주의 초야권. 중세 봉건시대의 관습. 첫날밤을 보낼 권리. 결혼하는 농노 신부는 영주와 함께 첫날밤을 보내야 했다.

걱정한다고 나는 생각했습니다. 한번은 극장의 맨 꼭대기 층에서 그를 본 적이 있는데 어깨에 이미 견장을 달고 있더군요. 그는 가문이 좋은 장군의 딸들 곁을 따라다니며 열심히 알랑거리고 있었습니다. 3년 정도 만에 얼굴이 많이 망가졌더군요. 예전처럼 꽤 잘생기고 노련해 보이긴 했지만, 어딘가 부은 것도 같고 살이 찐 것도 같았어요. 서른 가까이 되면 피부가 확실하게 처질 것처럼 보였어요. 이런 사람인 즈베르코프가 결국 다른 곳으로 떠나게 되어 우리 동창들이 송별회를 열려고 했던 겁니다. 그들은 3년 내내 즈베르코프와 가까이 지냈어요. 마음속으로는 그와 동등하다고 여기지 않으면서 말이지요. 내가 장담합니다.

시모노프 집에 있던 두 손님 중 한 사람은 페르피치킨이었어요. 그는 독일계 러시아인으로 키가 작고 원숭이 같은 얼굴을 하고 있는 데다, 모든 사람을 조롱하는 얼간이라 저학년 때부터 그는 나의 가장 악질 원수였습니다. 마음속으론 뻔한 겁쟁이면서 가장 휘황찬란한 야망을 품은 척하는 천박하고 무례한 허풍쟁이였어요. 그는 즈베르코프에게 잘 보이려 갖은 애를 쓰면서 그에게 자주 돈을 꾸는 추종자 중 한 사람이었습니다. 시모노프 집에 있던 다른 한 사람은 트루도류보프라는 그리 썩 훌륭하지 않은 인물이었어요. 그는 군인 같은 용모에 키가 크고 차가운 인상인데 그럭저럭 정직하긴 하지만 어떤 식의 성공이든 치켜세우고 승진에 관한 이야기밖에 할 줄 모르는 사람이었어요. 그는 즈베르코프의 먼 친척뻘인데 이 사실이, 어리석게 들리겠지만, 우리가 그에게 어떤 의미를 부여하도록 했습니다. 트루도류보프는 항상 나를 아무엇도 아닌 것으로 여겼고 딱히 예의 바르게 대하진 않았습니다. 하지만 그럭저럭 나는 참을 만했습니다.

"그러니까 7루블씩 내면," 트루도류보프가 말문을 열었어요, "우리가 세 명이니까 스물한 냥[44]이 되겠네. 근사하게 식사할 수 있겠다. 즈베르코프는 안 내는 거로 하지."

"당연하지, 우리가 초대하는 거니까." 시모노프가 단호하게 말했습니다.

"정말로 자네들은, 진짜로 즈베르코프가 우리가 내도록 내버려둘 거로 생각하는 거야?" 페르피치킨이 거만하게 열을 내며 끼어들었어요. 장군님의 별을 가지고 자랑질을 해대는 파렴치한 하인 같은 놈이죠. "예의상 그렇게 하겠지만, 자기 돈으로 샴페인 반 궤짝은 낼 거야."

"그러게, 네 명이 여섯 병을 어떻게 다 마시겠나." 트루도류보프가 '반 궤짝'에만 관심을 두며 말했어요.

"가만, 우리 셋에다, 즈베르코프까지 하면 넷, Hotel de Paris 호텔 드 파리에서 21루블, 내일 다섯 시야." 관리자라도 되는 듯 시모노프가 확실하게 정리를 했습니다.

"어떻게 21루블이오?" 나는 기분이 상했다고 보일 정도로, 약간 흥분하여 말했습니다. "나까지 치면 21루블이 아니라 28루블이지 않소."

나는 너무나 뜻밖에 불쑥 나 자신을 들이미는 것이 무척 세련

---

44   '냥'으로 번역한 단어는 루블(рубль)을 편하게 말할 때 쓰는 루피(рупь)이다.

된 행동이라 동창들이 당장 굴복하여 나를 존경스럽게 바라보리라 기대했어요.

"자네도 정말 오시겠다는 거요?" 왠지 내 시선을 피하며 시모노프가 불만스럽게 말했습니다. 그는 나를 손바닥 보듯 훤히 알고 있었어요.

그가 내 속을 빤히 알아서 나는 몹시 화가 났습니다.

"왜들 그러시오? 내 보기에 나도 동창인데, 솔직히 말해 나를 빼놓아서 나는 화가 날 지경이오." 나는 다시 감정이 끓어올랐습니다.

"자네를 어디서 찾을 수 있었겠소?" 페르피치킨이 거칠게 끼어들었어요.

"자네는 즈베르코프와 항상 사이가 안 좋았잖소." 트루도류보프가 인상을 찌푸리며 한마디 보탰습니다. 그렇지만 나는 틈을 놓치지 않고 재빨리 말했습니다.

"내 생각에 그 누구도 그걸 판단할 권리는 없소" 무슨 일인진 모르겠지만 떨리는 목소리로 나는 대꾸했어요. "예전에 그와 사이가 안 좋았으니까, 바로 그런 이유로, 내가 지금 가고 싶어 하는지도 모르잖소."

"자네가 지금 무슨 말을 하고 있는지 원... 너무 고차원적인 얘기라……" 트루도류보프가 코웃음을 쳤습니다

"자네 이름도 예약해두겠소." 나를 보며 시모노프가 말했어요. "내일 다섯 시에 Hotel de Paris 호텔 드 파리요. 헷갈리지 마시게."

"돈은!" 페르피치킨이 나를 턱으로 가리키며 시모노프에게 낮

게 속삭이며 운을 뗐다가 시모노프가 당황한 빛을 보이자 입을 다물었습니다.

"됐네." 트루도류보프가 일어서며 말했습니다. "그렇게 끔찍이도 오길 원한다면 오시라지 뭐."

"사적으로 친한 사람들끼리 모이는 건데," 페르피치킨이 모자를 집으며 화난 목소리로 말했어요. "공식적인 모임도 아니고 말이야. 우리는 자네가 오시는 걸, 어쩌면, 전혀 반기지 않을 수도 있는데……"

그들은 집으로 돌아갔습니다. 페르피치킨은 나가면서 내게 아예 인사도 하지 않았고 트루도류보프는 쳐다보지는 않고서 고개만 까딱했습니다. 나와 둘만 남게 된 시모노프는 뭔가가 못마땅한 듯 망설이는 빛으로 나를 이상하게 쳐다보았어요. 그는 의자에 앉지 않았고 내게 앉으라고 권하지도 않았습니다.

"흠... 음... 그러니까 내일이라. 돈은 지금 주시겠소? 내가 굳이 이러는 건 확실히 하려고 하는 거요." 그는 당황하여 웅얼거렸습니다.

나는 열이 치받아 올랐지만 열이 받는 와중에도 시모노프에게 아주 오래전에 빌린 15루블을 갚아야 한다는 사실을 떠올렸어요. 한 번도 잊은 적은 없지만 한 번도 갚은 적도 없는 돈이었죠.

"시모노프, 자네도 아시잖소. 내가 여기 오면서 미리 알 수는 없었다는 걸... 내가 잊어버린 건 나도 애석하구려."

"괜찮소, 괜찮아. 상관없소. 내일 송별회에서 내시게. 나는 그저 알아두려고…… 자네 좋을 대로……"

그는 말을 하다가 입을 다물었고 기분이 계속 심히 언짢은 듯 방을 왔다 갔다 했습니다. 걸음을 내디디면서 그는 뒤꿈치에 힘을 주어 쿵쿵 소리를 내기 시작했습니다.

"내가 자네를 붙들고 있는 건 아니오?" 나는 2분 정도 침묵한 다음, 그에게 물었습니다.

"오, 아니요!" 그는 갑자기 몹시 허둥거리며, "그래요, 솔직히 맞아요. 있잖소, 내가 어디를 들렀어야 했는데…… 그리 먼 곳은 아니고……" 그는 미안한 목소리로 약간 부끄러운 듯 덧붙였어요.

"아이고, 그런가! 자네가 무-슨 말-이-든 못하겠는가!" 모자를 낚아채면서 어디서 그런 힘이 났는지 모르지만 나는 놀랄 만큼 건방지게 냅다 소리를 질렀어요.

"여기서 그리 멀지 않은데…… 두 발짝만 가면 되는……" 시모노프가 어울리지 않게 서두르는 모습으로 나를 현관까지 바래다주면서 재차 말했습니다. "내일 정각 다섯 시요." 그는 계단을 내려가는 내게 소리쳤어요. 내가 자기 집에서 나가는 것이 정말로 좋았나 봅니다. 나는 화가 치밀었습니다.

'무슨 바람이 불었냐고, 뭐하러 그런 일은 벌여가지고!' 나는 길을 걸으며 이를 뿌드득 갈았어요. '그 비열한 막돼먹은 즈베르코프같은 인간에게 말이야! 그렇지, 그런 자린 갈 필요가 없어. 그냥 무시해버리자. 내가 무슨 의무가 있는 것도 아니잖아? 내일 시모노프에게 편지를 보내자…'

하지만 왠지 모르게 나는 화가 치밀었습니다. 내가 그곳에 갈

것을, 일부러라도 가리라는 걸 알았던 거죠. 그곳에 가는 것이 눈치가 없는 짓이고 부적절한 일일수록 나는 그곳으로 가게 되리라는 걸 말이죠.

모임에 가지 못하게 막는 확실한 장애물도 있었습니다. 돈이 없었어요. 가진 돈이라곤 다 털어봐야 9루블이 전부였어요. 더구나 그중 7루블은 한 달에 식비를 포함하여 7루블을 받고 일하는 내 하인 아폴론에게 줘야 했습니다.

아폴론의 성격으로 미루어보아 주지 않을 도리가 없었어요. 이 악당같이 독살스러운 놈에 대해서는 기회를 봐서 후에 얘기해주리다.

하지만 나는 월급을 주지 않고 송별회에 반드시 가리라는 걸 진심으로 알고 있었습니다.

이날 밤 흉하기 그지없는 꿈에 시달렸어요. 내 학창시절 감옥 같았던 생활이 떠올라 저녁 내내 괴로워하면서도 머릿속에서 떨쳐버릴 수가 없어서였어요. 그 학교에 나를 집어넣은 건 내가 의지했지만 그 이후로는 어떤 소식도 듣지 못했던 먼 친척이었어요. 고립되고, 그들의 꾸중에 짓눌린 나를, 벌써 생각은 많고, 말은 없고, 모든 것을 두려운 눈으로 바라보던 나를 그들이 그 학교에 집어넣었어요. 동급생들은 내가 그들과 닮지 않았다는 이유로 내게 못되게 굴고 무자비하게 놀려댔어요. 나는 그들의 조롱을 견딜 수가 없었습니다. 다른 아이들은 서로서로 자연스레 잘 어울렸지만, 나는 싼값으로 쉽게 그들에게 적응할 수가 없었습니다. 나는 금세 그들을 극도로 미워하고 그들로부터 떨어져나와, 겁먹고 상처받은, 과도한 자존심 속으로 숨어들었습니다. 그들의 무례함은 나를 분노하게 했습니다. 그들은 내 얼굴을, 자루를 뒤집어쓴 듯한 내 외양을 보고 상스럽게 비웃었어요. 자기들 얼굴은 얼마나 멍청하게 생겼는지 생각하지도 않고 말이지요! 우리 학교에 입학하기만 하면 아이들의 표정은 유난히 멍청해지고 이상하게 변했습니다. 용모가 수려한 수많은 아이가 우리 학교에 들어오지만 몇 년만 지나면 쳐다보기 거북할 정도로 그들은 변해버렸어요. 열여섯 살밖에 안 됐을 때인데도, 나는 그들을 보고 기가 막혀 침울해지곤 했습니다. 그들의 조잡한 사고방식, 그들이 하는 일, 놀이, 대화의 아둔함에 그 당시 나는 몹시 놀라지 않을 수가 없었어요. 그들은 꼭 알아야 할 것들을 이해하지 못했고 영감과 감동을 주는 일에는 흥미가 없었기에 나는 어쩔 수 없이 그들을 나보다 열등한 인간으로 여길 수밖에 없었습니다. 상처받은 허영심이 나를 그런 상황으로 몰고 간 게 아니에요, 정말이오. '나는 공상만 했고, 그들은 그때도 진짜 삶을 이해했다.'라는 식의 토할 것 같은 지긋지긋한 상투적인 표현으로 주제넘게 끼어들지 마세요. 그들은 진짜 삶을 전혀, 아무것도 알지 못했어요. 맹세컨대 바로 이 지점이 내가 그들에게 가장 화가 많이 난 이유요. 오히려 가장 명확하고, 가장 눈에 띄는 진짜 삶을 그들은 환상적일 만큼 어리석게 받아들였고 그때 벌써 그들은 성공 하나에만 무릎 꿇는 법을 알았어요. 정의로운 모든 것, 그러나 모욕당하고 짓밟힌 것을 그들은 무자비하게 비열하고 치욕스럽게 비웃었어요. 그들은 서열을 지성으로 여겼습니다. 열여섯에 벌써 어디가 아랫목인지 알았던 거죠. 말할 것도 없이, 많은 것들이 무지의 결과이거나, 그들이 유년기와 청소년기에 겪었던 잘못된 본보기에서 비롯되었겠죠. 그들은 추악하게 타락했습니다. 물론 대부분이 겉으로만 그렇거나, 일부러 꾸며진 상스러움이었으나, 심지어 타락에서조차 풋풋함과 어떤 신선함이 흘러나와 그들 안에서 반짝거렸던 것도 사실이었지만, 그들이 가진 신선함조차 매력적이지 않았고 기껏해야 조롱으로밖에 분출되지 않았어요. 내가 그들보다 열등했다손 치더라도, 나는 그들이 끔찍하게 싫었습니다. 그들은 나를 똑같은 태도로 대했고 나를 향한 혐오를 감추지 않았습니다. 나는 이제 그들에게 애정 따윈 기대하지 않았지요. 반대로, 항상 그들이 모욕당하기를 갈구했습니다. 그들의 비웃음거리가 되지 않도록 나는 어떻게든 공부를 잘하려고 노력했고 우등생 대열에 들었습니다. 이것에 그들은 깊은 인상을 받았습니다. 그 당시 그들은 모두 자기들은 못 읽는 책을 내가 벌써 읽었다는 것과 자기들은 들어본 적조차 없는 것들(학교 특별 교육 과정에 들어있지 않은 것들)을 내가 안다는 사실을 서서히 이해하기 시작했습니다. 그들은 이 상황을 무식하게 비웃으며 바라보았지만, 마음으로는 수긍하게 되었어요. 선생님들조차도 내게 관심을 보였으니까요. 조롱은 멈췄지만 적의가 남았고, 차갑고 서먹서먹한 관계가 형성됐습니다. 나중에 가서는 나 자신이 이를 견디지 못했어요. 해가 거듭될수록 사람들을, 친구들을 사귀고 싶은 욕구가 강해졌으니까요. 나는 다른 아이들과 가까워지려는 시도를 해봤지만, 항상 이런 친밀함은 부자연스러웠고, 그러다가 저절로 사그라들었습니다. 내게도 어쩐 일인지 친구가 한때 있긴 했었어요.

하지만 마음속으로 이미 폭군인 상태였던 나는 친구의 정신 위에 마음껏 군림하고 싶었습니다. 나는 자신을 둘러싼 환경을 경멸하는 그의 태도를 더욱 부추기고 싶었습니다. 나는 그가 이 환경과 도도하고 확실하게 결별할 것을 요구했어요. 나는 열렬한 우정으로 그를 질겁하게 하고 눈물을 빼고 경련을 일으킬 지경까지 그를 몰고 갔어요. 그는 순진하고 헌신적인 아이였습니다. 그 친구가 내게 완전히 헌신했을 때 나는 곧바로 그를 미워하기 시작했고 밀쳐냈습니다. 마치 그는, 내가 그를 누르고 승리를 얻는 용도로만 필요한 사람인 듯, 그의 복종만이 내게 필요한 듯 말이죠. 그러나 내가 모든 아이를 이길 수는 없었습니다. 내 친구는 동급생 중 누구와도 닮지 않았고 보기 드문 예외였지요. 학교를 졸업하자마자 첫 번째 한 일이 내게 예정되어 있던 자리를 거절한 거였어요. 과거를 저주하고 과거에 재를 뿌리고 그것과 이어진 모든 끈을 끊어버리기 위해서요. 그런데 인제 와서 내가 그 시모노프에겐 뭐하러 갔는지 그 누가 어찌 안단 말입니까!...

아침 일찍 나는 자리에서 벌떡 일어나 떨리는 마음으로 침대를 빠져나왔습니다. 마치 이 모든 일이 지금 바로 벌어지기라도 한다는 듯이요. 나는 내 인생에서 급격한 변화가 될만한 사건이 오늘 일어나리라, 틀림없이 일어나리라 확신했어요. 익숙하지 않아서 그런지 어떤지는 몰라도 나는 무슨 사건이 일어나든, 아주 작은 사건이라 해도, 그것이 바로 지금 내 인생을 바꿀 급진적인 변화가 될 것 같은 느낌이 평생 들었습니다. 그런데도 나는 여느 때처럼 일하러 갔고 두 시간 일찍 몰래 빠져나와 채비하러 집으로 갔습니다. 내 생각에, 모임 장소에 첫 번째로 도착하지 않도록 하는 게 중요했어요. 그러지 않으면 이 모임을 내가 몹시 기쁘게 고대한다고 생각할 테니까요. 그렇지만 그런 종류의 중요한 점은 수천 개는 되었고, 이런 모든 생각들에 신경 쓰느라 나는 기진맥진해졌습니다. 나는 내 손으로 직접 부츠를 닦았습니다. 아폴론은 무슨 일이 있어도 하루에 신발을 두 번이나 닦을 위인이 아니었거든요. 두 번 닦는 건 규칙에 어긋난다는 핑계를 대면서 말이지요. 아폴론이 이 사실을 알고 나중에라도 나를 무시하는 일이 없도록 그네가 어떻게든 눈치채지 못하게 현관에서 솔을 슬쩍 가져다 직접 닦았습니다. 그런 다음 내 외투를 자세히 살펴보았는데 전체가 낡고 닳아빠지고 해졌더군요. 나는 너무나 단정치 못했어요. 제복은 상태가 괜찮았지만, 근무복을 입고 식사하러 갈 순 없잖소. 게다가 바지 무릎에는 누런 얼룩이 커다랗게 져 있었습니다. 나는 이 얼룩 하나가 내 기품을 90%는 걷어가 버릴 것 같았어요. 그렇게 생각하는 것이 아주 저급하다는 것쯤은 나도 알고 있었습니다. 하지만, '지금 고민할 시간이 없어. 이제 현실이 닥쳐온다고.' 하는 생각이 들자 나는 의기소침해지고 말았습니다. 그때 내가 이모든 사실을 어마어마하게 과장하고 있는 걸 나 또한 잘 알고 있었지만 어쩌겠습니까, 나 자신을 억제할 수가 없었고 열병이 도진 것만 같았던 걸요. 나는 절망스럽게 상상했지요, 그 '비열한 놈' 즈베르코프가 얼마나 거만하고 차갑게 나를 맞이할지를, 멍청한 놈 트루도류보프가 어떻게도 억누를 수 없는 경멸의 눈으로 어떻게 나를 쳐다볼지를, 벌레 같은 인간 페르피치킨이 즈베르코프에게 아첨하느라 내 뒤에서 어떻게 추잡하고 뻔뻔하게 비웃을지를, 시모노프는 속으로 이 모든 것을 알면서도 내 저속한 허영심과 소심함을 두고 얼마나 나를 무시할지를요. 중요한 것은, 이 모든 것이 볼품없고 문학적이지 않고, 흔해빠진 일이라는 겁니다. 물론, 아예 가지 않는 게 가장 좋을 겁니다. 그러나 가지 않는 것은 무엇보다도 불가능한 일이었어요. 뭔가가 나를 끌어당기기 시작하면 나는 온몸으로 빠져들고 말았던 겁니다, 온전히요. 나는 훗날에 평생 자신을 괴롭혔을 겁니다. '뭐야, 겁이 난 거야. 현실이 두려웠던 거지!' 이러면서요. 오히려 이 '하찮고 우둔한 군상들'에게 내가 생각하는 만큼 그리 겁쟁이가 아니라는 것을 몹시도 증명하고 싶었어요. 게다가 겁먹은 흥분이 발작처럼 도지면서 공상이 시작되었습니다. 내가 '고차원적인 발상과 의심할 수 없는 재치' 하나만으로 그들을 쓰러뜨려 정복하고, 그들을 매혹해서 나를 좋아하도록 하는 공상이 펼쳐졌어요. 동창들이 즈베르코프를 외면하니 그는 말없이 한쪽에 앉아서 수치스러워하고 나는 그를 짓밟아 뭉개버리는 공상을요. 그런 다음 즈베르코프와 화해하고 서로 반말하는 사이가 된 기념으로 함께 건배하는 겁니다. 그런데 무엇이 나를 제일 화나게 하고 가장 모욕을 줬나 하면, 이 공상을 하는 바로 그때 이 모든 것을 실제로는 내가 원하지 않는다는 걸 나는 알았고, 사실상 나는 그네들을 전혀 뭉개버리거나 정복하거나 내 편으로 만들고 싶지도 않다는 걸, 그따위 것이나 얻으려고 내가 직접 먼저 나서서 눈곱만큼도 애쓰지 않을 것을 나 자신이 온전하고 확실하게 알고 있었다는 사실입니다. 아아, 나는 이날이 빨리 지나가게 해달라고 얼마나 신에게 빌었던지요! 나는 말로 표현할 수 없는 울적함에 휩싸여 창가로 가서 작은 창을 열어젖히고 어스름 속에서 펑펑 쏟아지는 함박눈을 바라보았습니다...

마침내 남루한 벽시계가 다섯 시를 알려왔습니다. 나는 모자를 챙기고, 아침부터 내내 월급을 기다렸지만, 자존심 때문에 먼저 말을 꺼내지는 않는 아폴론을 쳐다보지 않으려고 애쓰면서 그의 옆을 미끄러지듯 지나쳐 밖으로 나와, 마부를 불러 마지막 남은 50코페이카[45]를 치르고 귀족같이 마차를 타고서 Hotel de Paris 호텔 드 파리로 향했습니다.

IV

내가 제일 먼저 도착하리라는 것을 나는 전날 밤에 이미 알고 있었어요. 그런데 문제는 누가 먼저 왔느냐가 아니었습니다.

동창들이 아무도 없었을 뿐만 아니라, 나는 예약된 방을 가까스로 찾아야 했습니다. 식탁을 아직 다 차리지도 않은 상태였어요. 그건 뭘 의미할까요? 사환에게 꼬치꼬치 캐물은 다음에야 알게 된 사실은 예약 시간이 5시가 아니라 6시라는 것이었습니다. 뷔페에서도 이 사실을 확인해주었습니다. 캐묻는 것이 부끄러울 정도였어요. 아직 5시 25분밖에 안 됐습니다. 동창들이 시간을 변

---

45   1루블은 100 코페이카이다. 50코페이카는 0.5 루블이다.

경했다면 편지라도 보내서 최소한 내게 알려줘야 할 것 아닙니까, 나를 이렇게 나 자신에게... 비록 사환들 앞이라지만 '망신스럽게' 하지 않고 말입니다. 나는 자리에 앉았습니다. 사환이 식탁을 차리고 있었는데 그가 있으니 왠지 더 모욕감이 들었습니다. 여섯 시가 가까워 오자 램프가 켜져 있는데도, 방으로 양초를 가지고 오더군요. 사환이 내가 도착하자마자 양초를 가져올 생각은 못한 겁니다. 옆방에는 좀 어두운 표정에 퉁명스러워 보이는 두 사람이 각기 다른 식탁에서 말없이 밥을 먹고 있었습니다. 몹시 시끄러운 소리가 멀리 떨어져 있는 방에서 들렸어요. 고함도 들리고 사람들이 왁자지껄하게 웃고 떠드는 소리에다 프랑스어로 기분 나쁘게 꽥꽥대는 소리도 들렸습니다. 여자들도 있는 자리였어요. 한마디로 말해 무척 역겨웠습니다. 몹시 불쾌한 시간을 보내고 정각 여섯 시가 되자 동창들은 한꺼번에 같이 등장했고 나는 그들을 보자마자 무슨 구원자라도 보는 듯 기뻐한 나머지 내가 화난 사람처럼 보여야 한다는 사실을 하마터면 잊을 뻔했어요.

즈베르코프가 일행을 인솔하듯 제일 먼저 들어왔어요. 그도, 나머지 동창들도 큰소리로 웃어대다가, 나를 보더니 몸을 꼿꼿이 세우고 천천히 다가와 위엄을 보이려는 듯 허리를 약간 굽히고 내게 손을 내밀었습니다. 부드럽긴 했지만, 꼭 그런 건 아니고, 약간 몸을 사리듯, 고위급들이 예의를 차리는 것처럼, 마치, 손을 내밀면서도 어떤 것으로부터 자신을 방어하듯 말이죠. 나는 그가 다르게 행동하리라 생각했습니다. 그가 들어오자마자 방금 시끌벅적하게 웃었던 것처럼 웃어대면서 첫마디는 평범한 농담과 재치있는 말을 던질 거로 생각했어요. 나는 어제부터 즈베르코프를 어떻게 맞을 것인가 궁리는 했지만, 그가 그렇게 거만하고 아랫사람 대하듯 하는 태도를 보일 거라고는 전혀 예상하지 못했습니다. 어쩌면, 그는 모든 면에서 이제는 나와 비교할 수 없을 정도로 자기가 높은 사람이라고 여겼을까요? 만약 그가 나를 모욕하기 위해서만 고위급 시늉을 했다면 나는 별일 아니라고 생각했습니다. 침 한번 뱉고 무시하면 그만이니까요. 그런데요, 만약 나를 모욕하려는 의도 없이, 실제로, 그가 비교할 수 없을 정도로 나보다 높은 인간이어서 나를 격려하듯 대하는 것 말고는 달리 대할 수가 없다는 생각이 그의 새대가리 안에 진지하게 꿈틀대고 있다면요? 이 짐작 하나만으로도 나는 이미 숨이 막혀왔습니다.

"나는 자네가 우리 모임에 참석하신다는 소식을 듣고 몹시 놀랐소." 그는 어눌하게 새는 발음으로 말끝을 길게 빼면서 말을 꺼냈습니다. 예전에는 없던 버릇이었어요. "그간 우리가 어째 안 만났지요. 자네가 우리를 피하신거지. 공연히. 우리는 자네가 생각하는 만큼 그렇게 지독한 사람들이 아니오. 자, 어찌 됐든 회-복-돼-서 기쁘오..."

그러더니 그는 무심코 몸을 돌려 모자를 창가에 얹어놓았어요.

"오래 기다리셨소?" 트루도류보프가 물었습니다.

"나는 다섯 시 정각에 왔소, 어제 여러분이 나한테 약속한 대로." 나는 금방이라도 폭발할 것 같이 흥분해서 큰소리로 대답했습니다.

"시간이 변경됐다고 알려주지 않았단 말이야?" 트루도류보프가 시모노프를 쳐다봤어요.

"안 했어. 잊어버렸네." 시모노프는 뉘우치는 기색도 전혀 없이, 내게 사과조차 하지 않고 음식 준비를 지시하러 갔습니다.

"여기서 자네 한 시간이나 계셨나 보오, 아, 안됐어라." 즈베르코프가 비아냥거리듯 큰 소리로 말했습니다. 왜냐하면, 그네 생각에, 그건 정말로 엄청나게 웃긴 일이었기 때문이죠. 즈베르코프를 따라 비열한 페르피치킨이 강아지 새끼처럼 앵앵거리는 치사한 목소리로 깔깔대며 웃음을 터트렸습니다. 그의 눈에도 내 상황이 우습고 당황스러웠던 거죠.

"전혀 우습지 않소!" 나는 더욱더 분을 내면서 페르피치킨에게 소리를 질렀어요. "다른 이들이 잘못했잖소, 내가 아니라. 나한테 신경 쓰고 알려줬어야지. 이건, 정말이지, 이 상황은... 어이가 없네요."

"어이가 없는 것이 아니라, 그보다 더한 거지." 순진하게 내 편을 들면서 트루도류보프가 툴툴댔습니다. "자네가 너무 순한 거요. 이건 무조건 예의가 없는 겁니다. 물론, 고의로 그런 건 아니지만. 어떻게 시모노프가 그렇게... 흠!"

"만약 나한테 그런 장난을 쳤다면," 페르피치킨이 한마디 했어요. "나 같으면……"

"뭐라도 가져오라고 하시지 그랬소." 즈베르코프가 말을 끊고 한마디 했습니다. "아니면 기다리지 말고 식사를 하시든지."

"그러고자 했으면 누구의 허락 없이도 내 맘대로 했을 거요." 나는 단호하게 대답했습니다. "내가 기다렸다면, 그건……"

"여러분, 착석들 하지." 시모노프가 들어오면서 큰 소리로 말했습니다. "다 준비됐네. 내가 보증하지, 샴페인이 얼마나 차가운지 딱 좋고…… 자네 댁이 어딘지 내가 몰랐지 않소, 자네를 어디서 찾을 수 있었겠소?" 느닷없이 나를 향했지만, 웬일인지 나를 쳐다보지는 않으면서 그가 말했습니다. 그가 뭔가 반감을 품은 게 분명했어요. 어제 일 이후로 뭔가를 고심한 듯 보였어요.

모두 자리에 앉았고 나도 앉았습니다. 식탁은 원탁이었어요. 내 왼쪽에 트루도류보프가, 오른쪽엔 시모노프가 자리를 잡았습니다. 즈베르코프는 내 맞은편에, 페르피치킨은 그 옆인 즈베르코프와 트루도류보프 사이에 앉았어요.

"그으런데 마알이오, 자네는 무슨 부서에서 근무하시오?" 즈베르코프가 계속해서 내게 말을 걸어왔습니다. 내가 당황하는 걸보고 그는 내게 친절하게 대해야 한다고, 말하자면, 기운을 북돋워 줘야 한다고 진심으로 생각한 것 같았어요. '어럽쇼, 이 위인은, 내가 자기한테 술병이라도 던져야 한다고 생각하는 거야, 뭐야.' 화가 치밀어오른 나는 생각했습니다. 나는 초조했어요, 익숙하지 않아서 그런지 몰라도 금방 어색해졌습니다.

"A 사무국에... 있소." 나는 접시에 시선을 두고 무뚝뚝하게 대답했습니다.

"근데... 자아네에게 자알된 것이오? 뭐어 때문에 옛 직장은 그만 두었는지 마알해 주우시겠소?"

"그 이유는 바로 내가 그만두고 시이이퍼서였소." 나는 자제하지 못하고 세 배는 더 말꼬리를 길게 잡아빼며 대답했어요. 페르피치킨이 콧김을 뿜으며 웃었습니다. 시모노프는 야유하듯 나를 쳐다보았습니다. 트루도류보프는 식사를 멈추고 호기심어린 눈길로 나를 골똘히 바라보았어요.

즈베르코프를 기분 나쁘게 건드린 모양새가 됐지만, 그는 굳이 알아채려 하지 않았습니다.

"그으건 그으렇고, 얼마나 받으시나?"

"뭘 얼마나 받느냐는 말씀이신지?"

"그러니까 그읍여 말이오."

"자네 나를 조사하시는 거요!"

그런데도 나는 거기서 월급을 얼마나 받는지 말하고야 말았어요. 나는 얼굴이 확 달아올랐습니다.

"넉넉하시진 않군." 즈베르코프가 거들먹거렸어요.

"그러시네, 카페나 레스토랑에서 식사하시면 안 되겠네!" 페르피치킨이 뻔뻔하게 한마디 보탰습니다.

"내 보기엔 그냥 가난하신 거네." 트루도류보프가 진지하게 말했습니다.

"자네, 얼마나 야위고, 얼마나 변했는지... 그간에..." 이제는 악의가 전혀 없는 것도 아닌 것이, 건방지게 동정하듯 나와 내 옷을 살펴보더니 즈베르코프가 말했습니다.

"그만하게, 당황하시잖아." 페르피치킨이 킥킥대며 큰 소리로 말했습니다.

"친애하는 귀하들, 여보시게, 나는 당황하지 않소." 마침내 나는 폭발하고 말았습니다. "이것 보시오! 나는 여기, '카페, 레스토랑에서' 식사하고 있어요. 내 돈으로, 다른 사람 돈이 아니라, 내 돈으로 말이요. 아시겠소, Monsieur 무슈 페르피치킨."

"무으슨 말이오! 누가 도대체 여기서 돈을 안 내고 식사한단 말이오? 자네는 마치……" 페르피치킨이 벌게진 얼굴로 씩씩거리며 가재처럼 내 눈을 바라보면서 물고 늘어졌습니다.

"그으런 말이오." 나는 너무 멀리까지 가버렸다는 것을 느끼며 대답했어요. "좀 더 유식한 대화를 하는 것이 좋지 아니하겠소."

"자네, 혹시, 지식 자랑을 하시고 싶은 건가?"

"걱정하지 마시게, 그런 불필요한 일일랑 없을 테니."

"자네 무슨 말이오, 이 양반아, 실컷 꼬꼬댁거렸잖소, 아니요? 자네 말이야, 스무국[46]에서 정신이 나가버리신 거 아닌가?"

"그만하시오, 여러분, 됐어요." 명령하듯 즈베르코프가 소리쳤습니다.

"이거 정말 보기 흉하네!" 시모노프가 중얼거렸습니다.

"정말로 흉한 거야. 우리는 좋은 친구의 여정을 배웅하러 친한 사람끼리 모였소." 거칠게 나 하나만을 쏘아보며 트루도류보프가 입을 열었습니다. "그런데 자네는, 자네가 어제 직접 우리에게 간청해서 오시지 않았나, 전체 분위기를 깨지 마시게..."

---

46   여기서는 화자(페르피치킨)가 사무국(Department)을 잘못된 Lepartment라고 말한다. 망가진 발음이나 외래어를 잘못 쓴 경우를 옮기고자 '스무국'으로 번역하였다.

"됐어요, 됐어." 즈베르코프가 소리쳤습니다. "그만들 하시게, 이러지 맙시다. 내가 재미있는 얘기 하나 하지. 내가 글쎄 그저께 거의 혼인할 뻔했다니까……"

그렇게 해서 어떻게 이 작자가 엊그제 거의 혼인할 뻔했는지에 관한 명예훼손에 해당할 수도 있는 이야기가 시작됐어요. 하지만, 이야기 속에 혼인 얘기는 단 한마디도 없었고 장군에, 대령에, 궁정 시종보까지 끊임없이 등장했는데, 그들 사이에서 즈베르코프가 거의 우두머리였어요. 화기애애한 웃음이 터져 나왔습니다. 페르피치킨은 신이 나서 비명까지 질렀어요.

모두가 나를 버렸습니다. 짓밟히고 모욕당한 채, 나는 자리에 앉아 있었습니다.

'끔찍해라, 이것이 정녕 내가 속한 사회란 말인가!' 나는 생각했습니다. '이들 앞에서 내가 얼마나 바보짓을 했는가! 나는, 진짜로, 페르피치킨에게 너무 많은 걸 봐줬어. 이 얼간이들은 자리 하나 내주면서 내게 영광을 베푼다고 생각하는데, 어떻게 내가 이들에게 영광을 베푼다고는 생각을 못 하는지 말이야, 이들이 아니라 내가 베푼다고! '살이 빠졌네! 옷이 어떠네!' 아아, 저주받을 바지야! 즈베르코프는 누렇게 얼룩진 무릎을 진즉 알아봤다고... 뭘 어쩌겠어! 지금 바로, 즉시 자리를 박차고 일어나 모자를 가지고 그냥 나가는 거야, 아무 말도 하지 않고... 무시하고! 내일 결투가 벌어진대도 할 수 없어. 파렴치한 것들. 내가 7루블이 아까워서 이러는 게 아니라고. 흠, 이들은 그렇게 생각하겠지... 빌어먹을! 7루블이 아까운 게 아니란 말이야! 지금 바로 나갈 거야!...'

물론, 나는 그대로 앉아있었습니다.

나는 괴로움에 라피트와 셰리[47]를 컵으로 마셔댔답니다. 나한테 이런 일이 흔치는 않아 빨리 취기가 올랐습니다. 취할수록 기분이 나빠졌어요. 나는 갑자기 대담무쌍 하게 그들 모두를 모욕한 다음 자리를 뜨고 싶었습니다. 때를 엿보다 나를 드러내는 거죠. 이 위인들은 쑥덕거리겠죠, '우스꽝스럽긴 하지만 영리하긴 해'라고 말이죠. 그리고... 그리고... 한마디로, 이들이 뭐라고 하든지 말든지!

나는 흐리멍덩한 눈으로 모두를 뻔뻔하게 둘러보았어요. 하지만 이네들은 나를 아예 잊어버린 듯했습니다. 왁자지껄 즐겁게 떠들어대며 놀더군요. 이야기를 하는 건 즈베르코프였어요. 나는 귀를 기울이기 시작했습니다. 어떤 풍만한 여자 이야기를 하면서 이 여자가 결국 사랑을 고백하도록 했다는 내용이었어요(물론 거짓말이죠, 망아지 같으니라고). 그렇게 되는 데 이바지한 일등공신은 그의 절친한 친구인 콜랴라는 경기병인데 자기 앞으로 농노가 삼천 명이 있는 공작의 아들이라 했습니다.

"그건 그렇고 농노가 삼천 명이나 되는 그 콜랴는, 자네를 배웅하는 이 자리에 어째 안 나타났소이다." 내가 불쑥 대화에 끼어들었어요. 모두가 잠시 입을 다물었습니다.

"자네 지금 취하셨소." 트루도류보프는 내 쪽을 눈이 찢어지도록 쩨려봄으로써 드디어 나를 의식하기로 한 모양이었습니다. 즈

---

47   라피트 – 남부 프랑스산 적포도주, 셰리 – 스페인산 백포도주.

베르코프는 무슨 벌레라도 보듯이 나를 물끄러미 바라보았습니다. 나는 눈을 내리깔았어요. 시모노프가 서둘러 샴페인을 잔에 따르기 시작했습니다.

트루도류보프가 잔을 들었고 뒤따라 모두가 잔을 들었어요. 나만 빼고요.

"자네의 건강과 즐거운 여정을 위하여!" 그는 즈베르코프를 향해 우렁차게 말했습니다. "여러분, 지나온 나날과 우리의 미래를 위하여! 건배!"

잔을 비운 후 이네들은 즈베르코프에게 입을 맞추려 엉겨 붙었습니다. 나는 꼼짝도 안 했고 내 앞에는 술이 가득 찬 잔이 놓여 있었습니다.

"자네 정말 안 마실 작정이신가?" 트루도류보프는 더는 참지 못하고 내게 위협하듯 소릴 질렀어요.

"내 쪽에서 한마디 한번 하고 싶네, 특히... 술을 한잔할 때면, 트루도류보프 양반."

"성질 한번 고약하군!" 시모노프가 중얼거렸어요.

나는 의자에서 몸을 곧게 편 다음 흥분에 휩싸여 잔을 들었습니다. 무언가 범상치 않음을 감지하면서, 무슨 말을 해야 할지 나 자신조차 모른 채로 말이죠.

"Silence 조용!" 페르피치킨이 소리쳤어요. "현명한 말씀 한마디 하신답니다!" 즈베르코프는 무슨 일인지 상황을 파악하고 아주 진지하게 다음 말을 기다렸습니다.

"즈베르코프 중위님", 나는 입을 열었습니다. "내가 번지르르

한 말, 그런 말을 늘어놓는 자들, 코르셋으로 조인 허리를 증오한다는 걸 알아주시게... 이것이 제1항이고 그다음 제2항이 이어져요."

모두가 심하게 술렁거리기 시작했어요.

"제2항, 나는 딸기도 싫어하고 딸기를 좋아하는 사람도 싫어합니다.[48] 특히, 딸기를 좋아하는 사람을요!"

"제3항, 나는 진실, 진심, 정직을 좋아합니다." 내 말은 기계적으로 계속되었어요. 나 자신도 내가 그런 말을 어떻게 하고 있는지 전혀 모르면서 두려움에 몸이 굳기 시작했으니까요. "나는 사유를 사랑하오, 무슈 즈베르코프. 나는 지금의 우호적 관계가 좋소, 동등할 때 말이오, 음... 안 그런 건... 내가 좋아하는 건... 그런 그렇고, 뭐 어떻소? 나는 자네의 건강을 위해 잔을 들겠소, 무슈 즈베르코프. 체르케스 여인들[49]을 홀리시고, 조국의 적들에겐 총질을 하시고, 그리고... 그리고... 무슈 즈베르코프, 자네의 건강을 위하여!"

즈베르코프는 자리에서 일어나 내게 고개를 까딱하고는 말했습니다.

---

48   고골의 《죽은 혼》에 나오는 〈딸기〉를 말하는데 문맥상 방탕한 연애사건, 정사를 말한다. 여기서는 1862년 출간되어 파렴치하게 부도덕을 선전한 황색 잡지 《페테르부르크의 딸기. 청소년 이용 불가》를 말할 수도 있다. (도스토옙스키 전집 4권 각주 참조 1989, 〈Nauka〉)

49   체르케스 여인을 이상화의 대상으로 인식하는 문학적 전통이 있었다. 푸시킨의 〈캅카스의 포로〉(1820~1821)가 대표적인 예다. 여기서는 캅카스 지역에 사는 여성을 의미한다고 볼 수 있다. (http://dic.academic.ru 참조)

"정말 고맙소이다." 그는 극도로 심기가 불편해서 하얗게 질리기까지 했어요.

"빌어먹을," 탁자를 주먹으로 쾅 치면서 트루도류보프가 고함쳤습니다.

"아니올시다, 이럴 땐 보통 면상을 날려요!" 페르피치킨이 날카롭게 짖어댔어요.

"이 사람을 쫓아내야 해!" 시모노프가 중얼거렸습니다.

"이보게들, 아무 말도, 아무 짓도 하지 말게!" 사람들의 불만을 누그러뜨리면서 즈베르코프가 엄숙하게 외쳤습니다. "자네들이 이러는 건 고맙지만, 내가 이 사람 말을 얼마나 귀하게 여기는지 직접 증명해줄 수 있어."

"페르피치킨 양반, 자네가 지금 뱉은 말에 걸맞은 보상을 내일 나한테 하게 될 거요!" 나는 거드름을 부리며 페르피치킨을 향해 큰 소리로 말했습니다.

"결투라도 청한다는 말이오? 아무렴요." 페르피치킨이 말했습니다. 이 상황에서 내가 정말로 우습게 보였고, 결투라는 것이 내 몸집에 어울리지도 않았기 때문에, 이들 모두가, 그 뒤를 따라 페르피치킨도 쓰러질 정도로 폭소를 터뜨렸습니다.

"어이, 그냥 놔두게들! 정말 완전히 취했잖아!" 트루도류보프가 혐오스럽게 말했습니다.

"이 사람을 모임에 끼워주다니 절대로 나 자신을 용서하지 않겠어!" 시모노프가 다시 중얼거렸어요.

'지금이야말로 모두를 향해 술병을 집어 던질 때다.' 생각하며 나는 술병을 집어서... 내 잔에 가득 차도록 술을 따랐습니다.

'...아니야, 끝까지 버티는 게 낫겠어!' 나는 생각했어요. '자네들 말이야, 당신들은 내가 가버리면 좋겠지. 절대 안 가. 일부러라도 끝까지 남아서 당신들이 내게 조금도 중요하지 않은 사람들이라는 표시로 술을 마시겠어. 여기는 술집이고, 나는 입장료를 냈기 때문에 앉아서 술을 마실 거야. 나는 당신들을 졸로 보기 때문에, 없는 거나 진배없는 무용지물로 보기 때문에 나는 남아서 술을 마실 거야. 나는 남아서 술을 마실 거야... 그리고 그러고 싶으면 노래도 부를 거야, 그러지요, 그래요 노랠 부를 거야, 나는 노래를 부를... 권리가 있기 때문…… 흠.'

하지만 나는 노래를 부르진 않았어요. 나는 아무도 쳐다보지 않으려고만 애를 썼고 독불장군 같은 자세를 취하면서 이들이 먼저 내게 말을 걸어주기만을 조마조마하게 기다렸어요. 그렇지만, 실망스럽게도, 이들은 말을 걸어오지 않았습니다. 얼마나, 얼마나 나는 그때 이들과 화해하길 바랐는지 모릅니다! 여덟 시 종이 울렸고 드디어 아홉 시가 되었습니다. 이들은 탁자에서 소파로 자리를 옮겼어요. 즈베르코프는 다리 한쪽을 원탁에 놓고 카우치에 드러누웠어요. 그리로 와인을 가져왔습니다. 그는 정말 자기 돈으로 와인 세 병을 냈습니다. 그는 나를, 당연히, 부르지 않았지요. 모두 즈베르코프를 중심으로 소파에 빙 둘러앉았습니다. 이들은 거의 경외심을 표하며 그의 말을 듣고 있었어요. 즈베르코프를 좋아하는 것이 눈에 보였습니다. '뭐 때문에? 뭐가 좋은 거지?' 나는 속으로 생각했어요. 이들은 술에 취해 흥겨워하며 가끔 볼에 입을 맞췄습니다. 이들은 여러 이야기를 하더군요. 캅카스에 관해, 카드 도박에 관해, 진정한 열정이란 무엇인지, 어디가 득이 되는 근무지인지, 경기병 포드하르젭스키의 수입이 얼마나 되는지를 이야기했습니다. 이들 중 아무도 그가 누군지 개인적으로 알지 못하면서도 그 경기병의 수입이 많다고 기뻐하더군요. 이들 중 아무도 한 번도 본 적이 없는 D 공작 부인이 얼마나 우아하고 미모가 출중한지 이야기하다가, 마침내 이야기는 셰익스피어가 영원불멸하다는 데까지 이르렀습니다.

나는 무시하듯 미소를 짓고 그들이 앉은 소파 맞은편에서 벽을 따라, 탁자에서 벽난로 사이를 왔다 갔다 했습니다. 나는 그들이 없어도 완전히 무탈하다는 것을 안간힘을 쓰며 보여주고 싶었어요. 일부러 뒤꿈치에 힘을 주어 부츠 소리를 내면서 말이지요. 하지만 모든 게 헛짓이었습니다. 그네들은 아무 관심도 보이지 않았어요. 내겐, 그들 바로 앞에서, 8시에서 11시까지, 탁자에서 벽난로까지, 벽난로에서 탁자까지, 계속 같은 곳을 왔다 갔다 할 수 있을 만큼의 인내심은 있었습니다. '이렇게 내 맘대로 왔다 갔다 하는 걸 막을 수 있는 사람은 아무도 없어.' 우리가 있는 방으로 들어온 사환이 몇 번 멈춰 서서 나를 바라보았어요. 자주 몸을 돌리니 머리가 어지러웠습니다. 이따금 정신착란이 일어나는 것도 같았습니다. 이 3시간 동안 땀으로 3번 몸이 젖었다 말랐다 했습니다. 이런 생각이 가끔 지독히 아프게 내 심장을 찔러댔습니다. 10년이 흘러도, 20년이, 40년이 흘러도, 어찌 됐든 나는, 40년이 흐른 뒤에라도, 내 전 생애에서 가장 더럽고, 우스꽝스럽고, 끔찍한 이 순간을 모욕하며, 혐오하며 떠올릴 거라는 생각이요. 이보다 더 악랄하고 자발적인 방법으로 자신을 스스로 모욕하는 건 불가능했고, 나는 충분히, 온전하게 이를 알고 있었지만, 식탁에서 벽난로까지 오가는 걸 멈추지 않았습니다. '아아, 당신네가 내가 어떤 감정에, 어떤 생각에까지 도달할 수 있는 사람인지, 내가 얼마나 성숙한 인간인지 알 수만 있다면!' 적들이 앉아 있는 소파를 마음속으로 겨냥하면서 나는 드문드문 생각했습니다. 그렇지만 내 적들은 마치 내가 그 방에 없는 듯 행동했어요. 한 번, 딱 한 번, 그네들이 내 쪽을 바라보았는데, 그때가 바로 즈베르코프가 셰익스피어 이야기를 시작할 때였고, 내가 느닷없이 경멸하듯 큰 소리로 웃어댈 때였습니다. 내가 얼마나 꾸며대며 역겹게 콧방귀를 꼈던지 그네들 모두가 한꺼번에 이야기를 뚝 그치고 물끄러미 2분 정도, 진지하게, 웃지도 않고, 내가 어떻게 벽을 따라, 식탁에서 벽난로까지 오가는지를, 내가 어떻게 그들에게 아무 관심도 보이지 않는지를 관찰했어요. 하지만 아무것도 달라지지 않았어요. 그들은 말을 걸어오지 않았고 2분이 지나자 다시 나를 버렸습니다. 시계 종이 11번을 쳤습니다.

"자," 소파에서 몸을 일으키며 즈베르코프가 소리쳤어요. "이제 모두, 그리로 가자."

"그래야지, 그러자고!" 나머지들이 대답했어요.

나는 즈베르코프 쪽으로 몸을 획 돌렸습니다. 나는 얼마나 괴롭고 기진맥진해졌는지 할복자살이라도 해서 이 상황을 끝내고 싶었어요! 열이 나고 오한이 들면서 젖었던 머리카락은 이마와

관자놀이에 말라붙었습니다.

"즈베르코프! 자네에게 용서를 구하고 싶소." 갑작스럽고 단호하게 내가 말했습니다. "페르피치킨, 자네에게도, 자네들 모두에게도, 내가 자네들에게 심했소!"

"어쭈! 결투하고 친하지는 않은 모양이지!" 페르피치킨이 독실스럽게 쏘아붙였어요.

나는 심장이 난도질당하는 것 같았습니다.

"아니요, 결투가 두렵지는 않소, 페르피치킨! 당장 내일이라도 나는 자네와 싸울 수 있지만 그건 화해한 후에라야 하오. 나는 심지어 그러기를 강요하고 있고, 자네들은 내 청을 거절할 수 없을 거요. 나는 자네들에게 내가 결투를 두려워하지 않는다는 걸 보여주고 싶소. 자네들이 먼저 쏘시오, 그런 다음 나는 공중으로 쏘겠소."

"혼자서 북 치고 장구 치고 하는군." 시모노프가 한마디 했습니다.

"정신이 돌아버린 거야!" 트루도류보프가 거들었어요.

"길 좀 비켜주시게, 자네 길을 막고 계시지 않는가! 거참 왜 그러시나?" 경멸하는 투로 즈베르코프가 내뱉었습니다. 그들은 모두 벌겋게 달아올랐고 눈은 번들거렸습니다. 많이 마신 거지요.

"나는 자네의 우정을 바라는 거요, 즈베르코프, 내가 자네에게 심했지만……"

"심했다고? 자아네가! 나아한테! 친애하는 각하, 자네는 어떤 상황에서도 절대 나를 심하게 대할 수가 없다는 걸 알아두시게!"

"됐어, 그만하지. 비키게!" 트루도류보프가 단호하게 말했습니다. "그만 가자."

"올림피아는 내 거야, 자네들, 약속했어!" 즈베르코프가 소리쳤어요.

"그렇고 말고! 반대할 이유가 없지!" 덩달아 나머지들도 웃으며 화답했습니다.

그들이 뱉은 침으로 범벅이 된 듯 모욕당한 나는 그 자리에 서 있었습니다. 이 패거리들은 떠들썩하게 방을 나갔고 트루도류보프는 바보 같은 노래를 흥얼거렸어요. 시모노프는 사환에게 팁을 주기 위해 아주 잠깐 지체했습니다. 느닷없이 나는 그에게 다가갔습니다.

"시모노프! 6루블을 내게 주시게!" 나는 단호하지만, 절망적으로 말했습니다.

그는 너무나 놀란 나머지 영문을 모르겠다는 눈으로 나를 바라보았습니다. 그도 취해있었어요.

"자네도 우리와 그리로 가시겠다는 건가?"

"맞소!"

"없소, 돈!" 그는 날카롭게 윽박질렀고 쓴웃음을 지으며 방을 나가려고 했습니다.

나는 그의 외투를 잡았고, 결국 사달이 났습니다.

"시모노프! 내 자네에게 돈이 있는 걸 봤소, 왜 안 주려고 하는 거요? 내가 비열한인가? 나에게 거절할 때는 신중하시게. 뭐 때문에 내가 이러는지 자네가 만약 안다면, 자네가 알게 된다면!

여기에 모든 것이, 내 미래 전부가, 내 모든 계획이 달려있던 말이오."

시모노프가 돈을 꺼내서 내게 거의 던졌습니다.

"옜소, 자네가 그렇게 양심이 없다면!" 그는 잔인하게 쏘아붙인 뒤 일행을 따라잡으러 서둘러 갔습니다.

나는 잠시 혼자 남았습니다. 어질러진 방, 먹다 남은 음식, 바닥에 뒹구는 깨진 술잔, 엎질러진 와인, 담배꽁초, 머릿속을 떠도는 취기와 환영, 가슴속을 후벼 파는 울적한 기분, 그리고 마지막으로, 모든 것을 보고 모든 것을 듣고 나서, 호기심으로 흘끔거리며 내 눈을 보던 하인.

"그리로 간다고!" 나는 소리쳤습니다. "아니면 그들 모두가 무릎을 꿇고 내 다리를 끌어안으면서 내게 우정을 달라고 애원할 거야, 아니면... 아니면 내가 즈베르코프 귀싸대기를 날릴 거다! "

V

"이거 봐라, 그래 결국 현실이라는 것과 맞닥뜨린 거야." 나는 부리나케 계단을 뛰어 내려가며 중얼거렸습니다. "이 상황은 분명 로마를 떠나 브라질로 간 교황도 아니고, 분명 코모 호수에서 열린 무도회도 아니야!"

'너는 비열한 놈이야!' 머릿속에 이런 말이 스쳤습니다. '만약 네가 지금 이 상황을 비웃고 있다면.'

"될 대로 되라지!" 자문자답하며 나는 소릴 질렀어요. "이젠 모든 것이 끝장이 났으니까!"

그들은 발소리도 들리지 않았습니다. 하지만 상관없었어요. 그들이 어디로 갔는지 내가 알았으니까요.

출입문 옆에는 야간 당번 마부가 두루마기를 입고 서 있었는데, 온통 함박눈으로 뒤덮여 있어 따뜻한 눈 속에 싸여있는 것처럼 보였어요. 갑갑하고 더웠습니다. 털이 덥수룩한 작은 얼룩말도 온몸으로 눈을 맞고 서서 기침을 하고 있었어요. 아직도 생생하게 기억합니다. 나는 허름한 말 썰매로 급히 다가갔습니다. 썰매에 타기 위해 발 한쪽을 집어넣는 순간 시모노프가 방금 내게 준 6루블을 떠올리자, 갑자기 그 생각에 가격이라도 당한 듯 나는 보따리처럼 썰매 안으로 털썩 굴러떨어졌어요.

"아니야! 이 모든 걸 만회하려면 할 게 많아!" 나는 소리쳤어요. "만회하든가, 안 되면 나는 오늘 밤 거기서 장렬히 전사하겠어. 가자!"

우리는 출발했습니다. 머릿속에서 소용돌이가 일었습니다.

'무릎을 꿇고 내게 우정을 애원한다? 그들이 그러지는 않겠지. 그래 환상이야, 천박한 환영이지, 역겹고 낭만적이고 터무니없어. 코모 호수에서 벌인 무도회 같은 거야. 그렇다면 나는 즈베르코프의 귀싸대기를 날려야 해! 그렇게 해야만 해. 결정됐어. 지금 바로 날아가서 뺨따귀를 날릴 거다.'

"출발해!"

마부가 고삐를 조였습니다.

'들어가자마자 귀싸대기를 날리겠어. 가만, 싸대기를 치기 전에 서설로 몇 마디 읊어야 하나? 아니야! 그냥 들어가서 바로 때리겠어. 그들은 모두 홀에 있을 거고 즈베르코프만 올림피아가 있는 카우치에 앉겠지. 빌어먹을 올림피아! 올림피아는 내 얼굴을 보고 비웃으면서 나를 거부했잖아. 나는 올림피아 머리채를 낚아채고, 즈베르코프 두 귀를 잡고서 질질 끌고 다닐 거다! 아니지, 귀 한쪽만 잡고서 온 방을 끌고 다니는 게 더 낫겠지. 그들은 어쩌면 모두가 합세해서 나를 두들겨 패고 내쫓을 거야. 틀림없이 그럴 거야. 그러든가 말든가! 중요한 건 내가 먼저 귀싸대기를 날렸다는 점이야. 내가 주도한 거야. 명예의 법칙을 따른다면 이게 핵심이지. 즈베르코프는 이미 낙인이 찍혔고 어떤 구타나 폭행으로도 싸대기를 맞았다는 사실을 씻어낼 수가 없게 돼. 결투를 제외하고는 말이지. 그는 결투를 피해갈 수가 없을 거야. 그래, 그 족속들이 이제 나를 패든가 말든가. 그러라고 하지 뭐, 천한 것들! 트루도류보프가 유독 많이 때리겠지, 힘이 세니까. 페르피치킨은 옆구리에 달라붙어 머리털을 잡아 뜯겠지, 분명해. 그러든가 말든가, 그러라고 해! 될 대로 되라고. 그네들 닭대가리로도 이 모든 일에서 결국 비극을 맛볼 수밖에 없을 테니! 그네들이 나를 내쫓으려고 문으로 끌고 가면 나는 대놓고 외칠 거다. 너희는 내 새끼발가락보다 못한 인간들이라고.'

"이봐, 더 빨리, 속도를 내!" 나는 마부에게 외쳤습니다. 그는 몸이 떨릴 정도로 채찍을 휘둘렀어요. 나는 사납게 소리를 질렀어요.

'새벽에 판을 벌이는 거다. 결정했어. 사무국 일은 이제 끝난 거야. 페르피치킨은 '사무국'을 '스무국'이라고 했지. 근데 어디서 권총을 슬쩍하지? 말 같잖은 소리! 가불을 받아서 한 자루 사겠어. 화약은, 총알은? 그건 입회인이 알아서 할 일이지. 그런데 어떻게 새벽까지 이걸 다 준비하지? 입회인은 어디서 데려온단 말이야? 아는 사람이 없는데……'

"말도 안 돼!" 나는 점점 더 격렬하게 외쳤습니다. "헛소리야!"

'내가 길에서 처음으로 마주치는 사람에게 부탁하면 그 사람은 내 입회인이 되어야 해. 물에 빠진 사람을 구해내듯 말이야. 아주 예외적인 경우는 허용돼야지. 내가 내일 상관에게 가서 입회인이 돼달라고 청하더라도 기사도 정신 하나 때문에라도 그는 수락해야 하고 비밀을 지켜줘야지! 안톤 안토니치는……'

그런데 말입니다. 바로 그 순간에 나의 이 공상들이 얼마나 수치스럽고 터무니없는지를 세상 그 누구보다도 내가 더 명확하고 명료하게 인식하고 있었단 말입니다. 마치 동전의 이면처럼요, 하지만……

"빨리, 마부, 달려, 교활한 놈, 더 빨리!"

"예이, 마님!" 다부진 체격의 마부가 대답했습니다.

추위가 갑자기 엄습해왔어요.

'그런데 만약에... 그러는 게 더 낫지 않을까... 곧장 그냥 집으로 가는 게? 아아, 빌어먹을! 내가 어제 왜, 뭐하러 송별회에는 간다고 자청했을까? 아니야, 불가능해! 탁자에서 벽난로까지 3시간이나 왔다 갔다 한 건 어떡하고? 아니야, 그들은, 그네들은, 세상 누구보다도 더 내가 3시간이나 오간 것에 대한 값을 치러야 해! 그네들이 바로 이 불명예를 씻어야 한다고!'

"달려!"

'그런데 말이야, 그네들이 만약 나를 경찰에 넘긴다면? 그럴 수는 없을 거야! 시끄러워지는 건 두려울 테니! 그런데, 즈베르코프가 나를 무시해서 결투를 거절한다면? 그럴 공산이 크지, 그렇다면 그때 내가 그네들에게 보여줄 것은…… 그러면 나는 내일 즈베르코프가 떠날 때 우역50으로 달려가, 그 인간이 마차에 오르는 순간 다리를 부여잡고 외투를 찢어버릴 거야. 이빨로 팔을 물어 뜯어버리겠어. "절망한 인간이 어디까지 갈 수 있는지 모두들 구경하시오!" 이러면서 말이지. 즈베르코프가 내 머리를 갈기든 말든, 뭘 하더라도 일이 벌어진 다음이야. 나는 구경꾼들에게 외칠 거야 "이 보시오들, 여기 강아지 새끼가 내가 뱉은 가래침을 면상에 달고서 체르케스 여자들을 꼬시러 갑니다." 하고 말이지.

말할 필요도 없이, 이 소동 후에는 이미 모든 것이 끝장나는 거야! 사무국은 지구에서 사라지는 거지. 나를 체포하고, 법정에 세우고, 관청에선 해고하고, 감방에 처넣었다가 시베리아로 유배를 보내겠지. 신경 쓸 거 없어! 15년이 지나 유배가 끝나면 나는 거지가 되어 누더기를 뒤집어쓰고 그들이 있는 곳으로 갈 거야. 나는 어디 지방 도시에서 즈베르코프를 찾겠지. 그는 혼인도 했고 행복하겠지. 훌쩍 자란 딸아이도 있겠지... 나는 이렇게 말할 거야. "여

---

50   우역- 마차가 대기하며 말(馬)을 교체하던 역이다.

길 봐, 이 나쁜 놈아, 푹 꺼진 내 뺨과 이 거지꼴을 보라고! 나는 모든 걸 잃어버렸어, 직업도, 행복도, 예술도, 학문도, 사랑하는 여인도. 이게 전부 너 때문이다. 여기 권총이 있다. 나는 내 권총에서 총알을 없애러 왔다. 그리고… 그리고 나는 너를 용서한다." 그 자리에서 나는 공중을 향해 방아쇠를 당기고 소리 소문도 없이 사라지는데……'

심지어 눈물까지 났어요. 사실 이 모든 것이 실비오와, 레르몬토프의 《가면무도회》[51]를 흉내 냈을 뿐임을, 공상하는 바로 그 순간에 나는 정확하게 잘 알고 있었지만요. 갑자기 나는 몹시 부끄러워졌습니다. 얼마나 부끄럽던지 달리던 말을 멈추고 썰매에서 내려와 길거리 한가운데로 눈을 맞으러 나갔습니다. 마부는 깜짝 놀라서 숨을 고르며 나를 바라보았습니다.

"아니다!" 나는 썰매에 다시 올라타면서 날카롭게 외쳤습니다. "이미 정해진 거야. 숙명이라고! 말을 몰아라, 더 세게, 가자, 그리로!"

나는 참지 못하고 주먹으로 마부의 목덜미를 그만 내리치고 말았습니다.

"뭐야 너, 왜 때리는 거야?" 사내가 이렇게 소리치면서도 늙은 말을 후려갈기자, 말이 뒷발로 내리 차며 달리기 시작했어요.

---

51   실비오는 푸시킨의 중편 《발사》(1830)의 주인공이다. 그는 복수하려는 일념에 사로잡혀 평생을 보내다 결말에서 적에게 복수한다. 레프몬토프의 희곡 《가면무도회》에도 실비오와 비슷한 인물인 니이즈베스느이가 등장한다. (도스토옙스키 전집 4권 각주 참조 1989, 〈Nauka〉)

함박눈이 송이송이 내립니다. 나는 옷을 열어젖혔어요, 눈송이 따위에 신경 쓸 겨를이 없었습니다. 다른 일은 전부 잊어버렸어요. 왜냐하면, 귀싸대기를 때리기로 확실하게 결심했고, 그것이 바로 지금, 즉시 일어나리라는 것을, 그 어떤 힘으로도 막지 못하리라는 것을 끔찍하게 직감했기 때문입니다. 방치된 가로등이 을씨년스런 뿌연 눈 속을 어슴푸레 비추고 있었어요, 마치 장례식을 지키는 호롱불처럼. 눈송이가 외투 아래로, 프록코트 아래로, 넥타이 아래로 떨어지더니 거기서 녹았습니다. 나는 옷을 여미지 않았어요. 이미 모든 것을 잃은 마당에 뭐하러 그러겠습니까! 드디어 우리는 목적지에 도착했어요. 어떻게 썰매에서 내려왔는지도 모르게 나는 현관 계단을 뛰어올라 손으로 문을 두드리고 발로 걷어찼습니다. 특히 다리가, 무릎 부위가 유달리 힘이 빠졌어요. 누군가 금방 안쪽 문을 열었는데 내가 온 것을 알아차린 듯했습니다. (실제로, 시모노프가 어쩌면 한 사람이 더 올 수도 있다고 귀띔해놓았어요. 여기는 미리 말을 해놓아야 하고 항상 조심해야 하는 곳입니다. 이곳은 당시의 '유행업소' 중 하나였는데, 이제 그런 가게들은 경찰의 단속으로 오래전에 없어졌지요. 이곳은 낮에는 진짜로 가게였어요. 그런데 저녁이면 추천받은 사람들만 손님으로 받았어요) 나는 어두운 긴 의자를 지나 낯익은 홀로 서둘러 들어갔습니다. 거기에는 촛불 하나만 덩그러니 타고 있을 뿐 아무도 없었어요. 나는 어리둥절해서 멈춰 섰습니다.

"그네들은 대체 어디에 있나?" 내가 누군가에게 물었어요.

그러나, 당연하게도, 그네들은 이미 각기 흩어져 들어간 상태였어요...

어떤 인물 하나가 아둔한 미소를 머금고 내 앞에 서 있었습니다. 나를 조금 아는 여주인이었어요. 조금 후 문이 열리더니 다른 인물 하나가 들어왔습니다.

아무것에도 신경 쓰지 않고서 나는 방 안을 서성거렸고 뭐라고 혼잣말을 지껄였던 것 같습니다. 나는 마치 죽음에서 구원받은 듯했고 나의 온 존재로 이를 기쁘게 예감한 듯했어요. 나는 귀싸대기를 날릴 수 있었는데, 나는 곧바로, 즉시 싸대기를 때렸을 텐데! 그런데 그네들이 지금 없다... 모든 것이 사라졌어, 모든 것이 뒤집히고 말았어! 나는 주위를 둘러보았습니다. 아직 상황이 잘 파악되지 않았어요. 나는 들어오는 아가씨를 기계적으로 쳐다보았습니다. 내 앞에는 싱그럽고, 젊고, 약간은 창백한, 검고 곧은 눈썹과 진지하지만 조금 놀란듯한 시선을 담은 얼굴 하나가 빛나고 있었습니다. 이 얼굴은 보자마자 내 마음에 들었어요. 만약 이 아가씨가 미소라도 지었더라면 나는 싫어했을 겁니다. 나는 힘을 들여 더 뚫어지게 아가씨를 쳐다보았지만, 생각이 제대로 다 정리되지는 않았어요. 이 얼굴에는 천진하고 착한 무언가가 있었지만, 얼굴이 기묘할 정도로 진지하게 보였습니다. 이런 점 때문에 이 여자는 간택되지 못했고 그 머저리들이 아무도 이 여자를 못 알아본 거라 나는 확신했어요. 그런데 이 여자를 미인이라 하기는 어려웠어요, 키도 크고 훤칠하고 미끈한데도 말이지요. 옷차림은 극도로 소박했습니다. 뭔가 추잡한 것이 나를 사로잡았고 나는 곧바로 여자에게 다가갔습니다...

무심결에 거울을 보게 됐어요. 흥분한 내 모습은 끔찍할 정도

로 역겨웠습니다. 창백하고 사악하고 야비한 얼굴에 머리는 산발
이더군요.

'그냥 둬, 차라리 흐뭇하네.' 나는 생각했습니다. '내가 이 여자
에게 역겨운 인간으로 보일 테고, 바로 그래서 흐뭇하군, 기분이
좋아...'

VI

...칸막이 뒤 어딘가에서 시계가, 뭔가에 강하게 눌리는 듯, 누군가
에게 목이라도 조이는 듯, 그르렁댔습니다. 부자연스럽게 오래 그
르렁대다가, 마치 느닷없이 누가 앞으로 뛰어들어오듯, 가늘고 불
쾌한 소리가 뜬금없이 급하게 울렸습니다. 시계가 2시를 쳤습니
다. 나는 잠이 들진 않았고 반수면 상태로 누워있다 깨어났습니
다.

거대한 옷장이 들어선 비좁고 천정이 낮은 방에는 종이상자며
옷가지며 너저분한 잡동사니가 널브러져 있었고, 방은 아주 어두
웠습니다. 방구석 탁자 위에는 작달막한 양초가 가끔 불꽃을 보이
면서 거의 꺼져가고 있더군요. 몇 분 후면 방 안이 칠흑같이 깜깜
해질 상황이었어요.

정신을 차리기까지 오래 걸리지 않았습니다. 모든 것이 한꺼
번에, 애를 쓰지 않아도, 다시 덮치기 위해 나를 감시라도 한 듯,
곧바로 생각이 났습니다. 게다가 반수면 상태에서도 어떻게 해봐

도 지워지지 않는 점 하나가 기억 속에 계속 남아 있었고, 그 점 주위를 희미한 공상이 힘겹게 떠다니고 있었어요. 그런데 이상했습니다. 이날 내게 벌어진 모든 일이 내가 정신을 차리자마자 까마득한 옛일처럼 여겨지는 겁니다. 이 모든 일을 내가 아주 아주 오래전에 겪고 살아남은 것처럼요.

머릿속은 가스로 가득 찬 것 같았습니다. 어떤 것이 내 위로 올라온 것처럼, 나를 스치며, 건드리고 흥분시켰어요. 울적함과 씁쓸함이 다시 끓어오르더니 출구를 찾고 있었습니다. 별안간 내 옆에서 호기심으로 집요하게 나를 응시하고 있는 두 개의 눈동자를 발견했습니다. 차갑고 무심하고 침울한 시선이었고, 완전히 낯설었습니다. 나는 부담스러웠어요.

뇌 속에 침울한 생각이 고개를 들면서 기분 나쁜 느낌이 온몸을 덮쳐왔어요. 축축하고 곰팡내 나는 지하로 들어갈 때 드는 그런 느낌 있잖아요. 이 두 눈이 바로 지금, 이 순간에 나를 응시하기로 작정했다는 것이 어쩐지 거북했습니다. 2시간이 흐르는 동안 내가 이 존재와 말 한마디 섞지 않았고, 그럴 필요도 전혀 느끼지 못했다는 생각이 미치자, 어쩐지 이 상황이 좋기까지 했습니다. 타락은, 사랑 없는 조잡하고 수치스러운 타락은, 진정한 사랑의 성스러운 결실이어야 하는 행위에서 곧바로 시작되는 것이라는 터무니없고 역겨운 생각이, 거미처럼, 느닷없이 선명하게 내게 기어 올라왔습니다. 우리는 오랫동안 서로를 바라보았는데 여자가 눈길을 피하지 않고 똑바로 나를 응시했기에 나는 섬뜩해지기까지 했어요.

"이름이 뭔가?" 말을 빨리 끝내기 위해 나는 무뚝뚝하게 물었습니다.

"리자." 여자는 거의 속삭이듯, 그러나 왠지 아주 쌀쌀맞게 대답하고선 시선을 돌렸습니다.

나는 잠시 잠자코 있었어요.

"오늘 날씨가... 눈이 오고... 흉하네!" 나는 우울하게 손으로 머리를 받치고 천장을 올려다보며 혼잣말하듯 중얼거렸습니다.

여자는 침묵했어요. 이 모든 상황이 추했습니다.

"여기 출신인가?" 잠시 후, 나는 조금 기분이 상해서 여자 쪽으로 머리를 살짝 돌리고 물었습니다.

"아뇨."

"집이 어딘데?"

"리가." 여자가 마지못해 대답했어요.

"독일인?"

"러시아인."

"여기 온 지 오래됐나?"

"어딜요?"

"이 집에."

"2주요." 여자의 대답은 점점 더 무뚝뚝해졌습니다. 촛불이 완전히 꺼졌습니다. 여자의 얼굴도 구별할 수 없을 정도로 깜깜했어요.

"양친은 계신가?"

"그게... 없... 있어요."

"어디 계시는데?"

"거기... 리가에."

"뭐 하는 사람들인가?"

"그냥..."

"그냥이 무슨 말이야? 신분이 뭔데?"

"평민이에요."

"양친하고 같이 살았는가?"

"네."

"몇 살이나 됐나?"

"스무 살."

"집에서는 왜 나왔어?"

"그냥."

이 '그냥'은 '그만해, 역겨워'를 의미했어요. 우리는 더는 말을 하지 않았습니다.

내가 왜 곧바로 그 집을 나오지 않았는지 그 누가 어찌 알겠습니까. 나는 점점 더 역겨워지고 울적해졌습니다. 전날 일어났던 모든 일의 이미지들이 내 의지와 무관하게 저절로 기억 속을 왔다 갔다 했습니다. 그러다 임관을 앞두고 걱정하며 겁을 내던 어느 날 아침 길거리에서 보았던 한 장면이 불쑥 떠오릅니다.

"오늘 사람들이 관을 옮기다가 거의 떨어뜨릴 뻔했잖아." 뜬금없이 내가 소리를 냈습니다, 대화를 시작할 마음이 전혀 없었는데 무심코 그렇게 됐어요.

"관요?"

"그래, 센나야 광장에서. 지하실에서 들어냈지."

"지하실요?"

"지하실이 아니고 지하층에서… 그런 데 있잖아, 밑에… 흉측한 집에 있는… 사방이 얼마나 더럽던지, 쓰레기에, 먼지에… 악취도 나고… 기분 나빴어.

침묵.

"오늘 파묻는 건 추한 짓이야!" 단지 침묵하지 않기 위해서 나는 다시 입을 열었습니다.

"뭐가 추해요?"

"눈에다, 땅도 질퍽거리고…… (나는 하품했습니다)"

"상관없잖아요." 잠깐 침묵한 뒤 여자가 갑자기 말했어요.

"아니야, 흉해… (나는 또다시 하품했어요) 산역꾼들이, 필시, 눈 때문에 젖는다고 욕을 해댔을 거야. 무덤에 물도, 틀림없이 고였겠지."

"무덤에 물이 왜요?" 호기심을 보이긴 했지만 아까보다 더 무뚝뚝하고 퉁명스럽게 여자가 물었어요. 갑자기 뭔가가 나를 선동질하는 것 같았습니다.

"왜긴, 땅바닥에 물이, 한 6베르시코[52] 정도 고였겠지. 볼코보 공동묘지를 파보면 물이 안 나오는 무덤은 하나도 없을 거야."

"뭐 때문에요?"

"뭐 때문이냐고? 그곳은 물이 많은 지역이야. 여긴 곳곳이 늪이지. 그렇게 물속에다 매장하는 꼴이야. 내가 직접 봤는데… 여러

---

52   1베르시코=4.45cm, 6베르시코=26.7cm

번..."

(한번도 나는 본 적이 없었어요, 볼코보 묘지에 가본 적도 없고. 사람들이
하는 소리를 듣기만 했지.)

"너는 정말 상관없단 말이야, 죽는 거?"

"내가 죽긴 왜 죽어요?" 방어하듯 여자가 대답했어요.

"언젠가는 죽을 거잖아, 얼마 전에 죽은 여자처럼 죽는 거지.
누구냐면... 그 여자도 그런 처자였는데... 폐병으로 죽었대."

"그 아가씨가 병원에서 죽었더라면⋯⋯"

(이 일을 알고 있단 말이야? 나는 생각했어요. '처자'가 아니라 '아가씨'라
고 말했으니까요.)

"그 아가씨는 마담에게 빚이 있었어." 나는 논쟁에 점점 더 신
이 났습니다. "그래서 마지막 순간까지 마담 밑에서 일을 했다더
라, 폐병에 걸리고서도 말이야. 마부들이 군인들과 빙 둘러서서
이 이야기를 하더라고. 아마 그 아가씨를 생전에 알았던 사람들이
겠지. 웃어대더군. 그 사람들은 선술집에 모여서 그 아가씨를 추
모하기도 했지."(이 부분에서 나는 거짓말을 약간 보탰어요.)

침묵, 깊은 침묵. 여자는 꼼짝도 하지 않았습니다.

"병원이 더 낫다는 말이냐? 죽는 거."

"그나저나 매한가지 아니에요? 내가 뭐 땜에 죽겠어요?" 여자
가 흥분해서 말했습니다.

"지금 말고, 나중에도?"

"그래요, 나중에도..."

"어떻게 그렇게 안 되겠어! 지금 너는 젊고, 예쁘고, 싱그러우

니까, 그만큼 너를 쳐주겠지. 하지만 이렇게 일 년만 살다보면, 너는 살아있다기보다는 시들어버릴 거야."

"일 년요?"

"어떤 경우에도, 일 년이 지나면 값은 떨어지는 거야." 나는 심술 맞게 신이 나서 계속 떠들었습니다. "너는 여기서 어디로 가더라도 더 못한 업소로 옮겨가겠지. 또 일 년이 지나면 더 못한 업소로, 점점 더 못한 곳으로 가겠지. 한 칠 년쯤 지나면 센나야 광장에 있는 지하실까지 가겠지. 그렇게만 되면 그래도 잘된 거지. 더 나쁜 경우는, 엎친 데 덮친 격으로, 네가 만약 무슨 병에라도 걸린다면, 음, 가슴이 약해지거나... 감기에 걸리거나, 뭐든지 말이야. 그런 생활을 하면 병이 단단히 걸리는 거야. 한번 와서 옭아매면, 어쩌겠어, 벗어날 수 없지. 그러다가 죽어버리는 거야."

"그러면 죽지 뭐." 여자가 완전히 표독스럽게 대답하고 급하게 몸을 뒤척였습니다.

"정말 불쌍하잖아."

"누가요?"

"인생이 불쌍해."

침묵.

"신랑감은 있었어? 응?"

"알아서 뭐하게요?"

"알았어, 캐묻는 건 아니야. 나랑 상관없지. 왜 화가 났어? 너한테 기분 나쁜 일들도 당연히 일어나겠지. 그게 뭐 나와 상관있겠어? 그냥, 가여워."

"누가요?"

"네가 가여워."

"그럴 거 없어요..." 거의 들릴락 말락 하게 여자는 속삭였고 다시 몸을 뒤척였습니다.

그러자 나는 곧바로 화가 치밀어 올랐어요. 이게 뭐야! 내가 그렇게 온순하게 대해줬는데, 이 여자는...

"그래 어떻게 생각하니? 네가 지금 좋은 길을 가고 있는 거냐? 응?"

"아무 생각도 안 해요."

"생각을 안 하는 것도 해로운 거야. 정신 차려, 아직 시간이 남았을 때. 시간이 있잖아. 너는 아직 젊고 예뻐. 사랑도 하고, 시집도 가고, 행복할 수 있잖아... "

"시집가서 다 행복한 것도 아니고." 여자가 아까처럼 퉁명스럽고 빠르게 대답했어요.

"물론, 다는 아니겠지, 하지만 여기보단 훨씬 낫지. 비교할 수 없을 정도로. 사랑이 있으면 행복하지 않아도 살 수 있어. 슬픔 속에서도, 어떻게 살더라도 밝은 데서 사는 것이 좋은 거야. 그런데 여기는 뭐야, 썩은 냄새가 진동할 뿐이고…… 에라이!"

나는 혐오감을 느끼며 돌아누웠습니다. 나는 건조한 설교만 늘어놓은 게 아니었어요. 내가 무엇을 말하는지 스스로 느끼기 시작하면서 흥분하고 말았습니다. 이제 내가 소중하게 간직한, 골방에서 버텨낸 생각들을 소상하게 설명하고 싶어 안달이 났어요. 내 속에서 무언가가 걷잡을 수 없이 불타오른 나머지 어떤 목표가

'등장'했습니다.

"나를 보지는 말아라, 나는 여기 왔고 네게 모범을 보이는 사람이 아니니. 나는 어쩌면 너보다 못한 인간일지도 몰라. 그렇긴 하지만 취해서 온 거잖아." 나는 어떻게든 변명해보려고 서둘러 말했습니다. "게다가 남자는 여자에게 본보기가 될 수 없지. 둘은 다르거든. 내가 자신을 망치고 더럽히긴 해도, 그래도 나는 누구의 노예는 아니거든. 나는 왔다 가면 그만이지. 툭툭 털어버리고 나면 나는 다른 사람이야. 그런데 너는 처음부터 뭐냐, 노예야. 그래 노예! 너는 모든 것을 주지, 너의 자유의지까지 전부를. 나중에 이 사슬을 끊어내고 싶겠지만, 그땐 이미 안 되는 거야. 이 사슬은 점점 더 강하게 너를 옥죄어올 거야. 저주받을 놈의 사슬이지. 나는 그게 뭔지 알아. 다른 건 아예 말을 않겠어, 너도 못 알아들을 테니. 흠. 하나만 묻자. 너 마담한테 빚이 있는 거지, 그렇지? 그래 그럴 줄 알았어!" 여자가 아무 대답도 안 했는데도 나는 이렇게 말했습니다. 여자는 잠자코 온몸으로 내 말을 듣고 있었어요. "너한테 그런 목표가 있었군! 너는 절대 빚을 갚지 못할 거야. 보통 그렇잖아. 악마에게 영혼을 판 거나 마찬가지고……"

"게다가 난... 어쩌면, 너처럼 불행한지도 몰라, 너는 모르겠지만 나는 일부러 더러운 일에 끼어든다, 그것도 울적해서야. 괴로워서 술들을 마시잖아, 내가 여기에 온 것도 괴로워서야. 말이나 한번 들어보자, 여기 좋은 것이 뭐가 있냐? 너랑 나랑 이렇게... 결합했고... 조금 전에... 우리는 한참을 서로 말도 섞지 않았어. 그러다가 낯설었던 네가 조금 시간이 흐르자 나를 쳐다보게 되었지.

나도 그랬고. 정말 이런 식으로 사랑들을 하느냐? 정말로 사람과
사람이 이런 식으로 결합해야 하는 거냐? 이건 추악할 뿐이야, 그
게 다야!"

"맞아요!" 여자가 황급히 격렬하게 맞장구를 쳤습니다. 이 '맞
아요' 소리가 어찌나 급하게 나왔던지 나는 깜짝 놀라기까지 했습
니다. 이건 어쩌면, 여자가 아까 나를 쳐다보았을 때 나와 비슷한
생각을 머릿속으로 하고 있었다는 뜻인가? 말인즉슨, 이 여자가
이런 종류의 생각을 할 수 있는 사람이라는 말인가?... '세상에나,
이것 봐라. 닮았네.' 나는 생각했어요. 기쁜 나머지 손을 비벼댈 뻔
하면서 말이지요. '이렇게 어린 영혼을 어떻게 내 맘대로 하지 못
할 수가 있겠나?'

무엇보다 나를 끌어당긴 건 놀이 자체였어요.

여자가 내게 더 가까이 고개를 돌렸는데, 어둠 속에서 내가 느
끼기에, 팔꿈치로 받치고 있는 것 같았어요. 어쩌면 나를 응시하
고 있었겠죠. 여자의 눈동자를 보지 못하는 것이 정말로 애석했습
니다. 여자의 깊은 숨소리가 들려왔습니다.

"여기서 어떻게 일하게 된 거냐?" 나는 어느 정도 위엄이 깃든
목소리로 물었습니다.

"그냥..."

"아버지 집에 사는 것이 얼마나 좋으냐! 따뜻하고 편하고, 자
기 둥지에 사는 거지."

"만약 그만큼 안 좋다면요?"

'이 여자의 기분을 맞춰줘야겠군.' 머릿속에 이 생각이 스쳤습

니다. '감상적인 이야기로 얻을 게 있는 법이지.'

그렇지만, 이 생각은 반짝 스치기만 했을 뿐입니다. 맹세컨대, 나는 진정으로 이 여자에게 관심이 갔습니다. 게다가 나는 어쩐 일인지 긴장이 풀렸고 마음이 들떴습니다. 더구나, 너무나 쉽게 감정과 동거하는 것이 속임수 아니겠습니까.

"누가 뭐라 그래!" 내가 서둘러 대답했어요. "무슨 일이든 일 어날 수 있지. 누군가 너를 모욕했을 수도 있고, 네가 그들에게 잘 못한 게 아니라 오히려 그들이 네게 잘못한다고 나는 정말로 확신해. 나는 네게 무슨 일이 있었는지 아무것도 모르지만 너 같은 처자가 틀림없이 좋아서 이런 곳에 들어오지는 않았을 거야..."

"내가 어떤 처잔데요?" 여자가 겨우 들릴락 말락 하게 속삭였지만 나는 알아들었어요.

'빌어먹을, 내가 아첨하고 있구나. 추하다. 어쩌면 좋을 수도 있고……' 여자는 침묵했어요.

"이거 봐, 리자, 내 이야기를 해주지! 어렸을 때부터 나한테 가족이 있었다면 나는 지금의 나는 되지 않았을 거야. 이 생각을 자주 해. 가족 간엔 아무리 나쁜 일이 있어도 아버지, 어머니는 모두적도 아니고, 남이 될 수도 없거든. 적어도 일 년에 한 번쯤은 네게 사랑을 확인시켜주는 일이 일어나지. 어쨌든 자기가 집에 있다는 사실을 안다는 말이다. 나는 가족 없이 자랐어. 그래서, 어쩌면, 이런 내가 됐는지 몰라... 몰인정한 인간이."

나는 다시 반응을 기다렸어요.

'흠, 이해를 못 하는군.' 나는 생각했습니다. '하긴, 우습다, 윤

리나 가르치려 들다니.'

"내가 만약 아버지고 딸이 하나 있었다면, 나는 아들 여럿보다 딸 하나를 더 사랑했을 거야. 정말로." 여자의 기분을 달래주기 위해서가 아니라는 듯 나는 에둘러 말했습니다. 솔직히 말해 나는 낯이 뜨거워졌어요.

"뭐 때문에요?" 여자가 물었어요.

아, 여자가 듣고 있었던 거예요!

"글쎄, 모르겠는데, 리자. 있지, 내가 아는 아버지가 하나 있었어. 그는 엄하고 까다로운 사람이었지만, 딸내미 앞에서는 달랐지. 무릎에 앉혀놓고 손이며 발이며 뽀뽀를 해대고 아무리 예뻐해도 다 예뻐할 수 없을 정도였어, 진짜. 딸내미는 저녁이면 춤을 추고 아빠는 딸내미에게서 눈도 떼지 못하고 같은 자리에 다섯 시간은 서 있어. 딸에게 푹 빠진 거야, 난 이게 무슨 말인지 알겠어. 밤이 되어 딸아이가 피곤해서 잠이 들 때면, 아빠는 일어나서 잠든 아이에게 입을 맞추고 성호를 그으며 기도를 해. 자기는 기름때가 찌든 거적때기를 입고 다니고, 모든 사람에게 구두쇠같이 굴지만, 딸아이를 위해선 땡빚을 내서라도 필요한 걸 채우고, 값비싼 선물을 사주지. 딸아이가 좋아하면 그게 곧 아빠의 기쁨이야. 엄마보다 아빠가 딸을 좋아하는 법이야. 다른 딸들은 집에서 사는 게 정말 즐겁지! 나는 딸이 있으면 시집 따윈 보내지 않을 거야."

"어떻게 그래요?" 리자가 쪼끔 웃으면서 물었어요.

"질투하겠지, 진짜로. 흠, 딸이 다른 사람에게 입을 맞춘다? 남을 아빠보다 더 사랑한다? 상상만 해도 힘들지. 물론, 이게 다 헛소리야. 그래, 누구든 막판에 가선 현실을 받아들이게 되지. 그렇지만 나는 괴롭더라도 딸을 주기 전에 이 한 가지는 꼭 할 거야. 신랑감을 전부 퇴짜놓겠어. 그러다가 결국은 어찌 됐든 내 딸이 사랑하는 사내에게 딸을 내주겠지. 딸이 사랑하는 사람은 아버지가 보기엔 언제나 누구보다도 못난 놈이잖아. 그건 정말로 그래. 그래서 가정에 불화가 흔한 거야."

"다른 사람들은 딸을 팔아치워서 좋아하죠, 떳떳하게 시집보내기는커녕." 여자가 갑자기 말했습니다.

아! 이것이로구나!

"그건 말이야, 리자, 그런 콩가루 집안에는 신도 없고, 사랑도 없어서 그래." 나는 흥분해서 낚아채듯 말했어요. "사랑이 없는 곳에는 분별도 없는 법이야. 맞아, 그런 집들이 있지. 근데 나는 그런 집을 말하는 게 아니야. 너는, 너의 집에서 좋은 일은 구경도 못한 것처럼 말하는구나. 진짜 불행한 사람이네, 너는. 흠... 보통 그런 일은 가난해서 일어나지."

"있는 집들은 더 낫다는 말이에요? 가난해도 정직한 사람들은 잘 살아요."

"흠... 맞다. 그럴 수 있지. 하지만, 리자, 이런 것도 있단다. 사람이란 자기 고통만 눈여겨보지 행복은 보지 못하는 법이거든. 제대로 보기만 한다면 어떤 운명도 사람이 감당할 정도인 걸 알 수 있을 거야. 그래, 가정을 해보자. 만약 모든 것을 다 가진 한 가족이 있다 치자, 신이 축복하고, 좋은 남편을 얻고, 그는 너를 사랑하고 귀여워하고 네 곁에서 한시도 떨어지지 않지! 그러면 얼마나 좋은 가족이겠냐! 안 좋은 일이 일어나더라도 슬픔은 반이 되지, 슬픔이 없는 곳이 어디 있겠니? 시집을 가서 겪어보면 스스로 알게 될 거야. 대신, 네가 사랑하는 사람과 혼인한 신혼 시절을 보자. 행복, 행복이라는 것이 얼마나 물밀듯 밀려오겠니! 정신을 못 차릴 지경이겠지. 신혼 시절에는 남편과 하는 싸움도 행복으로 끝나지. 사랑하면 할수록 남편과 더 극렬하게 싸우는 여자도 있어. 실제로 그래. 내가 아는 여자 중에 이렇게 말하는 아내도 있었어. '그래, 사랑해, 많이 사랑해, 사랑하기 때문에 너를 괴롭혀. 잘 느껴봐.' 사랑 때문에 사람을 일부러 괴롭히는 걸 너는 알고 있니? 여자들이 대부분 그래. 그러고 나서 속으로 생각하지. '대신 나중에 많이 잘해줄 거야, 안아주고 애교도 부려야지. 그러니까 지금 좀 괴롭혀도 괜찮아.' 집안사람들도 이 부부를 보고 흐뭇해하지. 모든 게 좋고 즐겁고 평화롭고 진실하고…… 그런데 질투심이 강한 여자들도 있어. 남편이 어디론가 외출을 해, 내가 아는 여자였는데, 참지 못하고 그날 밤 밖으로 뛰쳐나가 남편을 보러 몰래 쫓아가. '거긴가? 그 집에 있는 거 아냐? 그 여자랑 있나?' 사달이 시작되는 거지. 아내도 이러는 게 안 좋다는 걸 잘 아니까 심장이 얼어붙고 죄책감이 들지. 정말 사랑하는 거야. 모든 것이 사랑 때문이야. 싸우고 나서 화해하면 얼마나 좋으냐! 아내가 남편에게 용서를 구하거나, 남편을 용서하거나! 둘 다 얼마나 좋아하고 얼마나 안심하는지, 마치 새로 만나서, 새로 식을 올리고, 사랑이 새롭게 시작되는 것처럼 말이야. 그 누구도, 그 어떤 사람도 남편과 아내 사이에 무슨 일이 일어나는지, 그들이 서로를 사랑하는지 알 수가 없어. 부부 사이에 어떤 싸움이 일어난다 해도, 시어머니나 친정어머니를 조정자로 끌어들여선 안 되고 한 사람이 다른 사람에 대해 불평해서도 안 돼. 부부 일은 스스로 판단해야지. 사랑이라는 것은 신성한 불가사의야. 둘 사이에 무슨 일이 일어나더라도 모든 타인의 눈으로부터 가려져야 하는 거야. 가려질수록 더 거룩하고 깊어지지. 서로를 더 존중하게 되고, 많은 것이 존중을 토대로 자리를 잡지. 정말 사랑이 있었고, 사랑해서 혼인했는데 어떻게 사랑이 지나가는 걸까! 사랑을 유지하기란 정녕 불가능한 것일까? 사랑을 유지하지 못 하는 경우는 아주 드물어. 자, 남편이 착하고 성실한 사람이라면, 어떻게 사랑이 지나갈 수 있냐고? 처음에 가졌던 남녀 간의 사랑은 지나가, 그런 거야, 그렇지만 그 자리에 더 나은 사랑이 찾아온단다. 마음이 합해지는 거지, 모든 일을 둘이서 결정해. 서로에게 숨기는 것도 없어. 아이가 생기면, 매사가 그렇게, 아무리 어려운 순간도 행복으로 여겨지지. 사랑하기만 한다면, 용기만 있으면. 일에 시달려도 즐겁고, 아이들을 먹이려고 때때로 배를 곯는 일이 있어도 즐거운 거야. 아이들은 네가 그렇게 했기 때문에 나중에 너를 사랑하게 되겠지. 네가 죽어도 아이들은 네 생각과 감정을 평생 자기 안에 간직할 거야. 네게서 받았기 때문에 너의 모습과 닮아가는 거지. 이건 위대한 본분이라는 말이야. 이런 상황에서 어떻게 아버지, 어머니와 가까워지지 않을 수가 있겠냐? 아이를 키우는 게 힘들다고 사람들이 말하더냐? 누가 그렇게 말하는데? 그것은 하늘에서 주신 행복이야! 어린아이들을 너는 좋아하니, 리자? 나는 끔찍하게 좋아한다. 생각해봐. 뺨이 발그스레한 사내아이가 너의 젖을 빨아, 그래, 남편도 아이를 품에 안고 앉아있는 아내를 보면서 가슴으로 아내가 되는 거야! 토실 토실 살이 오른 아가가 팔다리를 벌리고 평온하게 누워 있어, 조막만한 손발은 어쩌나 오동통한지, 너무나 작아서 보기만 해도 우스운 손톱, 마치 모든 걸 안다는 듯한 눈빛. 젖을 빨며 조막손으로 엄마 가슴을 만지작거리며 놀다가, 아빠가 다가오면 젖먹기를 멈추고 온몸을 한껏 젖혀 아빠를 보고 함박웃음을 짓지, 얼마나 우스운지 상상할 수도 없을 거야, 그러다 다시, 또다시 젖을 먹기 시작해. 젖니라도 나게 되면 엄마 젖을 빨면서 깨물기도 하지, '거봐, 내가 깨물었지!' 하는 눈으로 엄마를 흘겨보면서 말이야. 이런 것들이 다 행복 아니냐? 남편과 아내, 아가가 이렇게 셋이 옹기종기 모여있는 것이? 이런 시간을 사는 동안에는 많은 것을 용서할 수 있단다. 이건 아니다, 리자, 자기 자신부터 사는 법을 먼저 배우고 난 후에 다른 사람들을 탓해야지!"

'그림처럼 생생한 이런 이야기로 너를 사로잡아야 해!' 나는 마음속으로 생각했어요, 비록 진짜로 감정을 실어서 이야기를 했지만, 갑자기 얼굴이 달아올랐습니다. '여자가 갑자기 웃어젖히면 그때 나는 어디로 숨지?' 이 생각이 나를 돌아버리게 했습니다. 이야기 끝부분에서 실제로 열을 내어 말하고 나니 왠지 자부심에 금이 간 것 같더군요. 침묵이 이어졌어요. 심지어 나는 그녀를 밀쳐버리고 싶었습니다.

"뭔가 얘기가……" 여자가 갑자기 말을 시작하다가 멈췄습니다.

하지만 나는 모든 걸 이미 알아챘습니다. 여자의 머리에서 무언가 다른 것이 진동하기 시작한 거죠. 조금 전과는 다르게, 날카롭지도 거칠지도 저항하지도 않는, 순하고 부끄러워하는 무언가가. 얼마나 부끄러워하는지 여자 앞에 있는 내가 다 부끄럽고 죄책감이 들 정도였어요.

"뭔데?" 나는 다정하게 물었습니다.

"그러니까 하시는 말이……"

"응?"

"뭔가 얘기가... 책에 있는 말 같아요." 여자가 말했는데, 목소리에 다시금 조롱기가 불쑥 끼어든 것같이 들렸습니다.

이 한마디가 나를 아프게 꼬집었습니다. 내가 기대한 건 그런 대답이 아니었어요.

상황 파악이 안 됐어요. 남들이 함부로 유치하고 주제넘게 자기 삶을 간섭하려 할 때, 자존심 때문에 마지막 순간까지 버티면서 남에게 자신의 감정을 말하는 게 두려워, 수줍음이 많고 영혼이 깨끗한 사람들이 마지막에 가서 쓰는 흔한 위장술임을, 여자가 일부러 조롱의 가면을 썼음을 나는 감지하지 못했습니다. 여자가 몇 번을 소심하게 시도한 끝에 조롱하기에 이르렀고 마침내 겨우 말을 꺼낸 것을 나는 알아차려야 했었습니다. 하지만 나는 알아차리지 못했고, 짜증스러운 감정이 나를 덮쳤습니다.

'일단 멈춰봐.' 나는 생각했습니다.

VII

"이봐, 리자, 여기서 책이라니, 그게 무슨 말이냐, 남인 내가 봐도 혐오스러운데. 그래, 남이 아니라 해도 말이야. 내가 말한 이 모든 건 진심에서 한 소리야... 정말로, 진짜로 여기 사는 게 너는 스스로 혐오스럽지 않니? 아니라면, 그건 너무 익숙해져서야! 익숙함 이라는 것이 사람을 어느 지경까지 몰고 갈 수 있는지 아무도 모를 거다. 그래, 너는 정말로 네가 절대 늙을 일은 없다고 믿고 있는 거냐? 영원히 예쁠 거고 이 집에서 영원히 일할 수 있을 거로 생각하느냐? 나는 지금 여기가 구역질 나는 곳이라고 말하고 싶은 게 아니다... 내가 하고 싶은 말은 네가 지금 살아가는 방식에 관한 거야. 지금 너는 젊고 곱고 예쁘고 열정적이고 따스하긴 해. 그런데 그거 아니, 조금 전 잠에서 깨자마자 곧바로 내가 여기에서 너와 함께 있다는 사실이 나는 너무 혐오스러웠어! 술에 취해야만 이런 곳에 올 수가 있는 거야. 네가 다른 곳에 있다면, 선량한 사람들이 사는 것처럼 그렇게 산다면, 나는, 어쩌면, 단순히 너를 쫓아다니는 게 아니라, 네 속에 푹 빠졌을 거야. 네가 아무 말을 하지 않아도 너를 보기만 해도 기뻤을 거야. 집 앞에서 널 하염없이 기다리고 네 앞에 무릎을 꿇었을 거야. 너를 내 신붓감으로 점찍으며 그걸 영광으로 생각했을 거야. 너에 관한 거라면 그 어떤 불결한 것도 감히 상상도 못 했을 거야. 여기서는 내가 휘파람만 불면, 너는, 원하든 원치 않든, 날 따라와야 하는 걸 나는 잘 알지. 내가 너의 의사를 물어야 하는 게 아니고 네가 내 의사를 물어야 해. 막장까지 간 사내는 막노동꾼이 되면서도 어찌 됐든 간에 자기 자신 전체를 노예로 만들진 않아, 자기에겐 기한이 있는 걸 아니까. 너한텐 무슨 기한이 있냐? 한번 생각해봐. 너는 여기에다 뭘 바치지? 너의 무엇을 노예로 만드니? 영혼이야, 너 스스로 다스릴 수 없는 너의 영혼을 네 몸과 함께 노예로 만들고 있다고! 술 취한 아무에게나 너의 사랑을 능욕하라고 주고 있다고! 사랑! 정녕코 이것이 전부야, 진정 이것은 보석이고 여자의 보물이야, 사랑이라는 것은 말이야! 이 사랑을 얻으려고 어떤 사람들은 영혼을 걸고 죽음도 불사하는 거야. 그런데 지금 너의 사랑은 어떤 가치가 있지? 너는 팔린 몸이야, 전부 통째로, 이런 상황에 뭐하러 사랑을 쟁취하려고 하겠니, 사랑 없이도 모든 게 가능한데. 여자에게 이것보다 더 심한 모욕은 없다. 내 말 무슨 말인지 알겠니? 그래, 여기서는 바보 같은 너희를 위로하려고 애인을 두는 걸 허용한다고 들었어. 그렇지만 그건 장난질이고 사기일 뿐이야, 너희를 비웃는 것일 뿐인데 어떻게 너희는 모를 수가 있는지. 그러니까 그런 애인이 실제로 너를 사랑한단 말이냐? 기둥서방이? 난 안 믿는다. 자기 옆에서 너를 불러내려 소리치는 걸 들으면서 어떻게 그가 너를 사랑할 수 있단 말이냐. 사랑한다고 하면 그놈은 쓰레기에 지나지 않아! 그가 너를 눈곱만큼이라도 존중하니? 그와 네가 통하는 게 뭐가 있겠냐? 그는 너를 비웃을 뿐이고 너를 착취할 뿐이야. 이게 바로 그런 놈이 말하는 사랑의 전부다! 때리지 않는 것만도 감지덕지하지. 어쩌면 때릴 수도 있겠구나. 만약에 그런 애인이 있으면 그 사람한테 물어봐, 너랑 혼인할 거냐고.

그러면 그는 네 눈앞에서 폭소를 터뜨릴 거다, 네게 침을 뱉거나 한 대 치지 않는다면. 그 사람 자체도 찌그러진 동전 두 푼의 값어치도 못 되는 사람일 거다. 대체 무엇 때문에, 한번 생각해봐라, 너는 자기 생을 여기서 망치고 있었니? 여기선 커피도 주고 배부르게 먹여도 주니까? 뭐 때문에 네게 먹을 걸 주겠니? 올바른 처자라면 여기서 주는 빵 한 조각도 목에 걸려 넘기지 못할 거다, 뭐 때문에 먹을 걸 주는지 알 테니까. 너는 여기에 매여있고, 매여있을 것이며, 마지막의 마지막까지 계속 매여있을 거고, 손님들이 너를 거부하게 되는 그 순간까지 놓여나지 못할 거야. 그런 순간은 금방 온단다, 네 젊음을 믿지 마라. 정말 모든 것은 날개를 단 듯 순식간에 날아가 버려. 너를 쫓아낼 거다. 그냥 쫓아내는 게 아니라, 오랜 시간 처음에는 트집을 잡았다가, 야단을 치다가, 욕을 해댈 거다. 마치 마담에게 너의 건강을 바친 건 네가 아니라는 듯, 마담을 위해 젊음과 영혼을 헛되이 파멸시킨 사람이 네가 아니라는 듯, 마치 네가 마담을 착취하고, 약탈하고, 거렁뱅이로 만든 것처럼 말이다. 도움일랑 바라지 마라. 너의 친구라고 불리던 이들도 너를 공격할 테니, 마담에게 알랑거려야 하니까. 여기선 모든 게 노예가 돼버려서 양심이나 동정은 오래전에 내다 버렸기 때문이지. 상해버린 사람들이야, 그런 욕지거리들보다 더 추악하고, 더럽고, 모욕적인 건 세상에 없을 거다. 여기서 너는 네가 가진 모든 걸 쏟아붓고 있어, 전부를, 아무 기약도 없이 건강도, 젊음도, 아름다움도, 소망도 모두 다. 네 나이 스물두 살에 너는 서른다섯 먹은 여자처럼 보일 거다. 아프지 않으면 그나마 다행이지. 안 아프도록 기도나 해. 너는 지금 십중팔구 일은 안 해도 된다고 생각할 거야. 헛소리! 세상에 이보다 더 힘들고 더 징역살이 같은 일은 없고, 결코 있었던 적도 없어. 심장이 온통 눈물로 으스러질 것만 같지. 여기서 너를 쫓아낼 때, 너는 아무 말도, 입도 달싹 못할 거다. 죄인처럼 나갈 거야. 다른 곳으로 가겠지, 그다음 또 다른 곳으로, 그런 다음 또 어딘가로 돌다가 결국은 센나야 광장까지 가게 될 거야. 거기서는 너를 서둘러 두들겨 패기 시작할 거다. 그렇게 하는 것이 그곳의 예의니까. 그곳에 오는 손님은 때리지 않고는 관계 맺는 법을 모르는 이들이니까. 설마 그렇게 끔찍하진 않을 거라고 너 혹시 생각하니? 한번 가봐, 언제 시간을 내서 네 두 눈으로 확인하면 알게 될 거야. 나는 설날 명절에 거기서 한 여자를 본 적이 있어, 대문 옆에서. 여자가 통곡한다는 이유로 엄동설한에 그 집 사람들이 여자를 밖으로 밀어내고 문을 닫아버렸지. 아침 아홉 시에 여자는 머리를 풀어헤치고, 반나체로 완전히 술에 취해 있었고 온통 두들겨 맞았더군. 분으로 떡칠한 얼굴에 눈퉁이는 시퍼렇게 멍이 들었고 코하고 이빨에서는 피가 흐르고 있었어. 어떤 마부가 방금 한 짓이었지. 여자는 돌계단에 앉아 있었는데 손에는 소금에 절인 생선을 들고 있었어. 흐느끼다가, 생선으로 돌계단을 치면서 자기의 '신세'를 한탄하며 통곡하더군. 옆으로 마부며 술 취한 군인들이 몰려들어 여자에게 집적거렸어. 네가 그렇게 될 거라고 안 믿어지지? 나도 믿기 싫을 것 같아. 네가 어찌 알겠냐만은, 어쩌면 한 10년, 8년 전에 생선을 들고 있던 그 여자도 어딘가에서 이곳으로 왔을지도 몰라. 아기천사

같이 화사한 얼굴에, 순결하고 깨끗한 모습으로 말이지. 나쁜 짓은 들어본 적도 없고 말 한마디 할 때마다 얼굴을 붉히는 그런 모습으로 말이야. 어쩌면 너처럼 그랬을지도 몰라. 자존심 세고, 잘토라지고 다른 아가씨들과는 다르게, 공주처럼 보였을지도 몰라. 누군가가 자기를 사랑하고 자기도 누군가를 사랑하는 것이 온전한 행복이라는 걸 알았을지도 몰라. 그런데 결말은 어떻게 됐지? 그 여자가 생선으로 더러운 계단을 치던 바로 그 순간에, 쥐어뜯긴 머리로 술에 취해있던 바로 그 순간에, 예전에 자기가 살던 시절이 모두 기억난다면, 아버지 집에 살던 순수했던 시절, 아직 학교에 다닐 때, 이웃집 아들이 길목에서 여자가 오기만을 기다리던 때를, 평생 여자만을 사랑하겠다고, 여자에게 운명을 걸었다고 맹세하던 그때를, 평생 함께 사랑하자고, 이다음에 크면 꼭 혼인하자고 언약하던 그때를 기억한다면, 기분이 어땠을 것 같니! 아니다, 리자, 행복은, 너에게 행복은, 골방에서, 지하에서, 지난번에 일어났던 일처럼, 폐병으로 가능한 한 빨리 죽는 걸 거다. 병원으로 갔으면, 이라고 말했니? 그래, 병원으로 데려갈걸? 만약 네가 마담에게 아직 필요하다면. 폐병이란 그런 병이야, 소란을 피우는 열병이 아니란 말이지. 이런 곳에 있는 사람은 마지막 순간까지 기대하면서, 자기는 건강하다고 말한다. 스스로 자기를 토닥이는 거지. 그렇게 하는 것이 마담에겐 이로워. 기분 나빠 하지 마라, 실제로 그러니까. 영혼을, 말하자면, 팔았잖아. 게다가 빚도 있어, 그건 곧, 너는 딴소리하면 안 돼, 이런 말이야. 네가 죽어갈 때면 모두가 너를 버릴 거다, 모두가 외면할 거야. 너한테 건질

게 뭐가 더 있겠냐? 그것만 하면 다행이게? 모두 너를 욕할 걸, 네가 공짜로 자리를 차지하면서 빨리 죽지 않는다고. 물을 한잔 얻어 마시려 해도 욕지거리를 해대며 주겠지, '너, 이 쓸모없는 년아, 언제쯤 뒈질 거냐, 저놈의 끙끙대는 소리 땜에 잠도 제대로 못 자고 말이야. 손님들도 싫어하잖아.' 하면서. 그렇게 되는 거야, 내가 직접 그런 말을 들은 적이 있거든. 지하에서 가장 역한 냄새를 풍기는 골방에 숨이 끊어져 가는 너를 집어넣겠지. 어둡고 축축한 곳에 혼자 누워서, 그때가 돼야 너는 생각을 바꾸겠니? 네가 죽으면 곧바로 너를 거두겠지, 남의 손을 빌려서, 툴툴거리며, 황급하게. 아무도 네게 신의 가호를 빌어주지 않고, 아무도 너로 인해 슬퍼하지 않을 거야. 한시바삐 치워버리려고 할 뿐이지. 속을 파낸 나무둥치를 하나 사서 떠메고 나와, 오늘 파묻은 불쌍한 여자처럼 떠넘겨버리고선 술집으로 몰려가 너를 안주로 삼겠지. 묘지는 진창과 오물과 젖은 눈으로 범벅되었어, 너를 위한 의식이니 당연한 거 아니겠어? '어이, 이반, 밧줄을 내려, 아이고, 이런, 이 여자의 그렇고 그런 '신세'가 여기까지 따라왔네. 거꾸로 처박혔잖아. 밧줄을 잡아당겨, 이 망나니야.', '괜찮아, 그냥 둬.', '뭐가 괜찮아야? 이것 봐, 옆으로 누웠잖아. 이것도 사람이었는데, 안 그래? 에이, 그냥 두지 뭐, 덮자.' 너 때문에 오래 다투고 싶지 않은 거지. 그들은 질척거리는 더러운 진흙으로 서둘러 덮어버리고 술집으로 간다... 이것으로 이 땅에서 너에 관한 기억이 끝나게 되지. 다른 사람들은 자녀들이 무덤으로 찾아오는데, 부모도 오고 남편도 오고. 그런데 너는, 눈물도, 한숨도, 추모도, 그 누구도,

그 어떤 누구도, 이 세상을 전부 통틀어 네게 찾아오는 일은 결코 없을 거야. 네 이름은 지상에서 사라져 버리지, 마치 네가 이 땅에 존재한 적도 없고 태어나지도 않았던 것처럼! 죽은 이들이 깨어나는 밤마다, '들리세요, 저 좀 꺼내주세요, 바깥세상에서 살고 싶어요! 나는 살았었지만 제대로 한번 살아보지도 못했어요. 내 삶은 걸레 조각으로 변해버렸어요. 센나야 광장 술집에서 사람들이 내 인생을 마셔버렸어요. 들리나요, 한 번만 더 세상에서 살아볼 수 있도록, 저 좀 꺼내주세요!...' 하면서 관뚜껑을 아무리 두들겨 대도 너는 늪이 된 진창 속에 있을 뿐이야."

얼마나 격정적인 상태로 들어갔던지 나는 목이 메어 경련이 날 지경이었습니다. 그런데... 갑자기 나는 말을 멈추고 두려움에 몸을 약간 일으켰습니다. 고개를 조심스럽게 한쪽으로 숙이고 심장을 콩닥거리며 귀를 기울이기 시작했어요. 당황할만한 일이 생긴 겁니다.

내가 여자의 마음을 전부 돌려놨고 심장을 갈가리 찢어놓은 건 한참 전에 감지하고 있었지만, 내가 그것을 확신하면 할수록 나는 더 빨리, 할 수 있는 한 극적으로 목적을 달성하려고 했습니다. 역할놀이였어요, 놀이 속으로 들어간 거죠. 그런데 그런 놀이만이 아니라……

내가 뻣뻣하게, 딱딱 끊어서, 책을 읽듯 말하는 걸 나도 알았어요. 한마디로 말해 나는 '책에 쓰여 있는 것처럼'이 아니면 다른 식으로는 말을 할 수가 없었어요. 하지만 이것이 당황스러웠던 건 아닙니다. 나는 내 말을 알아들을 것을, 책에 쓰여 있는 대로가 오히려 알아듣기에는 더 낫다는 것을 알았고, 그렇게 될 거로 예감하고 있었어요. 예상했던 결과에 도달한 지금, 나는 느닷없이 겁이 났습니다. 결코, 한 번도, 지금껏 그렇게 절망하는 모습을 본 적이 없었어요! 여자는 베개에 얼굴을 단단히 받치고 양손으론 베개를 잡고 엎드려 있었어요. 여자의 가슴은 갈가리 찢겼습니다. 여자의 탄탄한 육체가 온통 경련이 일어나듯 몸부림을 쳤습니다. 가슴 속에서 웅어리진 통곡이 비집고 나오면서 여자를 삼켜버리더니 느닷없는 절규와 비명이 되어 터져 나왔습니다. 그럴수록 더 강하게 여자는 베개 속으로 파묻혔습니다. 여기서 누구라 해도, 하다못해 살아있는 영혼이라 해도 자기의 고통과 눈물을 알게 되는 걸 여자는 원하지 않았어요. 여자는 베개를 물어뜯더니, 자기 팔을 피가 날 정도로 깨물었고(나중에 내가 봤어요), 헝클어진 머리채를 손가락으로 움켜잡고 숨을 참으며 이빨을 앙다물고 있는 힘을 다해 버티고 있었습니다. 여자에게 무언가 말을 붙이거나 진정하라고 하려다가 그럴 수 없음을 예감한 나는 갑자기 오한 비슷한 게 들더니 공포에 짓눌려서 어떻게든 빨리 떠날 채비를 하려고 손으로 더듬거리기 시작했어요. 깜깜했습니다. 아무리 애를 써도 빨리 채비를 끝낼 수가 없었어요. 더듬는 와중에 나는 성냥갑과 손대지 않은 온전한 양초가 꽂힌 촛대를 잡았습니다. 빛이 방을 비추자마자 리자가 벌떡 일어나 앉았는데 이상하게 일그러진 얼굴로 정신이 반쯤 나간 것 같은 웃음을 머금고선 얼이 빠진 듯 나를 쳐다보았습니다. 나는 리자 옆에 앉아 손을 잡았습니다. 리자는 정신을 차리고 내 쪽으로 몸을 던져 나를 끌어안으려 했지만 차마 그렇게는 못 하고 내 앞에서 조용히 고개를 떨구었습니다.

"리자, 이 사람아, 내가 공연히... 미안하다." 내가 입을 열었습니다. 하지만 리자가 자기 손가락으로 내 손을 얼마나 세게 누르는지, 내게 입을 닫고 말을 그만하라는 표시인 것 같았어요.

"여기 내 주소다, 리자, 우리 집에 놀러 와."

"갈게요..." 여전히 고개는 들지 않은 채 리자가 단호하게 속삭였습니다.

"그만 갈게, 안녕히... 잘 있어."

내가 일어섰고, 리자도 자리에서 일어났는데 온통 발그레해져서 몸을 흠칫 떨더니 의자에 놓인 숄을 집어 턱까지 가리도록 어깨를 덮었습니다. 그러고 나서 리자는 어쩐지 고통스럽게 다시 웃었고, 얼굴을 붉히면서 기이하게 나를 바라보았어요. 마음이 아팠습니다. 나는 빨리 여기를 나가서 슬그머니 사라지려고 서둘렀어요.

"잠깐만요." 출입문 옆 현관에 나와, 손으로 내 외투를 부여잡고서 리자가 갑자기 이렇게 말하더니 촛대를 황급히 놓고 뛰어들어갔습니다. 뭔가 잊은 게 생각났거나 아니면 내게 보여주려고 뭔가를 가져오고 싶은 것 같았어요. 뛰어가면서 리자는 온통 발갛게 달아올랐고, 눈동자는 빛났으며 입술에는 미소가 보였습니다. 뭘 하려고 그러나? 나는 싫든 좋든 기다려야 했습니다. 무언가에 대해 용서를 구하는듯한 눈빛으로 리자가 잠시 후 돌아왔습니다. 돌아온 리자는 완전히 다른 얼굴, 완전히 다른 눈빛을 하고 있었습니다. 조금 전까지 서려 있던 침울함과 의심과 완강함이 사라졌습니다. 이제 리자의 눈은 간절하고 부드럽고 순진하고 상냥하고 연약한 빛을 띠고 있었습니다. 아이들이 아주 좋아하는 사람을 쳐다볼 때, 누군가에게 뭔가를 애원할 때, 아이들의 눈에 어린 그런 눈빛 말이에요. 리자의 밝은 갈색 눈은 사랑도, 음산한 증오도 담아낼 수 있는 아름답고 살아있는 눈이었어요.

내게 아무것도 설명하지 않으면서 – 마치 내가 어떤 위대한 존재여서 설명 없이도 모든 것을 알아야 한다는 듯이요 – 리자는 내게 종잇조각을 내밀었습니다. 바로 그 순간 리자의 얼굴 전체가 얼마나 순진하게 빛나던지요, 아이들이 뿌듯해서 함박웃음을 지을 때처럼요. 나는 종이를 펼쳤습니다. 그건 어떤 의대생인가 그 비슷한 누군가가 리자에게 보낸 편지였어요. 지나치게 과장되고 화려한 수사를 썼지만 지나치게 정중한 사랑 고백이었어요. 지금은 구체적인 표현이 기억나지 않지만, 고상한 문체 사이로 속일 수 없는 진실한 감정이 엿보였다는 건 뚜렷하게 기억나네요. 편지를 끝까지 다 읽고 나서 나는 어린아이처럼 안달하며 대답을 기다리는, 내게로 향한 리자의 간절한 눈길과 마주했습니다. 리자는 내 얼굴을 뚫어지도록 바라보며 초조하게 기다렸어요. 무슨 말을 해줘야 한단 말입니까?

리자는 몇 마디로, 재빨리, 그렇지만 어쩐지 기뻐하며 자랑하듯 내게 상황을 설명했어요. 리자가 어느 날 저녁 무도회에 간 적이 있는데, 무도회가 열린 곳이 가정집이었고, '아주 아주 좋은 사람들, 평범한 가정이 있는, 아무것도 알지 못하는 사람들이었대요, 아예 아무것도 모르는.' 그때가 리자가 이곳으로 오자마자였을 때

고... 그때는 이곳에서 계속 일할지를 결정 못 한 상태였고 빚만 갚
으면 떠나겠다고 생각했기 때문에... '그러니까 거기 그 대학생이
있었고, 그는 저녁 내내 춤을 추며 리자와 이야기를 나눴는데, 알
고 보니 그 학생은 리자의 고향인 리가에 지금도 살고 있으며, 어
렸을 때 리자와 이미 아는 사이였고 같이 놀았던 사람이었대요.
아주 오래전 이야기죠. 그는 리자의 부모도 알고 있지만, 이것에 관
해선 전혀-전혀-전혀 모르고 의심조차 안 하고 있답니다! 무도회
에서 만난 다음 날 (3일 전이에요) 그가 아는 여자를 통해 ─ 리자와
무도회에 같이 간 여자예요 ─ 이 편지를 보내왔고... 그리고... 이
게 다랍니다.'

이야기를 마친 리자는 왠지 부끄러워하며 빛나는 눈을 떨구었
습니다.

불쌍한 것. 리자는 이 대학생의 편지를 보물처럼 간직했고, 자
기를 진실하고 정직하게 사랑한다는 것을, 자기하고도 정중하게
이야기를 나눈다는 것을 내가 알지 못한 채 떠나기를 바라지 않으
면서, 단 하나뿐인 자신의 보물을 가지러 뛰어갔던 겁니다. 어쩌
면 그 편지는 결말 없이 그렇게 상자 속에 놓여있어야 할 운명이
었을지도 모릅니다. 어찌 되든, 어떤 상황이라 해도, 리자는 평생
그 편지를 보물처럼, 자존심처럼, 자기 해명처럼 간직하리라 나는
확신했어요. 그래서 바로 그 순간에 리자가 스스로 이 편지를 기
억해내고 가져온 게 아닙니까, 내 앞에서 순진하게 뽐내며 내 눈
앞에서 자신을 만회하고 내 눈으로 보고 자기를 추켜세우도록 하
려고. 나는 아무 말도 하지 않고 리자의 손을 한번 잡은 후 밖으로

나왔습니다. 나는 정말 나오고 싶었어요... 함박눈이 아직 송이째 펑펑 내렸지만 걸어서 집까지 왔습니다. 나는 기진맥진하여 녹초가 되었고 당황스러웠습니다. 그런데 이 당황스러움에서 진실은 이미 빛나고 있었습니다. 빌어먹을 진실이요!

VIII

한편, 나는 이 진실을 빨리 인정하고 싶지 않았어요.

몇 시간 내리 깊은 잠을 자고 난 다음 날 아침, 나는 일어나자마자 어제 일어난 일을 생각하고선, 어제 내가 리자와 어떻게 그렇게까지 감상적일 수 있었는지, '어제 일어난 끔찍한 일과 연민'에 놀라기까지 했습니다. '여자의 신경 발작에 휩싸인 거지 뭐, 퉤!', 하고 단정해버렸습니다. '주소는 뭐하러 리자에게 찔러줬을까? 만약에, 리자가 집에 오면 어떡하지? 그럼, 흠, 오라지 뭐, 상관없어...' 그렇지만, 지금 핵심은, 가장 중요한 건 이것이 아니라는 건 명백했습니다. 무슨 일이 있어도, 즈베르코프와 시모노프 앞에서 나의 평판을 서둘러서 빨리 구해내야 했으니까요. 그것이 바로 중요한 일이었습니다. 이날 아침 나는 걱정거리들로 분주해서 리자 일은 아예 잊어버릴 지경이었어요.

먼저 해야 할 일은 어제 시모노프에게 빌린 돈을 즉시 갖다 주는 것이었습니다. 나는 극약처방을 쓰기로 했습니다. 안톤 안토니치에게 15루블을 다 빌리는 것이지요. 이날 아침 그는 기분이 아주 좋아 보였고 부탁 한 번에 이 돈을 바로 내주었습니다. 나는 너무 기쁜 나머지 차용증에 서명하면서 무사라도 된 듯한 기분으로 그에게 생각 없이 이런 말을 하고 말았습니다. '어제 Hotel de Paris 호텔 드 파리에서 지인들과 떠들썩하게 한잔했는데 어릴 적부터 친구라고 할 수 있는 한 동창을 송별하는 자리였어요. 그거 아세요, 그 친구는 흥청망청 잘 노는 사람인데 응석받이로 큰 거죠. 음, 당연히, 집안이 좋고 재산도 많아요. 직장에서도 승승장구하고, 재치도 있고 매력도 있어서 귀한 집 여인네들과 수작도 잘 부려요. 있잖아요, 우리가 샴페인을 '반 궤짝'이나 마셨다니까요.'... 뭐 어쩌겠습니까. 너무나도 가볍게, 입에서 혀가 풀려난 듯, 자만하여 이 말이 전부 튀어나온 것을......

집으로 오자마자 나는 서둘러 시모노프 앞으로 편지를 썼습니다.

진정 신사답고, 선량하고 허심탄회한 어조로 쓴 편지를 생각하면 나는 지금까지도 감탄한답니다. 능란하고 고상하게, 중요한 것은, 불필요한 말은 자제하고, 나는 모든 것이 내 탓이라고 썼습니다. '만약 내가 변명할 자격이라도 있다면'으로 운을 떼면서, 와인에 전혀 익숙하지 않아서 취했고, Hotel de Paris 호텔 드 파리에서 자네들을 기다리던 5시에서 6시 사이에 보드카를 한잔했는데 (마치 그랬던 것처럼) 나는 바로 취했노라 변명했습니다. 나는 먼저 시모노프에게 사과하면서 내 해명을 나머지들에게, 특히 즈베르코프에게 전해달라고 부탁했어요. '꿈에서 본 듯 어렴풋한데' 내가 즈베르코프를 모욕한 것 같다면서요. 내가 직접 모두에게 찾아가고 싶지만, 머리도 아프고 무엇보다도 면목이 없다고 덧붙였습니다. 내 펜 끝에 묻어나는 이 '약간의 가벼움', 심지어 어설프다고까지 할 수도 있는(하지만, 아주 예의 바른) 어조가 특히 마음에 들었는데, 이런저런 모든 변명보다 더 그럴싸하게 그들이 내 의도대로 생각하도록 할 수 있을 것 같아서였습니다. 즉, 나는 '어제 저질렀던 모든 추행'을 꽤 거리를 두어 파악하고 있고, 나는 결코, 전혀, 자네들이 생각하는 것처럼, 이 양반들아, 한방에 훅 가지 않았다, 반대로, 나는 자신을 존중하는 신사가 침착하게 대처하는 것처럼 이 상황을 바라본다, 이런 말이죠. '군자는 지난 일에 연연하지 않는다'고들 하잖아요.

'이건 정녕코 풍류객의 익살이 아닌가?' 편지를 다시 읽으며 나는 감격했습니다. 이 모든 것이 교양 있고 성숙한 사람이니까 가능한 거지! 다른 사람들이 내 입장이었다면 어떻게 이 난관을 모면할지 몰랐겠지만, 나는 이렇게 몸을 돌려 빠져나왔고 다시금 호기롭게 극복하고 있지요. 그것은 바로 내가 '이 시대의 교양 있고 성숙한 인간'이기 때문입니다. 실제로는 어제 일이 전부 와인 때문에 일어났을 수 있잖아요. 흠... 아닌 것 같아요, 와인 때문이 아닙니다. 그네들이 오기만을 기다리던 5시에서 6시 사이에 나는 보드카 같은 건 전혀 마시지도 않았고요. 시모노프에게 거짓말을 했습니다. 뻔뻔스럽게 거짓말을 한 거죠. 더구나 지금도 가책은 느끼지 않습니다...

귀찮다, 무시해 버려! 중요한 것은 내가 모면했다는 거니까.

나는 편지에 6루블을 동봉하여 시모노프 집으로 가져다주라고 아폴론에게 일렀습니다. 편지 봉투에 돈이 든 사실을 알고선 아폴론은 더 정중해졌고 다녀오겠다고 했습니다. 저녁이 가까워지자 나는 좀 걸으려고 집을 나왔습니다. 어제 후유증으로 머리는 아직도 아팠고 어지러웠어요. 저녁 빛이 짙어갈수록, 땅거미가 내려앉을수록, 나의 감상은, 그 뒤를 따라오는 내 상념은 자꾸만 변하면서 뒤엉켰습니다. 내 안에서, 심장 한가운데서, 양심 깊은 곳에서 무언가가 사라지지 않고, 사라지려 하지 않고, 가슴을 에는 듯한 울적함으로 나타났습니다. 나는 사람들이 많고 상점이 많은 곳을 찾아다니며, 메샨스키, 사도바야 거리를, 유수포프 정원을 따라 걸었습니다. 나는, 화가 난 것처럼 보일 정도로 안달 난 얼굴로 일을 마치고 각자 집을 향해 돌아가는 행인들이, 공장 사람들이, 수공업자들이 떼를 지어 길거리를 메우는, 저물녘 어스름이 내려앉은 이 거리를 걷는 게 언제나 참으로 좋았습니다. 바로 이 보잘것없는 분주함, 뻔한 진부함이 나는 좋았습니다. 이날따라 이 거리의 혼잡함이 나를 더 흥분시켰습니다. 나는 어떻게도 내 마음을 감당할 수가, 수습할 수가 없었어요. 마음속에서 뭔가가 일어나더니, 끊임없이 아프게 일어나더니 잦아들지 않으려 했습니다. 완전히 상심한 나는 집으로 돌아왔습니다. 내 마음속에 어떤 범죄가 도사리고 있는 것 같았어요.

리자가 올지도 모른다는 생각이 계속 나를 괴롭혔습니다. 어제의 모든 기억 중에서 리자에 대한 기억이, 어쩐 일인지 따로 구분되어, 특별히 나를 괴롭혔습니다. 다른 것들은 전부 저녁이 되기 전에 완전히 잊어버릴 수 있었어요. 손짓 한 번으로 머리에서 지워버린 다음이었고, 시모노프에게 보낸 편지를 마음이 흡족하도록 잘 써서 만족스러운 상태였습니다. 그런데 지금은 이상하게도 마음이 놓이지가 않았어요. 마치 리자 하나 때문에 내가 괴로워하는 것처럼요. '리자가 오면 어떡하지?' 이 생각이 머리를 떠나질 않았습니다. '음, 괜찮아, 오라고 해. 흠. 한 가지 끔찍한 건 내가 어떻게 사는지 리자가 보게 되는 건데. 어제 리자 앞에서 나는… 영웅이었는데… 그런데 이런 꼴을 보면, 흠! 그러게, 내가 이렇게까지 바닥으로 떨어진 걸 알게 되면, 추해. 집안엔 그냥 가난밖에 없잖아. 어제도 그런 차림으로 송별회에 갈 결심을 했으면서! 기름 먹인 천으로 덮인 소파라고 불리는 것에서 솜뭉치가 삐져나와 있다! 실내가운이라고 하는 것은 몸을 가릴 수도 없을 만큼 해졌고! 얼마나 너덜너덜 누더기인지…… 리자가 이 모든 걸 보게 되겠지, 아폴론도 보게 되겠지. 그 짐승 같은 놈은 리자의 맘을 상하게 할 거야. 내 보란 듯 리자에게 트집을 잡아 잔소리를 해대겠지. 나는 당연히, 평소에 하듯, 리자 앞에서 소심해져 허둥대다가 실내가운 앞섶으로 몸을 가리고, 미소를 짓다가 거짓말을 시작하겠지. 우우, 역겹다! 그런데 더 역겨운 건 이것이 아니다! 여기엔 더 중요하고, 더 추하고, 더 비열한 무언가가 있다! 그래, 더 비열해! 다시 또, 다시 또 위선이라는 거짓 가면을 써야 한다는 것이다!…'

생각이 여기까지 이르자 나는 격분하고 말았습니다.

'뭐하러 위선적인 가면을 써? 뭐가 위선이란 말이야? 어제 내가 한 말은 진실했어. 내 마음속에서도 진정한 감정을 느꼈단 말이야. 나는 리자의 마음속에 있는 고귀한 감정을 깨우고 싶었을 뿐이야... 리자가 울었다면 그건 좋은 거야, 이롭게 작용했다는 뜻 이니까……'

그런데도 나는 흥분을 가라앉힐 수가 없었어요.

이날 내가 집으로 돌아왔을 때부터 저녁 내내, 9시가 넘어도, 계산상 리자가 절대 올 수 없는 시간인데도, 리자는 계속 내 앞에 어른거렸고, 중요한 건, 계속 한가지 모습으로 떠올랐다는 것입니다. 어제 같이 있었던 일 중에서 한 장면만 유독 선명하게 떠올랐습니다. 내가 성냥을 켜고 방을 비추자마자 보았던 리자의 고통에 찬 눈빛과 창백하고 일그러진 얼굴 말입니다. 그 순간 그 얼굴에는 얼마나 안쓰럽고, 얼마나 어색하고, 얼마나 일그러진 미소가 서렸던지요! 15년 후에 내가 리자를 떠올릴 때 그 순간의 그렇게 안쓰럽고 일그러지고 불필요한 미소를 짓는 리자를 여전히 기억하게 될 줄은 그 당시엔 아직 몰랐습니다.

다음날 나는 이 모든 일은 하찮은 일, 신경쇠약의 결과, 가장 중요하게는, 과장된 생각의 결과라고 받아들이기로 다시금 마음먹었습니다. 나는 나의 이러한 약점을 항상 의식하고 있었는데 이따금 이 약점이 두렵기도 했습니다. '나는 모든 걸 부풀려서 생각하잖아, 그래서 결국 절뚝거리게 되지.' 나는 한 시간마다 한 번씩 마음속으로 되뇌었습니다. 하지만, 그런데도, '그래도 어쨌든 리자는 올 거다', 그때 나의 모든 추론이 돌고 돌아 노래의 후렴구같이 도착하는 곳은 바로 이 결론이었어요. '온다! 꼭 올 거다!' 방을 뛰어다니며 나는 소리높여 외쳤어요. '오늘 안 오면 내일은 올 거다,

그래 찾아올 거야! 모든 순수한 심장을 가진 자들의 진절머리나는 공상이란 이런 것이다! 역겹도다, 어리석도다, 편협하도다, 이 '쓸데없이 감상적인 영혼들아'! 아, 어떻게 모를 수가 있나, 어떻게 마치 모르는 것처럼 여길 수가 있나?' 여기서 스스로 생각을 멈춘 나는 큰 낭패감마저 느꼈습니다.

'뭔가가 부족해, 부족하다고,' 나는 도중에 생각했어요. '몇 마디가 필요했어, 목가적인 것이 조금 필요했어(맞아, 조금 꾸며대고, 추상적이고, 지어낸 서정적인 것), 사람의 마음 전체를 내 맘먹은 대로 당장 돌려놓기 위해서는 말이야. 순결이란 게 있지! 토양의 신선함이란 게 있지!'

리자에게 내가 직접 가서 '모든 걸 털어놓고' 나한테 찾아오지 말라고 이르자는 생각이 간혹 들기도 했어요. 이 생각을 하는 도중에 어찌나 화가 치밀어 오르던지, 이 리자가 내 옆에 갑자기 나타나기만 하면 이 '빌어먹을' 리자를 그냥 박살을 내버릴 것 같았어요, 그녀를 모욕하고, 침을 뱉고, 쫓아내고, 한 대 치고 싶었어요!

이런 와중에 하루가 지나고, 이틀, 사흘이 지났어요. 리자는 찾아오지 않았고 나는 마음을 가다듬어갔습니다. 특히 9시가 지나면 나는 기운을 차리고 원기를 회복했고 때로는 꽤 달콤한 공상을 즐기기도 했어요. '내가, 예를 들면, 리자를 구원한다. 그것은 바로, 그녀가 내게 찾아오는 것을 통해서다. 나는 그녀에게 이야기를 들려주고... 나는 그녀를 계발하고 교육한다. 나는, 결국, 그녀가 나를 사랑하는 걸, 열정적으로 사랑하는 걸 알아챈다. 나는

그 사실을 모른 척한다(그런데, 뭐 때문에 내가 모른 척을 하는지 나 자신
도 모른다. 그냥, 아름다움을 위해서 그럴지도). 마침내 리자는, 온통 당황
하여, 너무나 아름다운 모습으로 몸을 떨며 흐느끼면서 내 발밑에
엎드려 내가 자기의 구세주이고 세상에서 그 무엇보다 나를 사랑
한다고 말한다. 나는 몹시 놀란다, 그러나... "리자, ― 내가 말한다
― 너의 사랑을 내가 알아채지 못했다고, 정말로 그렇게 생각하
니? 내 눈에도 다 보이고, 나도 알고 있었어. 하지만 나는 너의 마
음을 먼저 침범하고 싶지 않았다. 왜냐하면, 나는 너를 감화시킨
사람이라 네가 고마운 마음에 원치 않는데도 나의 사랑에 보답하
려고 할까 봐, 억지로 네 마음속에서, 어쩌면 있지도 않은 감정을
불러낼까 봐 겁이 났던 거야. 나는 그렇게 되는 걸 원치 않았어, 왜
냐하면 그건... 횡포니까... 그건 무례한 거야(음, 한마디로 말해서, 나는
이 대목에서, 뭔가 유럽에서 하듯, 조르주 상드 식으로, 이루 말할 수 없이 고상
한 기교를 부리다 말이 꼬여버리고……). 그러나 지금, 이제 너는 내 것
이야, 너는 나의 창조물이야, 너는 깨끗하고 아름답다. 너는 훌륭
한 나의 아내야.

    이제 나의 집으로 당당하고 자유롭게
    온전한 안주인으로 들어오라!"[53]

　　그 후 우리는 알콩달콩 정답게 살면서 외국으로 여행도 다니

53　　네크라소프의 시 〈어두운 방황에서……〉 (1845년)의 마지막 부분이다.

고 기타 등등, 기타 등등' 말하자면, 내 보기에도 이건 상스러웠고 혀를 쑥 한번 내밀고는 끝내고 말았습니다.

'그래, 그 '천한 것'을 보내주지도 않겠지!' 나는 생각했습니다. '그런 데선 쉽게 나가 놀도록 놔두지 않을 텐데, 더군다나 저녁에는. (뭐 때문인진 모르겠지만 리자가 저녁에, 그것도 7시에 꼭 올 것만 같았습니다) 하지만 리자가 말하길 아직은 완전히 거기에 매여있는 몸은 아니라 어느 정도 재량은 있다고 했지. 그 말은, 흠! 빌어먹을, 온다고, 반드시 온다고!'

그 시각 아폴론이 주제넘은 언동으로 나를 갖고 놀아준 건 좋은 일이었습니다. 내 마지막 남은 인내심을 시험하더군요! 그놈은 나의 재난이며 선견지명으로 내게 보내진 채찍이었습니다. 아폴론과 나는 끊임없이 티격태격했고 몇 년을 계속해서 나는 그를 미워했습니다. 말이 필요 없죠, 내가 얼마나 아폴론을 미워하는지요! 나는 살면서 아직 그놈보다 더 미워한 사람은 없었던 것 같습니다, 어떤 순간에는 특히요. 그는 재봉 일도 좀 했던 나이가 지긋하고 거만한 인간이었어요. 그 인간이 왜 나를 무시하고, 게다가 도가 지나칠 정도로, 내게 참을 수 없이 건방지게 대했는지는 알 수 없는 일이지만요. 하기야 그 인간은 모든 사람에게 거드름을 피웠어요. 아폴론의 하얗고 잘 손질된 머리, 머릿기름을 조금 발라 이마에서 잘 빗어넘긴 앞머리, 항상 V자 모양으로 접힌 단단한 입을 보기만 하면, 당신들은 자기 자신을 한 번도 의심해본 적이 없는 존재가 당신들 앞에 서 있다는 걸 아실 거요. 그는 일 등급 꼰대였어요. 내가 지구에서 만나본 모든 사람들 중에서 가장 엄청난 꼰대였는데 자기애가 얼마나 강한지 마케도니아의 알렉산드로스 대왕에게나 어울릴 법한 자부심이 있었어요. 아폴론은 자기 단추 하나하나에도 사족을 못 쓰고 자기 손톱 하나하나와는 사랑에 빠졌어요. 사랑에 빠진 게 틀림없는 것이 그가 손톱으로 보일 지경이었으니까요! 그 인간이 나를 대하는 태도는 상당히 위압적이었고, 나와 거의 말을 하지 않았으며, 만일 나를 돌아볼 일이라도 생기면, 위엄있게 자기확신에 찬 듯한, 항상 깔보는 듯한 시선으로 딱딱하게 나를 쳐다보았습니다. 그런 시선이 때로는 나를 돌아버릴 지경까지 몰고 갔어요. 자기가 응당 해야 할 일인데도, 마치 내게 위대하기 그지없는 호의를 베푸는 양 그는 그 일을 했습니다. 그 인간이 나를 위해서 한 일은 아무것도 없는 거나 마찬가지였고 자기가 어떤 일을 해야 한다고는 전혀 생각을 못 하는 지경이었어요. 그가 나를 이 세상에서 가장 멍청한 바보로 여겼다는 데는 의심할 여지가 없었고, 그가 '자기 옆에 나를 붙들어 놓은 건', 그건 매달 내게서 급여를 받아갈 수 있다는 단 한 가지 이유 때문이었죠. 우리 집에서 한 달에 7루블을 받으면서 '아무것도 안 하는 것'에 그가 동의한 거죠. 아폴론으로 인해 내가 얼마나 많은 죄를 지었던지요. 가끔 그놈이 너무나 미워서 그의 걸음걸이만 봐도 나는 거의 쥐가 날 것 같았어요. 특히 혐오스러운 건 그의 새는 발음이었어요. 혀가 다른 사람보다 더 긴 것인지, 아니면 다른 이유에서인지 모르겠지만, 그는 항상 바람이 새는 소리로 '스'를 '쉬'로, '즈'를 '쥐'로 발음하면서, 이 발음이 자기에게 엄청난 기품을 준다고 생각하는지 끔찍하게 자랑스러워하는 것 같았어요.

그는 손은 뒷짐을 지고 눈은 땅으로 내리깔고서 조용하고 절도있게 말했습니다. 특히 나를 미치게 하는 것은 그가 칸막이 너머에 앉아 구약성경 시편을 낭독하기 시작할 때였어요. 이 낭독 때문에 나는 엄청난 전쟁을 치렀습니다. 저녁마다 그는 조용하고 일정한 어조로, 마치 죽은 이 옆에서 제문(祭文)을 읽듯, 말끝을 길게 빼며 낭독하기를 끔찍하게 좋아했어요. 재미있는 것은, 이것이 어떤 결과로 이어졌냐입니다. 지금 그는 돈을 받고 초상집에 다니며 시편을 읽어주는 일을 하고 있고, 더불어 쥐도 잡아 주고 구두약도 파니까요. 그런데, 그때 내가 그를 쫓아낼 수가 없었던 건 그가 나의 생활과 화학적으로 결합한 것 같아서였습니다. 게다가, 무슨 일이 있어도 그 스스로는 우리 집에서 나가려고 하지 않았을 겁니다. 나는 가구 딸린 집에서 살 수 있는 사람이 아니었어요. 내 집은 모든 인간으로부터 피신할 수 있는 나의 성이자, 나의 껍질, 나의 상자였으니까요. 아폴론은, 뭐 때문에 그랬는진 모르겠지만, 이 집에 붙어있는 붙박이장 같았고, 그래서 나는 7년 내내 그를 쫓아낼 수 없었습니다.

예컨대, 아폴론에게 이삼일이라도 월급을 늦게 주는 건 불가능했습니다. 그는 내가 어디로 도망가야 할지 모를 정도로 사달을 낼 테니까요. 그러나 이즈음 나는 모든 것에 화가 난 상태였기 때문에, 왠지, 뭘 위해서인지는 모르겠지만, 아폴론에게 벌을 주고 싶어서 2주간 월급을 주지 않기로 했습니다. 나는 오래전부터, 한 2년 동안 이 시도를 해보고 싶었어요. 아폴론에게 내 앞에서 그렇게 잘난 척하지 마라, 내가 원하기만 하면 나는 영원히 월급

따윈 주지 않을 수 있는 사람이다, 이것을 증명하기 위해서요. 아폴론에게 아무 언질도 주지 않기로 나는 결심했고, 일부러 입을 다물고 있었어요. 그의 자존심을 뭉개버리고, 그가 먼저 월급 얘기를 꺼내도록 하려고요. 그가 먼저 말을 꺼내면 그때, 나는 통에서 온전한 7루블을 꺼내, 7루블을 가지고 있었지만, 일부러 월급을 미뤘다는 것을, '나는 네게 월급을 주기 싫다, 주기 싫다니까, 단지 주기 싫을 뿐이야, 내가 그러고 싶어서 주기 싫어'를 아폴론에게 보여주는 거지요. 내게는 그렇게 할 '주인인 내가 가지는 자유의지'가 있고, 아폴론의 태도가 불량하므로 그는 존중받을 수 없다는 것을 보여주는 거지요. 만약 그가 공손하게 요청한다면, 그때 나는, 아마도, 기분을 풀고 월급을 주겠지요. 그렇게 안 한다면 2주가 아니라, 3주라도, 한 달이라도 그는 기다리게 될 겁니다...

그러나 내가 아무리 악한 사람이라 해도, 결국은 아폴론이 이겼습니다. 나는 나흘도 견뎌내지 못했어요. 이와 비슷한 상황에 항상 그래 왔던 대로 그는 행동을 개시했습니다. 비슷한 경우들이 이미 있었고 시도도 해봤으니까요. (나는 이 모든 것을 미리 알았고 아폴론의 치사한 전술을 외우다시피 했다는 걸 밝혀두는 바입니다) 그는, 예전에도 그랬듯, 엄격한 눈빛으로 나를 뚫어지게 바라보며 몇 분 동안 시선을 거두지 않는 겁니다. 특히 외출했다 돌아온 나를 맞을 때나 배웅할 때 그랬어요. 만약, 예를 들어, 내가 인내심을 발휘하여 그런 시선을 눈치 못 채는 시늉을 했다면 그는 예전처럼 말없이 그다음 방법으로 나를 괴롭히는 겁니다. 이를테면, 아무 이유도 없이 갑자기 그가 조용히 스르르 내 방으로 들어옵니다. 내가 방 안을 서성이거나 책을 읽고 있을 때 말이죠. 한 손으론 등짐을 지고 한 발은 뒤로 뺀 채 문어귀에 서서 나를 뚫어지도록 쳐다보는데 이미 그 시선은 엄격함을 넘어 완전한 경멸을 담고 있습니다. 내가 그에게 무슨 일이냐고 물어보기라도 하면, 그는 아무 말도 하지 않고 고집스럽게 몇 초간 더 나를 응시하다가, 의미심장하게 힘주어 입술을 굳게 다물고, 천천히 그 자리에서 돌아서서 천천히 자기 방으로 가는 겁니다. 그러다 두 시간쯤 지나면 다시 자기 방에서 나와 또다시 내 앞에 등장하는 겁니다. 다음과 같은 일도 일어납니다. 나는 화가 머리끝까지 난 나머지 무슨 일이냐고 그에게 묻지 않고, 날카롭고 위압적으로 고개를 쳐들고선 나 또한 고집스럽게 그를 응시합니다. 그렇게 우리는 서로를 2분 정도 쳐다봅니다. 그러다 결국, 그는 뒤돌아서고 천천히, 그리고 거만하게, 다시 방을 나갑니다. 한 2시간 정도 지나면 또 오지요.

만일 내가 계속 정신을 못 차리고 반란을 지속하면, 그는 갑자기 나를 보면서 한숨을 쉬기 시작하는데, 한숨이 어찌나 길고도 깊은지 내 도덕적 몰락의 깊이를 전부 이 한숨 하나로 측정하는 것처럼 보일 정도예요. 그러다가 결국은, 말할 것도 없이, 완전한 그의 승리로 상황은 종료됩니다. 내가 화를 내고 무슨 짓이냐고 소리를 질러도, 결국은 부득이하게 월급을 주는 것으로 끝나니까요.

그런데 이번에는 여느 때와 다름없는 태도인 '엄격한 시선'이 겨우 시작되었을 뿐인데도 나는 곧바로 이성을 잃고 정신이 나간 상태로 그에게 덤벼들었습니다. 이 일이 아니어도 나는 몹시 초조한 상태였으니까요.

"잠깐만!" 나는 격앙된 상태로 소리쳤습니다. 아폴론이 한 손으로 등짐을 지고 자기 방으로 가기 위해 잠자코 천천히 뒤돌아서는 순간이었어요. "거기 서! 이리 와, 이리 와봐, 너한테 말하잖아!" 내가 얼마나 부자연스럽게 고래고래 소릴 질렀는지 아폴론은 뒤돌아서서 조금 놀란 눈빛으로 나를 바라보았습니다. 하지만 그는 계속해서 입을 다물고 있었고, 바로 그것이 내 분통을 터트렸습니다.

"너 어떻게 내 허락도 없이 내 방에 들어와 나를 그렇게 빤히 쳐다보느냐? 대답해!"

아폴론은 나를 물끄러미 한 30초간 쳐다보더니 또다시 뒤돌아서려 했습니다.

"거기 서!" 그에게로 달려들면서 포효하듯 소릴 질렀어요. "꼼짝하지 마! 자, 이제 대답해 봐. 왜 내 방에 들락거리며 보는 건데?"

"혹시라도 저에게 시키실 일이 있으면, 그걸 하는 것이 제 직분이니까요." 아폴론은 또다시 입을 잠시 다물고 있다가, 눈썹을 치켜들고 고개를 한쪽 어깨에서 다른 쪽으로 편안하게 젖히더니, 조용하고 절도있게 새는 발음으로 대답했습니다. 이 모든 것이 끔찍할 정도로 침착했습니다.

"그 말을 하는 게 아니잖아, 내가 너한테 그걸 물어보는 게 아니야, 이 망나니야!" 화가 나서 부들부들 떨며 나는 소릴 질렀어요. "내가 직접 말해 주랴? 이 망나니야, 뭐 때문에 네가 여기 오는지. 내가 너한테 월급을 주지 않는 것을 보고도, 너는 자존심 때문에 머리를 조아리면서 달라고 청하지 못하는 거지. 그래서 그 멍청한 눈길로 나를 벌주고 괴롭히려고 오는 거잖아. 너는, 이 망나니야, 그렇게 하는 것이 얼마나 멍청하고, 또 멍청하고, 멍청하기 그지없고, 멍청하고도 멍청한 일인지 전혀 모-모-모르는구나!"

아폴론은 말없이 다시 뒤돌아서려고 했지만 나는 그를 잡아당겼습니다.

"이봐," 내가 소리쳤어요. "여기 돈 있네, 봐라, 여깄다, 돈! (나는 책상에서 돈을 꺼냈어요) 7루블이 다 있다. 하지만 너한텐 돈을 못 줘. 네가 공손하게 와서 머리를 조아리고 나한테 용서를 빌지 않는 한 너는 절대 이 돈을 모-옷 받을 거다. 알아먹었어!"

"그럴 수는 없지요!" 아폴론은 어딘가 억지스러운 확신에 차서 대답했습니다.

"그럴 수 있어!" 나는 소리쳤습니다. "내가 맹세코 장담하는데, 그럴 수 있어!"

"제가 용서를 구할 일이 없는데요." 그는 내 고함을 전혀 알아먹지 못한 듯 말했습니다. "저한테 지금 '망나니'라고 하셨으니 제가 언제라도 경찰서에 가서 모욕죄로 고소할 수 있습니다."

"가라! 고소해!" 나는 폭발하고 말았습니다. "지금 가, 당장, 어서 가! 그래도 여전히 너는 망나니야! 망나니야! 망나니라고!" 하지만 그는 그저 나를 쳐다보다가 돌아서서 내가 부르는 고함은 듣지도 않고서, 뒤돌아보지도 않은 채 미끄러지듯 자기 방으로 갔습니다.

'리자만 아니었어도 이런 일은 일어나지 않았을 거야.' 나는 단정했습니다. 그러고 나서 잠깐 서 있다가 거만하고 장엄하게, 그러나 쿵쾅거리는 심장 소리를 들으며 나는 칸막이를 넘어 아폴론에게 갔습니다.

"아폴론! – 나는 숨이 막히는 것 같아 낮은 목소리로 머뭇거리며 말했어요 – 지금 당장, 조금도 지체하지 말고 경찰감독관[54]을 부르러 갔다 오너라!"

아폴론은 그새 탁자에 앉아서 안경을 쓰고 뭔가를 꿰매려는 참이었어요. 그런데 내 분부를 듣더니 갑자기 코웃음을 터트렸어요.

"지금, 당장 가! 가라고, 안 가면 무슨 일이 벌어질지 너는 상상도 못 할 거다!"

"정말 제정신이 아니시네요." 고개조차 들지 않은 채 아까처럼 천천히 새는 발음으로 실을 바늘에 꿰려고 하면서 그가 말했습니다. "자기 자신을 고소하라고 경찰을 데리러 가는 사람이 어디 있답니까? 겁주는 것은 공연히 위장만 상하는 일이에요. 그래 봤자 아무 일도 안 일어날 테니까요."

"가라니까!" 나는 아폴론의 어깨를 잡고 비명처럼 소릴 질렀어요. 나는 당장 그를 한 대 칠 것 같았습니다. 나는 미처 듣지 못했지만, 바로 이 순간 갑자기 현관문이 천천히 조용하게 열리면서

54   경찰감독관 – 1782년부터 19세기 중반까지 제정 러시아 시대 도시 경찰의 한 직책. 관할 지역의 치안을 담당했다.

어떤 형체가 들어와 멈춰 섰고, 어찌할 바를 몰라 하며 우리를 살피던 참이었습니다. 나는 눈을 돌려 쳐다보았고 창피함에 기절할 것 같아 내 방으로 뛰어들어갔습니다. 거기서 두 손으로 머리카락을 움켜쥐고 벽에 머리를 기댄 채 숨을 죽이고 있었어요.

2분 정도 지나자 아폴론의 느린 발걸음 소리가 들려왔습니다.

"어떤 여자분이 찾아오셨는데요." 그는 유난히 엄격한 눈초리로 나를 바라보며 말하고 옆으로 비켜서더니 리자를 들여보냈습니다. 아폴론은 방을 나가지 않고 비웃듯 우리를 주시했습니다.

"물러가게! 물러가!" 나는 허둥대며 아폴론에게 지시했어요. 이 순간 우리 집 시계가 있는 힘을 다해 쉭쉭거리더니 일곱 시를 쳤습니다.

IX

이제 나의 집으로 당당하고 자유롭게
온전한 안주인으로 들어오라!
네크라소프의 시에서

리자 앞에 선 나는 완전히 풀이 죽고, 극도로 당황하며, 젖먹던 힘까지 짜서 보풀이 덕지덕지 붙은 누비 실내가운 앞섶으로 몸을 감싸려 애쓰면서 쓴웃음을 지었던 것도 같았어요. 음, 과연 이 장면은 얼마 전 내가 낙담해 있을 때 혼자 상상했던 것과 똑같았습니다. 아폴론은 우리 옆에 2분 정도 있다가 방을 나갔지만 그렇다고 내 맘이 편해진 건 아니었어요. 가장 나쁜 건 리자 또한 매우 당황했는데 내가 예상하지 못했을 정도더군요. 나를 보면서 말이죠, 당연합니다.

"앉지." 기계적으로 말하면서 리자에게 탁자 옆에 있는 의자를 내주고 나는 소파에 앉았습니다. 나를 뚫어지게 바라보면서 – 틀림없이 지금 내게 뭔가를 기대한다는 말이겠죠 – 리자는 곧바로 순순히 의자에 앉았습니다. 이런 순진한 기대를 보자 나는 극도로 화가 치밀었지만 자제했습니다.

이 상황에서는 모든 것이 정상적이라는 듯, 아무것도 알아채지 못하도록 애써야 하는데, 이 여자는... 나는 리자가 이 모든 것에 대한 대가를 치르게 될 거라 어렴풋이 생각했습니다.

"내가 못 볼 꼴을 보여주게 됐네, 리자." 이렇게 말을 시작해선 안 된다는 걸 알면서도 나는 머뭇거리며 운을 뗐습니다.

"아니, 아니야, 아무것도 생각하지 마!" 리자의 얼굴이 붉어지는 걸 보고 나는 다급하게 외쳤습니다. "나는 가난이 부끄럽지 않아... 오히려, 나는 내 가난을 자랑스럽게 생각해. 나는 가난하지만, 기품이 있는 사람이고... 가난하면서도 기품이 있을 수 있는 거야." 나는 웅얼거렸습니다. "그건 그렇고... 차 내오라고 할까?"

"괜찮아요..." 리자가 대답했어요.

"잠깐 기다려!"

나는 벌떡 일어나 아폴론에게로 뛰어갔습니다. 쥐구멍이라도 있으면 들어가고 싶었으니까요.

"아폴론." 여태껏 손에 쥐고 있던 7루블을 아폴론에게 내던지 듯 주며 나는 숨이 넘어갈 듯 재빠르게 속삭였습니다. "네 월급 여기 있다. 내가 준 거다. 그대신 네가 나를 좀 구해줘야 해. 지금 바로 식당에 가서 차하고 러스크 열 개만 사와. 만약 이 말을 안 들으면 너는 사람을 불행하게 만드는 거야! 너는 이 여자가 누군지 모르지... 이 여자는... 됐어! 너는 어쩌면 네 멋대로 생각할 수도 있겠지만... 하지만 너는 이 여자가 누군지 몰라!..."

그새 다시 안경을 쓰고 일거리를 놓고 앉아있던 아폴론은 처음에는 바늘을 손에서 놓지도 않은 채 묵묵히 돈을 곁눈질로 흘겨보더니, 나에게 그 어떤 관심도 보이지 않고, 내 말에 아무 대답도 않고서 실을 꿴 바늘로 바느질을 계속했습니다. 나는 아폴론 앞에 서서 a la Napoleon 나폴레옹식으로 팔짱을 낀 채 3분 정도를 기다렸어요. 관자놀이가 축축하게 젖어왔습니다. 내가 기진맥진해졌다는 것이 느껴졌어요. 그런데, 천만다행으로, 아폴론이 나를 쳐다보더니 내가 불쌍하게 여겨졌나 봅니다. 바느질을 마치고 그는 앉은 자리에서 천천히 몸을 일으키더니, 천천히 의자를 한쪽으로 치우고, 천천히 안경을 벗고, 천천히 돈을 센 다음, 마침내, 고개를 돌려 어깨너머로 내게 – 차를 통째로 가져올까요? – 하고 묻더니, 천천히 방을 나갔습니다. 내가 리자에게 돌아가려고 했을 때 이런 훌륭한 생각이 문득 스쳤습니다. '이대로 말이야, 실내가운 차림으로, 도망가 버릴까, 발길이 닿는 곳으로, 거기선 뭐 될 대로 되라지.'

나는 다시 자리에 앉았어요. 리자는 걱정스러운 눈빛으로 나를 바라보았습니다. 몇 분 동안 우리는 아무 말 없이 앉아있었어요.

"내 그놈을 죽여버릴 거야!" 주먹으로 탁자를 세게 치면서 내가 불쑥 소리를 지르자 잉크가 잉크병에서 출렁거렸습니다.

"어머나, 왜 그러세요!" 리자가 흠칫 놀라며 소리쳤어요.

"내 그놈을 죽여버릴 거야, 죽여버릴 거라고!" 나는 완벽하게 길길이 날뛰면서, 그러면서도 그렇게 길길이 날뛰는 게 얼마나 멍청하게 보일지를 완벽하게 이해하며, 탁자를 치면서 비명같이 소리를 질렀어요.

"이 망나니가 내게 무슨 짓을 하는지, 리자, 너는 모를 거야. 글쎄 얼마나 망나닌지... 그 망나니가 지금 러스크를 사러 갔는데……"

그러고선 느닷없이, 나는 눈물을 쏟고 말았습니다. 발작이 일어난 겁니다. 흐느끼면서도 중간중간 얼마나 부끄럽던지요. 하지만 나는 억제할 수가 없었어요. 리자가 겁을 먹었습니다.

"무슨 일이에요! 왜 그러시는 거예요!" 내 옆에서 어찌할 바를 모르며 리자가 소리쳤습니다.

"물 좀, 물 좀 갖다 줘, 저기 있어!" 나는 가냘픈 목소리로 웅얼거렸어요. 그러면서도 마음속으론, 굳이 물을 꼭 마셔야 하는 것도, 가냘픈 목소리로 웅얼거려야 하는 것도 아니라는 걸 의식하면서요. 하지만 나는, 체면을 차리기 위해서, 흔한 말로, 연기를 한 겁니다, 진짜로 발작이 있긴 했지만요.

리자는 허둥대며 나를 보면서 물을 주었습니다. 이때 아폴론이 차를 내왔어요. 금방 있었던 일을 생각하자 나는 갑자기 이 평범하고 일상적인 차가 끔찍하게 품위 없고 볼품없게 보였습니다. 나는 얼굴이 달아올랐습니다. 리자는 겁을 먹은 것 같은 표정으로 아폴론을 쳐다봤고, 그는 우리에게 눈길도 주지 않은 채 방을 나갔습니다.

"리자, 내가 하찮게 보이지?" 나는 리자가 지금 무슨 생각을 하는지 알고 싶은 조바심에 몸을 떨며 시선을 떼지 않고 물었습니다.

리자는 당황하여 아무 대답도 하지 못했어요.

"차나 마셔!" 말이 표독스럽게 나갔습니다. 나 자신에게 화가 났지만, 당연히, 비난받아야 할 사람은 리자였던 거죠. 리자에 대한 끔찍한 분노가 내 가슴속에 솟구쳐올랐습니다. 리자를 죽여버릴 수도 있을 만큼요. 리자에게 복수하기 위해 나는 앞으로 한마디도 하지 않겠노라 마음속으로 맹세했습니다. '이 여자가 벌어진 모든 일의 원인이잖아.' 나는 생각했습니다.

우리의 침묵은 벌써 5분이 넘게 이어지고 있었습니다. 차가 탁자 위에 있었지만 우리는 손도 대지 않았어요. 나는 이런 생각에까지 이르렀습니다. '일부러 차를 마시려 하지 않는 것으로 리자에게 더 압박을 가하자, 그러면 이 여자도 거북해서 차를 못 마시겠지.' 리자는 망설이는 눈빛으로 몇 번 나를 바라보았습니다. 나는 고집스럽게 아무 말도 하지 않았어요. 이 상황에서 가장 고통받는 이는 당연히 나 자신이었습니다. 왜냐하면, 이 어리석은 악한 행동이 얼마나 역겹고 천박한지 스스로 잘 알고 있으면서도 어떻게도 나 자신을 통제할 수가 없었으니까요.

"거기서... 완전히 나오고... 싶은데요." 어떻게든 침묵을 깨기 위해 리자가 말문을 열었습니다. 이런, 불쌍한 것 같으니라고! 어째서 그런 이야기를, 하필이면 이렇게 허접스러운 순간에, 하필이면 이렇게 허접스러운 나 같은 인간에게 하고 있냐 말입니다. 리자의 그런 서투름과 불필요한 솔직함이 가여워 내 가슴이 미어지는 듯했어요. 하지만 섬뜩한 무언가가 내 안에서 연민을 한방에 눌러버렸고, 심지어 점점 더 나를 충동질했습니다. 세상이야 망하든 말든! 이러면서요. 다시 5분이 흘렀습니다.

"혹시 제가 방해된 건 아닌지요?" 소심하게 겨우 들릴락 말락하는 목소리로 말하면서 리자가 일어섰습니다. 모욕당한 자존감이 촉발한 이 첫 행동을 보자마자 나는 분노에 치를 떨며 바로 폭발하고 말았습니다.

"나한텐 뭐하러 온 거냐? 말이나 한번 들어보자, 어서?" 나는 숨이 막혀 헐떡거리며 내 말의 논리적 순서가 맞는지도 모른 채 말을 시작했습니다. 나는 모든 걸 한꺼번에, 단숨에 말해버리고 싶었지만 무슨 말부터 시작할지는 아예 생각도 못 했어요.

"여긴 왜 온 거냐? 대답해! 대답하라니까!" 나는 겨우 정신을 차리면서 소리쳤습니다. "내가 말해주련, 이 여사님아, 왜 네가 여기 왔는지. 너는 내가 너에게 그때 한 너절한 잔소리[55] 때문에 온 거잖아. 이제 너는 지나치게 감상에 빠져서 다시 그 '너절한 잔소리'

---

55   곤차로프의 소설 《오블로모프》(1859)에 나온 말을 인용하였다. 지주가 늘 늘어놓는 훈계하는 말을 늙은 하인 자하르가 '너절한 잔소리'라고 불렀다. (도스토옙스키 전집 4권 각주 참조 1989, 〈Nauka〉)

를 들으러 온 거고. 똑바로 알아야지, 잘 들어, 나는 그때 너를 놀린 거야. 지금도 놀리고 있지. 왜 떨고 있니? 그래, 조롱한 거라고! 너한테 가기 전에 있었던 모임에서 나를 모욕했거든, 나보다 그집에 먼저 간 인간들이 말이야. 그 인간들과 같이 있던 장교 한 놈을 작살내려고 내가 그 집에 간 거야. 하지만 그 놈들을 잡지 못했지. 누구한테라도 분풀이해야겠고, 앙갚음해야겠는데, 마침 네가나타났고 나는 너에게 추잡한 걸 다 쏟아붓고 실컷 너를 조롱한 거야. 나를 업신여긴 만큼 나도 업신여기고 싶었고, 나를 걸레 취급한 만큼 나도 위세를 떨고 싶었을 뿐이야... 이게 있었던 일인데그때 내가 너를 구해주려고 일부러 거길 갔다고 너는 생각했단 말이냐, 그런 거야? 그렇게 생각한 거냐? 그렇게 생각한 거냐고?"

나는, 리자가 어쩌면 헷갈려서 자세한 건 알아듣지 못할 것을알았어요. 하지만 내 말의 본질은 아주 잘 이해하리라는 것도 알았습니다. 결과는 예상대로였습니다. 손수건처럼 얼굴이 하얗게질리더니 리자가 뭔가를 말하려 하자 그녀의 입술이 병적으로 일그러졌고 도끼로 내려친 것처럼 그녀는 의자에 털썩 주저앉았습니다. 입은 벌리고, 눈은 뜨고서, 끔찍한 두려움으로 몸을 부들부들 떨면서 이어지는 내 이야기를 듣고 있었어요. 뻔뻔하고 파렴치한 내 말이 그녀를 짓눌러버린 겁니다...

"구해주다니!" 나는 의자에서 벌떡 일어나 리자 앞에서 이쪽저쪽으로 왔다 갔다 하며 말을 계속 이어갔습니다. "뭐에서 구해준단 말이냐! 나는, 어쩌면, 너보다 못한 인간이다. 내가 너에게설교나 하고 있을 때, 너는 왜 내 면상에 대고 '너 말이야, 너는 뭐하러 이런 데 왔는데? 너 지금 나한테 도덕을 가르치냐?' 이렇게 말하지 않았니? 그때 나에게 필요했던 건 권력, 권력이었다고, 역할놀이가 필요했어, 너의 눈물을 뽑아내고, 너를 굴복시키고 너의 히스테리를 불러내야 했다고, 그때 나한텐 그런 것들이 필요했다고! 내가 쓰레기라 그때 나 자신도 내 말이 감당이 안 됐는데, 겁을 집어먹은 건지, 뭐하러 너한테 주소는 덥석 줘가지고. 그러고 나서, 미처 집에 도착하기도 전에, 주소 준 걸 후회하며 네게 욕을 해대면서 격분했지. 나는 벌써 너를 미워했어, 내가 그때 너에게 거짓을 말했기 때문이야. 나는 말로는 연기를 하고 머리로는 꿈을 꾸지, 그런데 실은 어떤지 아느냐? 너희들 다 망해라, 바로 이거다! 나는 평안한 게 좋아. 나를 성가시게 하지 않는다는 조건이면 나는 1코페이카[56]만 받고도 세상을 전부 다 내줄 수 있어. 세상이 망하는 것과 내가 차를 마실 수 없는 것, 둘 중 하나를 고르라고 하면? 나는 세상이 망하는 걸 택하겠어, 나는 언제나 차를 마시고 싶으니까. 너 내가 그런 사람인 거 알았어, 몰랐어? 그래, 나도 알아, 나는 역겹고 비열하고 이기주의자고 게으름뱅이야. 이 3일 내내 혹시 네가 올까 봐 나는 두려움에 떨고 있었어. 이 3일 동안 내가 뭐에 가장 신경을 썼는지 너 아니? 그때 내가 너 앞에서 영웅인 척했는데 네가 여기에 불쑥 나타나 너덜너덜 다 찢어진 이 빌어먹을 가운을 입고 있는 나를 보게 되는 거야. 내가 좀 전에 나는 가난이 부끄럽지 않다고 너한테 말했지, 근데 똑똑히 알아

---

56   1루블 = 100코페이카

뒤, 나는 부끄럽다, 무엇보다 수치스럽다, 가난이 제일 두려워, 내가 도둑질을 하는 것보다 나는 가난이 더 두려워, 마치 내 몸에서 가죽을 벗겨냈기 때문에 공기만 닿아도 아픈 것처럼 내가 허영심이 강한 인간이기 때문이야. 너는 정말 아직도 깨닫지 못했단 말이냐, 이런 가운이나 입고서 아폴론에게 발광하는 암캐처럼 달려드는 나를 네가 보았다는 사실 때문에 나는 너를 절대로 용서하지 않을 것을. 구세주라는 자는, 얼마 전 영웅이었던 자는 피부병에 걸려 군데군데 털이 빠진 잡종견처럼 하인에게 달려들지만, 그 하인한테 비웃음만 당하는 그런 인간이라고! 내가 조금 전 네 앞에서 쏟은 눈물은, 창피당한 여편네처럼 눈물을 숨길 수가 없어서 그랬지만, 그걸 본 너를 나는 결코 용서하지 않을 거야! 내가 지금 이렇게 너에게 고백하는 것에 대해서도 절대 너를 용서하지 않을 거다! 그래, 너, 너 혼자 이 모든 것을 책임져야 할 거다. 왜냐하면, 네가 이곳에 나타났고, 왜냐하면 나는 불한당이고, 왜냐하면 나는 세상 모든 벌레보다 못한 인간들 중에서도 가장 추악하고, 가장 우습고, 가장 형편없고, 가장 멍청하고, 가장 시기 질투하는 인간이기 때문이야. 나보다 나을 게 하나도 없는 그 벌레보다 못한 인간들은 왜 당황하는 법이 없는지 당최 모르겠지만, 나는 그 벌레 새끼들이 비아냥거리는 소리를 평생 듣고 살게 되겠지. 이것이 나란 인간이야! 네가 지금 내가 하는 얘기를 아무것도 못 알아듣든 말든 그게 나랑 무슨 상관이냐! 그래, 네가 나랑 무슨 상관이냐, 네가 거기서 죽든 말든 나와 무슨 상관이란 말이냐? 내가 지금 네게 실컷 퍼부어댔고 네가 여기서 그걸 듣고 있었다는 이유로 내가

너를 증오하겠다면 너는 이 말이 무슨 말인지 알아듣겠니? 사람
은 평생에 한 번 이렇게 원 없이 쏟아붓는다, 그것도 히스테리 상
태에 있을 때만!... 너 지금 뭐가 더 필요한데? 너는 왜 이 모든 걸
듣고서도 내 앞에서 알짱거리면서 나를 괴롭히고 있니, 왜 안 가
느냐고?"

그런데 여기서 뜻밖에 기이한 일이 벌어졌습니다.

나는 모든 것을 책에 있는 대로 생각하고 상상하며, 세상 모든
것을 내가 미리 공상한 대로 받아들이는 데 익숙했기 때문에, 나
는 이 기이한 일이 뭔지를 곧바로 알아차리지 못했습니다. 무슨
일이 일어났는가 하면, 리자가, 나로 인해 모욕당하고 짓밟힌 리
자가, 내가 상상했던 것보다 훨씬 더 잘 깨닫고 있었던 겁니다. 리
자는 이 모든 것을 보고도, 여자가 진심으로 누군가를 사랑할 때
그 무엇에도 불구하고 알아챌 수 있는 사실을 알고 있었던 겁니
다. 나란 사람이 불행하다는 사실을요.

리자의 얼굴에 서려 있던 겁먹고 모욕당한 감정이 다시 애처
로운 당혹감으로 변했습니다. 내가 역겹고 비열한 인간이라면서
눈물을 쏟아냈을 때 (나는 일장연설을 하는 동안 내내 눈물을 쏟아냈습니
다) 리자의 얼굴은 무슨 경련이 일어난 듯 덜덜 떨렸어요. 그녀는
일어나서 나를 말리려고 했어요. 내가 '네가 왜 여기 있니, 왜 안
가는데!' 이렇게 고함을 지르며 말을 그쳤을 때, 그녀가 신경 쓴
건 내 고함이 아니었어요. 그녀는 이 모든 것을 입 밖에 꺼내서 내
가 몹시도 힘들겠구나 생각한 겁니다. 그래요, 리자는 학대받은
불쌍한 여잡니다. 그녀는 자신을 나보다 끝없이 낮은 사람이라 여

겨었어요. 그런 사람이 화를 내고 성을 낼 게 뭐가 있겠습니까? 리자는 저항할 수 없는 충동에 못 이긴 듯 의자에서 벌떡 일어나서 내 쪽으로 온몸을 기울였지만, 머뭇거리며 감히 다가오지는 못하면서 내게 손을 내밀었습니다... 여기서 나는 무너지고 말았습니다. 그때 리자가 내게 와락 달려들더니 내 목을 양손으로 감싸 안고 울음을 터뜨렸습니다. 나도 참지 못하고 통곡을 하고 말았습니다, 내 평생에 그렇게 울어본 적은 없었어요.

"사람들이 나를 가만 놔두질 않아... 나는 될 수가 없어... 착한 사람이!" 겨우 이 말을 하고 나는 소파까지 가서 엎드려 누워, 히스테리 상태에서 한 15분은 흐느꼈습니다. 리자는 내 곁에서 바닥에 앉아 나를 안아주었습니다. 마치 나를 안고 숨을 멈춘 것처럼요.

그런데 핵심은 히스테리 상태가 반드시 있어야 했다는 데 있습니다. 나는 여기서 (정말이지 토할 것 같은 진실을 내가 지금 쓰고 있어요), 소파에 엎드려 누워서, 닳아빠진 가죽 베개에 얼굴을 단단히 처박고서, 조금씩, 희미하게, 의도한 건 아니지만 주체할 수도 없는 생각을 하기 시작했습니다. '지금 고개를 들고 리자의 눈을 똑바로 바라본다면 정말 무안하겠지.' 뭐가 나는 그리도 창피했을까요? 알 순 없지만 창피했습니다. 몹시도 흥분한 내 머릿속으로 이런 생각도 들어왔어요. '이제 역할이 빼도 박도 못하게 뒤바뀌었네. 이제 리자가 영웅이 되었고, 나는 그날 밤, 나흘 전에, 내 앞에서 리자가 그랬듯이 천하고 짓밟힌 피조물이 되었어.' 이것이 전부 내가 소파에 엎드려 있던 그 순간에 스쳤던 생각입니다!

이럴 수가! 내가 그때 진정으로 리자를 부러워했단 말인가요?

지금까지 어떻게 생각해야 할지 모르겠는데 그때는, 당연히, 내가 무슨 생각을 하는지 지금보다 더 알 수 없었어요. 누군가에게 위세나 독선을 부리지 않고는 나는 진정 살 수가 없는 인간인지…… 하지만… 하지만 추론만으로는 아무것도 설명할 수 없으니 이렇다저렇다 논할 것도 없지요.

나는, 그런데도, 나 자신을 이겨내고 고개를 들었습니다. 언제가 됐든 고개를 들어야 하는 상황이 오기 마련이니까…… 그런데 지금까지 그렇게 믿고 있지만, 그때 내가 리자를 보기가 부끄러웠던 건 내 가슴 속에서 별안간 다른 감정이 불붙어 타올랐기 때문입니다... 지배하고 소유하고 싶은 감정이었어요. 내 눈은 열망으로 빛났고 나는 리자의 손을 꼭 잡았습니다. 그 순간 내가 얼마나 그녀를 미워했는지, 또 얼마나 그녀를 갈망했는지 모릅니다! 미움이 갈망으로, 갈망이 미움으로 활활 타올랐습니다. 그건 복수심과 거의 닮은 감정이었어요!... 공포라고까지도 할 수 있는 당혹스러움이 리자의 얼굴을 먼저 스쳤지만 그건 잠깐이었어요. 그녀는 감격하여 뜨겁게 나를 껴안았습니다.

X

4시간이 지난 후 나는 극도로 초조한 마음으로 방 안을 이리저리 오가다 이따금 칸막이로 가서 틈새로 리자를 훔쳐보았습니다. 리자는 바닥에 앉아서 머리를 침대에 기대고 울고 있는 것 같았어요. 하지만 그녀는 집으로 돌아가지 않았고 그래서 나는 속을 태우고 있었습니다. 이번 일로 그녀는 이제 모든 걸 알게 됐어요. 나는 그녀를 완전히 모욕했지만... 더는 말할 필요도 없지요. 내 열망의 폭발이 다름 아닌 보복이었고, 그녀를 새롭게 천대한 것이며, 얼마 전까지 내가 그녀에게 품었던 거의 형체가 없던 미움에 이제는 질투심 어린 사적인 미움이 더해졌다는 사실을 리자가 알아챈 것입니다... 어쨌든, 리자가 이 모든 것을 정확하게 이해했다고는 장담할 수 없지만, 내가 야비한 인간이고, 중요한 건, 내가 그녀를 사랑할 상태가 아니라는 것 정도는 그녀가 충분히 이해하게 됐습니다.

남들이 내게 그런 일은 불가능하다고, 나처럼 사람이 그렇게 악하고 아둔할 순 없다고 말할 것을 나는 알고 있습니다. 리자를 사랑하지 않을 수 없다거나, 적어도 그녀의 사랑을 귀하게 여기지 않았을 수는 없다고 말할지도 모르지요. 왜 불가능합니까? 우선 먼저, 나는 사랑을 할 수가 없었어요. 왜냐하면, 다시 한 번 말하지만, 나에게 있어 사랑한다는 것은 억압하는 것이며 도덕적으로 우위에 서는 거니까요. 다른 식의 사랑을 나는 평생 상상조차 하지 못했고, 지금은, 사랑이라는 것은 사랑받는 대상이 자기를 억압하라고 자발적으로 선사한 권리가 아닐까 이따금 생각하는 지경까지 이르렀다오. 내 지하에 갇힌 공상 속에서도 나는 사랑을 투쟁과는 다르다고 생각하지 못했고, 항상 미움에서 사랑을 시작해서 도덕적으로 정복하는 것으로 끝냈으며, 그런 다음 이 정복당한 대

상을 어떻게 처리해야 할지 주체를 못 했어요. 여기서 불가능할
게 뭐가 있습니까, 내가 나 자신을 도덕적으로 능욕까지 하는 마
당에, 리자가 '너절한 잔소리'를 들으러 왔다고 그녀를 나무라고
창피를 주려고 마음먹을 정도로 '살아있는 삶'[57] 으로부터 떨어져
나온 마당에요. 나는 이해하지 못했던 겁니다, 리자는 너절한 말
을 듣기 위해서가 결코 아니고, 나를 사랑하기 위해서 찾아온 것
을요. 왜냐하면, 여자에게 있어 사랑은 온전한 부활이며, 어떠한
파멸도 극복할 수 있는 온전한 구원이며, 온전한 회복이기 때문이
지요, 이와 다른 식으로는 나타날 수 없는 것이 사랑이기 때문입
니다. 그런데, 방을 오가며 칸막이 너머를 흘끔거렸을 때는 이미
리자가 그렇게 많이 밉지는 않았어요. 다만 한가지 참을 수 없었
던 건 리자가 아직도 우리 집에 있다는 사실이었습니다. 나는 그
녀가 사라지길 원했습니다. 나는 '편안하고' 싶었어요, 지하에 혼
자 남고 싶었어요. '살아있는 삶'은 내게 익숙하지 않아서 숨 쉬는
것조차 힘들 만큼 나를 압박했습니다.

　다시 몇 분이 더 흘렀지만 리자는 의식불명 상태라도 되는 듯
여전히 몸을 일으키지 않았어요. 나는 리자에게 때가 됐다는 걸

57　'살아있는 삶'이라는 개념은 19세기 문학과 시평에 폭넓게 사용되었다. 투
　르게네프와 게르첸, 호먀코프 등 많은 문인과 평론가들도 이 개념을 사용하였
　다. 도스토옙스키가 이 표현에 어떤 의미를 부여했는지는 그의 작품《미성년》
　(1875)에 등장하는 베르실로프의 말을 통해 어느 정도 판단해 볼 수 있다: "……
　살아있는 삶, 즉, 머리로 꾸며내지 않은 삶은 〈……〉 뭔가 끔찍하게 단순한 것
　이고, 시야에 들어오는, 매일, 매 순간 일어나는 가장 평범한 것이다……". (도
　스토옙스키 전집 4권 각주 참조 1989, 〈Nauka〉)

알려주기 위해 칸막이를 슬그머니 두드릴 정도의 뻔뻔스러움은 있는 사람이고…… 리자가 갑자기 몸을 부르르 떨더니 자리를 박차고 일어나 자기의 숄과 모자, 털외투를 찾으러 서둘렀습니다. 마치 내게서 어디론가 탈출하는 사람처럼요... 2분 정도 지나자 칸막이 밖으로 천천히 나오더니 리자는 무겁게 나를 바라보았어요. 나는 사악하게, 그것도 억지로, 체면상 쓴웃음을 짓고 나서, 그녀의 시선을 피해 눈길을 돌렸습니다.

"안녕히 계세요." 문을 향해 가면서 리자가 말했습니다.

나는 그녀에게 황급히 달려가 그녀의 손을 덥석 잡고, 손바닥을 펴고, ……을 쥐여준 다음, 다시 손을 오므렸습니다. 그런 다음 바로 돌아서서 황급히 한쪽 방구석으로 달아났습니다. 최소한 보지는 않으려고요...

나는 방금 거짓말을 하려고 했어요. 내가 무심코 한 그 행동은 흥분한 상태에서 얼떨결에 의도치 않게 빚어진 거라고 여기다 쓰면서요. 하지만 나는 거짓말을 하고 싶지 않고 그래서 솔직하게 말합니다. 내가 리자의 손바닥을 펴서 거기에 ……을 쥐여준 건 고의로 그런 거예요. 내가 방을 왔다 갔다 하고 리자가 칸막이 너머에 앉아있을 때부터 벌써 그 생각이 머리를 스쳤어요. 어쩌면 이렇게도 나는 말할 수 있겠네요. 내가 그런 잔인한 짓을 일부러 했다손 쳐도, 그것은 진심은 아니었고 맛이 간 내 머리에서 나온 짓이라고요. 이 잔인한 짓이 얼마나 억지스럽고, 머릿속으로 일부러 꾸며낸, 책에 있는 것 같은 짓인지 나 자신도 1분을 참지 못했습니다. 처음에는 보지 않으려고 한쪽 방구석으로 달아났다가 수치심과 절망을 못 이겨 리자의 뒤를 따라 달려나갔습니다. 나는 현관문을 열고 무슨 소리가 들리는지 귀를 기울였어요.

"리자! 리자!" 나는 계단을 향해 리자를 불렀습니다, 하지만 소심하게, 작은 소리로……

대답이 들리지 않았습니다. 아래쪽 계단에서 그녀의 발소리가 들리는 듯했어요.

"리자!" 조금 더 큰 소리로 불렀습니다.

대답이 없어요. 바로 그때 나는, 밑에서 출입구에 뻑뻑하게 달린 유리문이 밖으로 끼익 하고 비명처럼 열리더니 둔탁하게 쾅하며 닫히는 소리를 들었습니다. 울리는 소리가 계단을 타고 올라왔어요.

리자가 떠났습니다. 나는 심란한 상태로 방으로 돌아왔어요. 끔찍하게 마음이 무거웠습니다.

나는 리자가 앉았던 의자가 놓인 탁자 옆에 서서 하염없이 앞을 바라보았습니다. 1분 정도 지났을까, 별안간 나는 움찔했습니다. 내 앞, 탁자 위에서 내가 본 것은... 짧게 말해서, 나는 구겨진 파란 5루블짜리 지폐를, 내가 조금 전에 리자의 손에 쥐여준 바로 그 지폐를 본 겁니다. 이것은 그 지폐였어요. 다른 건 있을 수가 없었어요, 우리 집에 다른 지폐가 있을 리가 없었으니까요. 리자는 내가 한쪽 방구석으로 도망쳤던 바로 그 순간에 손에 들고 있던 지폐를 탁자로 던질 겨를이 있었던 모양입니다.

왜 아니겠어요? 나는 리자가 그렇게 하리라 짐작할 수 있었어요. 정말 짐작할 수 있었냐고요? 아니요. 나는 어찌나 이기주의자인지, 어찌나 실제로 사람들을 존중하지 않는지 리자가 그렇게 할 거라곤 상상조차 할 수 없었어요. 나는 견딜 수가 없었습니다. 눈 깜작할 새에 나는 실성한 사람처럼 옷을 집어서 허둥지둥 대충 걸치고 부리나케 리자를 잡으러 뛰어나갔습니다. 내가 길거리로 뛰어나갔을 때 리자는 아직 이백 걸음도 채 가지 못했더군요.

사방이 고요했고 눈이 내리는데 거의 수직으로 떨어져서 인도와 황량한 거리에 베개처럼 쌓이고 있었어요. 지나가는 사람은 아무도 없고 아무런 소리도 들리지 않았습니다. 가로등만 괜스레 쓸쓸히 가물거리고 있었어요. 갈림길까지 한 이백 걸음을 내달리다 자리에 멈춰 섰습니다.

'리자는 어디로 간 거야? 나는 뭐하러 리자를 따라 달려온 거지? 왜? 리자 앞에 쓰러져서 참회하는 눈물을 쏟아내고 그 발에 입을 맞추고 용서를 구하기 위해서! 그렇게 하고 싶었잖아. 가슴이 온통 갈가리 찢겨나가는 것 같았으니까. 결코, 절대로 나는 이 순간을 평온한 마음으로 떠올리진 못할 거니까. 그런데, 뭐하러? (이런 생각이 들었습니다) 내일이 되면, 내가 오늘 리자의 발에 입을 맞췄다는 이유로 내가 리자를 증오하게 되지 않을까? 내가 그녀를 행복하게 할 수 있나? 오늘 또다시, 수없이 그랬던 것처럼, 나는 내가 어떤 사람인지 깨닫지 못했던 말인가? 내가 리자를 힘들게 하지 않겠냐고!'

나는 눈 위에 서서 흐릿한 어둠을 응시하며 이런 생각을 했습니다.

'더 낫지 않을까, 혹시 더 좋은 게 아닐까?' 나중에, 집으로 돌아와 심장이 죄이는 통증을 공상으로 잠재우려 이런 몽상을 했습니다. '만일 이제부터 리자가 모욕감을 영원히 자기 몸에 지닌다면 더 좋지 않을까? 모욕감 ― 이것은 카타르시스 아닌가, 이것은 가장 독하고 가장 병적인 의식이 아닌가! 내일이라도 나는 리자의 영혼을 더럽히고 그녀의 마음을 황폐하게 할 수 있어. 그러면 모욕감은 이제부터 리자 안에서 절대 사라지지 않을 것이고, 그녀가 살면서 겪어야 하는 쓰레기같은 일이 얼마나 추악하든 간에 모욕감이 고개를 들고 그녀를 정화할 것이다... 증오를 통해서... 흠... 어쩌면, 용서를 통해서... 그런데 말이지, 그렇게 되는 것이 리자한테 더 나은 일일까?'

현실로 돌아와서, 나는 이제 내 이름으로 아무짝에도 쓸모없는 문제를 하나 내겠소. 뭐가 더 나을까요? 싸구려 행복? 아니면 고고한 고통? 어디 한번 대답해 보세요, 뭐가 더 나을까요?

내가 그날 저녁 마음의 고통으로 겨우 숨만 쉬며 집에 있을 때 그런 공상이 환각처럼 희미하게 떠올랐습니다. 살면서 그렇게 고통스럽고 후회스러웠던 적은 없었습니다. 리자를 찾으러 집을 뛰쳐나갔을 때 가다 말고 도중에 돌아오지는 않겠다고 나는 정말이지 조금이라도 생각했을까요? 그 후 리자를 나는 한번도 보지 못했고 리자에 관한 소문도 듣지 못했습니다. 사족을 붙이자면, 나는 모욕감과 증오의 유용성에 관한 문장이 마음에 들어 비록 그날의 우울한 일로 몸이 안 좋긴 했지만, 오랫동안 만족스러운 기분으로 있었습니다.

많은 세월이 흐른 지금까지도 이 일이 전부 웬일인지 너무 좋지 않은 기억으로 나를 찾아옵니다. 많은 일이 지금까지 좋지 않은 기억으로 남아있어요, 그러니까... 여기서 이 '기록'을 끝내야겠지요? 내 생각에 이것을 쓰기 시작한 것 자체가 실수였습니다. 이 중편소설을 쓰는 내내 적어도 내가 부끄러웠으니까요. 따라서, 이것은 문학이 아니라 교화를 위한 처벌입니다. 이야기를 한다는 것은, 이를테면, 내가 골방에 처박혀서 도덕적 능욕으로, 궁핍한 환경으로, 살아있는 것들부터의 고립으로, 위악의 힘으로 지하에서 어떻게 내 인생을 시궁창으로 몰아넣었나에 관한 짧지 않은 중편소설은, 정말이지, 재미가 없어요. 소설에는 이상적인 주인공이 필요한데, 내 소설은 이상적인 주인공에 반대되는 모든 속성이 의도적으로 한 인물에 모여있어요. 그렇긴 하지만, 기분을 지독히 상하게 하는 이 모든 것이 중요한 이유는, 우리가 모두 삶에서 동떨어져 절뚝거리며 살고 있기 때문입니다. 정도의 차이가 있을 뿐 우리 모두가 그런 사람들이지요. 우리가 얼마나 삶에서 멀어졌는지 실제 '살아있는 삶'에 대해서 때때로 어떤 혐오를 느낄 정도이고, 우리에게 그 삶을 언급하기만 해도 우리는 참을 수 없어 합니다. 실제 '살아있는 삶'을 노동으로 여기거나 어디에 복무하는 것으로 생각하는 지경까지 이르게 된 나머지, 책에 쓰여 있는 대로 삶을 이해하는 것이 더 낫다고 우리 모두는 마음속으로 생각합니다. 그러면서도 때때로 우리는 왜 부산을 떨고, 왜 떼를 쓰고, 뭐하러 요구를 합니까? 우리 자신도 왜 그러는지 몰라요. 만약 우리의 고집스러운 요구가 받아들여지면 우리 상황은 더 나빠질 거요. 음, 한번 시도해보세요, 어서요, 예를 들어, 우리에게 더 많은 독자성을 주고, 우리를 완전히 해방하고, 활동 반경을 넓혀주고, 보호를 느슨하게 하면, 그러면 우리는... 내 당신들에게 장담하건대, 우리는 그 즉시 보호받는 상태로 되돌아가게 해달라고 요구할 거요. 압니다. 당신들은 어쩌면 나한테 화가 나서 발을 구르며 소리를 지르겠지요. "당신 하나만 가지고 얘기해요, 빈티 나는 지하 얘기나 하란 말이오. '우리 모두'라고 말하며 감히 싸잡아서 말하지 마시오." 여러분, 놔두세요, 이 우리 모두의 견해[58]라는 것으로 내가 정당하다고 말하려는 건 아니잖소. 나로 말할 것 같으면, 내 인생에서 당신들이 절반만큼도 엄두 내지 못할 것을 극단까지 끌고 갔을 뿐이고, 당신들은 소심함을 신중함이라 여기며 자신을 기만함으로써 위안으로 삼은 사람들 아닙니까. 그렇게 해서 나는, 어쩌면, 당신들보다 '더 생기있는' 인간이 되었는지도 모르오. 자, 더 집중해서 제대로 바라보세요! 살아있는 것이 지금 어디에 살고 있는지도, 살아있는 것이 무엇을 말하는지도, 그것의 이름이 무엇인지도 정말이지 우리는 모르지 않습니까? 책을 다 없애버리고 우리만 남게 된다면 우리는 곧바로 허둥대며 우왕좌왕할 겁니다.

---

58   여기서 역자가 '우리 모두의 견해'라고 번역한 단어는 'всемство'이다. в
се(모두) + мы(우리) 두 단어를 이용하여 도스토옙스키가 만든 단어인데 한 저
자의 해석을 인용함으로써 이 단어의 뜻풀이를 대신한다: 도스토옙스키는 이
'всемство'를 '모두에 의해 인정된 견해(판단)'라는 뜻으로 썼다. 모두가 인정
하는 견해가 있다. 이런 견해들은 '모두가 인정하지는 않는 견해'에 비하여 엄
청난 위력을 가진다. 모두가 인정하는 견해만이 진실로 취급된다. 도스토옙스
키는 학문과 상식이 왜 그렇게 일반적인 견해만을 좇고 있는지 아주 잘 이해한
작가이다 〈……〉 이 개념은 이후 도스토옙스끼의 장편 《죄와 벌》과 《백치》 등
에서도 사용된다. (《욥의 잣대로》 Lev Shestov, 1929, '자명한 것들의 극복' p.12 참조)

어디로 가야 할지, 무엇의 편을 들어야 할지, 무엇을 사랑하고 무엇을 미워할지, 무엇을 존중하고 무엇을 무시할지 우리는 모르게 되겠지요? 우리는 심지어 사람이 되는 것조차 힘겨워합니다. 사람이요, 진짜 자기만의 몸과 피를 가진 사람이 되는 것조차. 이를 수치스러워하고 치욕으로 생각하면서, 존재하지도 않는 어떤 일반적인 사람이 되려고 끊임없이 애를 쓰고 있어요. 죽은 채로 태어난 우리는 이미 오래전부터 살아있지 않는 아비들에게서 태어나고 있습니다. 그리고 우리는 이것을 더욱더 좋아하게 되었습니다. 입맛이 점점 더 길들여지는 것처럼요. 머지않아 우리는 어떻게 해서라도 관념에서 태어나는 걸 고안하게 될 겁니다. 그래요, 됐습니다. 이제 '지하에서' 쓰는 건 그만하고 싶어요...

하지만, 이 역설가의 '기록'은 여기서 끝나지 않습니다. 그는 참지 못하고 그 후를 계속 썼답니다. 하지만 우리는 여기서 마무리해도 될 것 같네요.

(1864년)

작가 소개

표도르 미하일로치 도스토옙스키

"사람은 신비해. 그 비밀을 풀어야 해. 만약 그런 비밀을 평생에 걸쳐 풀어야 한다 해도 그건 시간 낭비가 아니야. 나는 이 작업을 하고 있어. 내가 사람이 되고 싶기 때문이야."

1839년 18살 도스토옙스키가 형 미하일에게 쓴 편지에서

"삶은 수없이 나를 이리저리로 내팽개쳤지만, 삶이 빚어내는 변주들은 때때로 나를 경탄케 했다."

"사람들은 내게 예술성, 긴장이나 흥분이 없는 작법의 순수성에 대해 말하면서 투르게네프나 곤차로프를 가리키지. 그런 말을 하는 사람들에게 내가 어떤 상황에서 작업을 이어가고 있는지 한번 와서 보라고 말하고 싶네!"

"이렇게 길게 썼지만 하고 싶은 말을 거의 하지 못했어! 그래서 나는 편지로 말하는 걸 싫어한다오!"

"내게 상상력은 아직 남아있고 쓸만하다고까지 말할 수 있네. 요사이 나는 소설에 그걸 표현하고 있다네. 신경 또한 건강한 상태이고. 하지만 기억력이 없구려."

"내 모든 운명은 내 소설의 성공에 달려있소! 아, 이런 환경에서 문인이 되기란 얼마나 어려운 일인지!"

"나는 분별없이 상상할 수 있네. 내 병적인 성격으로 볼 때……"

"내가 어떤 생각이나 표현 하나 때문에 삐칠 수 있는 사람이라고 어떻게 자네는 생각할 수 있나! 결코 아니네. 나는 다른 심장을 가진 사람이야."

"내 건강은 아직 끄떡없어, 발작만 아니라면 말이지. 나는 모든 불편함은 감당할 수 있어. 하지만 여기서 계속 있으면서 내가 글을 계속 쓸 수 있을지는 모르겠소. 잘 쓰기는커녕 뭐라도 쓸 수 있을지 말이요. 그만큼 나는 러시아에서 멀어지고 있소. 그걸 느끼고 있소……"

"핵심 질문은…… 내 평생 의식적으로 무의식적으로 나를 괴롭히던 질문은 바로 신성이 존재하는가요."

벗 A.P.마이코프에게 쓴 편지에서

"나는 아무것도 가진 게 없어. 글을 쓰는 것이 곧 밥벌이야."(이때 도스토옙스키는 48세였다)

"내가 급하게 글을 써야 할 때는 아무에게도 서신에 답장을 못해. 그렇게라도 하지 않으면 사흘은 정신이 산란해져 일을 못 하기 때문이야."

동생 안드레이에게 쓴 편지에서

"간질이 결국 나를 날려버릴 거야! 나의 별은 꺼져가고 있어. 내가 그걸 느껴. 내 기억은 완전히 암흑 속에 있어(완전히!). 나는 사람들의 얼굴도 알아보지 못하고, 어제 읽은 내용도 기억을 못 해.

미치광이나 백치가 될까 봐 두려워. 망상에 휩싸이고 작업은 뒤죽박죽이야. 밤마다 악몽에 시달리다 소스라쳐 깨어나."

"유럽 생활은 내가 견딜 수 없음 이상이야."

"나는 그 사람에게 조금 더 달라는 말을 못했어. 체면과 양심 때문에 그럴 수가 없었어."

"발작은 그래도 그리 무서운 건 아니야. 발작이 일어나고 적어도 닷새는 계속되는 우울과 불안이 끔찍한 거야."

"모든 것이 내 주머니 사정에 달렸고, 내 주머니 사정은 내 작업에 따라 달라지지. 따라서 모든 것이 내 작업에 달렸다는 결론에 이르네."

벗 S.D.야놉스키에게 쓴 편지에서

"이렇게 너절한 기억력으로...... 게다가 요사이 나는 칩거하는 지경까지 갔고 1년에 겨우 44쪽 글을 쓸 정도로 둔해졌네."

"그렇지, 맞아. 신은 기운 센 암소에게는 뿔을 주지 않아. 하지만 내가 어떻게 기운 센 암소냔 말이지! 나는 여러 측면에서 어리석은 암소일지도 몰라. 이것이 진실이야. 만약 기운 센 암소라고 해도 실수로 그렇게 된 거겠지."

"나는 현실에 대한 나 자신만의 시각이 있어(예술에서). 대다수가 거의 환상적이고 예외적이라고 평하는 것들도 내가 볼 때는 그것이 현실에서 가장 핵심을 이루는 요소일 때가 종종 있거든. 현상의 진부함, 그것들을 바라보는 상투적인 시선들은 내가 볼 때 사실주의가 아니야, 그 반대이지."(장편《백치》를 두고 하는 말이다)

"나는 항상 위급할 정도로 돈이 필요하고 글을 써야만 먹고 살아. 이런 상황이 내가 어디서 일을 하든지 간에 거의 평생 나를 따라다녔어. 항상 선금을 받아야만 생활을 이어갈 수 있었어. 그런데 어디서든 내게 선금을 주었던 것도 사실이지."

"내가 하는 문학에는 내가 엄숙하게 생각하는 측면, 나의 목적과 소망이 있어. 그것은 명예나 돈을 추구하는 것이 아니라, 나의 예술적, 시적 이상을 조화롭게 표현하는 것이야. 다시 말해 어떤 무엇에 대한 내 생각을 실컷 말하고 싶어. 죽기 전에 할 수 있는 한 온전하게 말하고 싶어."

"나는 독일 방식을 닮아가는 것을 두려워하지 않아. 내가 모든 독일인을 미워하기 때문이야. 내겐 러시아가 필요해. 러시아가 없다면 내 남은 마지막 힘, 마지막 재능을 잃게 될 거야. 나는 생생하게 이를 체감하고 있어."

"나는 돈 때문에 작품 구상을 하는 게 아니야. 내가 미리 이야기를 구상하지 않았다면 계약 조건에 대해서는 상상하지도 않았을 거야."

N.N.스트라호프에게 쓴 편지에서

"당연히 내 기억력에 문제가 있다. 어쩌면 모든 것을 사소한 일로, 내 추악한 성격 속에 있는 순간적인 과민함 탓으로 설명해야겠지...... 쓰던 소설을 찢어버릴 수밖에 없었다. 그 소설이 싫어지기 시작했기 때문이다. 싫어진 작품을 잘 쓸 수는 없잖니......"

"나의 천사, 이런 말을 한다면 믿을진 모르겠지만, 외국에서 오랫동안 사는 것, 러시아에서 떨어져나와 사는 것은 러시아에 살 때 있었던 의미도, 감격도, 에너지도 없는 걸 말하는 거야. 이상하게 들리겠지만 실제로 그래."

"즉시 러시아로 돌아가야 할 것 같아. 여기선 글을 쓸 가능성마저 잃어버려. 글을 쓸 때 항상 꼭 필요한 재료가 내 손이 닿는 곳에 없기 때문이야. 다시 말해서 러시아의 실제(의미를 주는)와 러시아 사람들이 없어."

조카 S.A.이바노바에게 쓴 편지에서

"내가 살아있는 한 너는 나의 아들이야. 소중하고 사랑스러운 나의 아들. 나는 네 엄마가 저세상으로 가기 전날 네 엄마에게 너를 버리지 않겠다고 맹세했다. 나는 네가 아직 어린애였을 때부터 나의 아들이라 불렀다... 너는 항상 나의 아들, 나의 맏아들로 남을 거다. 그리고 이것은 의무가 아니라 마음이 시키는 일이다."

의붓아들 P.A.이사예프에게 쓴 편지에서

독자들은 도스토옙스키의 생애에 그의 작품만큼 관심을 가진다. 그의 굴곡진 인생은 무척 힘들었지만 역동적이었다.

표도르 미하일로비치 도스토옙스키는 1821년 10월 30일(신력 11월 11일) 아버지인 미하일 안드레예비치(1789~1839)가 외과 의사로 일하던 모스크바 마린스키 구제 병원에서 태어났다. 현업에서 은퇴하기 전인 1828년에 아버지는 귀족 칭호를 받고 자신의 영지로 거처를 옮겼다. 교육 수준이 높고 자수성가하여 책임감이 강했던 가부장적인 아버지는 다혈질에 의심이 많은 사람이었다. 난폭한 성질이 나이가 들수록 심해졌고, 급기야 분노한 농노들에 의해 살해당하는 지경에 이르렀다. 서류상 그는 뇌졸중으로 사망했으나, 친척들과 주변의 진술이나 전해지는 이야기로는 농노들에 의해 살해당했다고 한다.

상인 가정 출신이었던 도스토옙스키의 어머니 마리야 표도로브나(1800~1837)는 신앙이 깊었다. 아이들이 구약과 신약 성경에 나오는 성자 이야기를 읽도록 가르쳤다. 도스토옙스키는 6남매 중 둘째였고, 남매들은 강퍅한 아버지 밑에서 억눌린 분위기에서 자랐으며 아버지를 두려워하며 순종하도록 양육되었다. 아이들이 병원 울타리를 나오는 일은 드물었으며, 아버지의 눈을 피해 가끔 환자들과 대화하는 일이 그들에겐 바깥세상을 만나는 유일한 통로였다. 도스토옙스키가 가장 따스하게 기억하는 어린 시절은 부모님의 작은 영지가 있었던 툴라 주(州) 시골에서 보낸 시간이었다. 1832년부터 아버지를 제외한 도스토옙스키의 가족들은 매년 그곳에서 여름을 보냈고 아이들은 완전한 자유를 누렸다. 1832년 표도르 도스토옙스키와 그의 형 미하일은 집으로 찾아오는 가정교사와 함께 공부하다 드라수소프 학교 오전반을 다니게 된다. 1834년 가을부터 1837년까지 도스토옙스키는 체르마크 사립 기숙학교에서 공부한다. 학교의 분위기와 가족들에게서 떨어진 상황에 도스토옙스키는 병적인 반응을 보이게 된다.

1837년 2월 27일 어머니가 사망한다. 도스토옙스키는 푸시킨의 사망 소식(자기 삶의 상실로 받아들였던)과 공교롭게도 일치한 어머니의 죽음으로 무척 힘든 시기를 겪는다. 1837년 5월 아버지는 형 미하일과 함께 표도르 도스토옙스키를 기술학교로 보낸다. 아버지를 더는 보지 못한다. 두 형제는 코스토마로프의 기숙학교를 졸업했고, 이후 1838년 1월 16일 도스토옙스키는 중앙공병학교에 들어간다(나중에 작가는 항상 이 선택을 실수로 여겼다). 그는 군대식 분위기와 훈련, 흥미없는 과목과 외로움에 고통스러워했다. 도스토옙스키는 폐쇄적이었고 '사교성 없는 괴짜'라는 평을 얻었지만 엄청난 독서량으로 동급생들을 놀라게 했다. 공병학교 동급생이었던 K.A.트루톱스키는 그를 이렇게 기억한다. "공병학교를 통틀어 도스토옙스키보다 군인의 자세에 더 어울리지 않는 사람은 없었다. 그의 움직임은 어딘가 서툴고 어색했다. 제복도 어울리지 않았고 군모나 배낭, 소총도 잠시 그가 견뎌내야 하는 족쇄처럼 보였다. 정신적인 면에서도 그는 다른 동급생들과 완전히 달랐다. 항상 자신에게 집중해있었고 짬이 날 때면 한쪽 구석에서 왔다 갔다 하며 주변에서 일어나는 일은 보지도, 듣지도 않으면서 뭔가를 골똘히 생각했다." 1938년 7월 8일 도스토옙스키의 아버지 미하일 안드레예비치가 불명확한 사인으로 갑자기 사망한다.

페테르부르크로 돌아오는 길에 도스토옙스키는 베네치아에서의 생활에 관한 소설을 구상한다. 1838년 동급생들에게 자신의 문학적 경험에 관한 이야기를 들려주기도 했다. 1842년 8월에 도스토옙스키는 공병학교를 졸업하고 페테르부르크 공병 부대에 공병 장교 소위로 임관한다. 하지만 1844년 여름이 되자 문학에

생을 바치리라 결심하고 '개인 사정'을 이유로 사표를 낸다. 10월 19일 중위로 퇴역한다.

도스토옙스키는 문학에 점점 더 몰입하게 되고 1844년 1월에 발자크의 중편《외제니 그랑데》를 번역한다. 이 번역작품은 도스토옙스키의 첫 출판물이 된다. (1844년 여름). 1844년에 시작하여 수많은 수정을 거듭한 끝에 1845년 5월에 탈고한 첫 장편《가난한 사람들》이 1846년《페테르부르크 모음집》에 묶여 출판되었는데 엄청난 성공을 거둔다. 평론가 벨린스키가 직접 도스토옙스키에게 위대한 미래라고 극찬한다. 도스토옙스키는 벨린스키와 1845년 여름에 알게 되고, 가을에는 벨린스키의 가까운 지인 투르게네프, 오도옙스키, 파나예프와도 교제한다. 그때 벨린스키가 열정적으로 강론한 인도주의적 이상이 작가의 가슴속에 깊게 뿌리를 내린다. 1845년 말 벨린스키의 집에서 그는 자신의 중편《분신》(1846)을 낭독했다. 처음에는 이 작품에 벨린스키가 관심을 가졌지만, 나중에는 실망하게 된다. 1846년 말이 되자 도스토옙스키와 벨린스키의 관계는 냉랭해지고 그의 병적인 불신을 비웃었던 벨린스키의 지인들인 투르게네프, 네크라소프와도 멀어진다. 이 시기를 힘들게 겪으며 일곱살 때부터 그를 평생 괴롭혔던 간질 증상이 나타난다. 그는 온 신경계가 교란되는 고통을 경험하게 된다. 벨린스키와 교제를 어떤 식으로든 이어가긴 했지만, 도스토옙스키의 작품에 대고 벨린스키가 '신경과민으로 인한 헛소리'라는 평을 해 작가는 깊은 상처를 받는다.《가난한 사람들》의 성공은 도스토옙스키를 자극한다. 그는 자신을, 다른 이들을 극복하기 위해 여러 주제를 부여잡고 온 신경을 곤두세워 열광적으로 작품활동에 매진한다.

1846년부터 도스토옙스키는 V.N.마이코프가 주도하고, A.N.마이코프와 D.V.그리고로비치, A.N.플레셰예프가 꾸준히 참석하는 베케토프 형제의 문학, 철학 모임에 함께 한다. 1847년 봄부터 도스토옙스키는 M.V.부타셰비치-페트라솁스키의 '금요 모임'에 참석하기 시작한다. 정치적 색채를 띤 이 모임에서 농노 해방, 사법, 검열제도 개혁을 논했고, 프랑스 사회주의자들의 논문, 당시 금서로 분류되었던 벨린스키가 고골 앞으로 보낸 서한을 읽었다. 그는 농민들과 군인들을 향한 호소문을 만들 목적으로 하는 비밀 인쇄소를 차릴 계획에도 동참한다. 1848년 그는 페트라솁스키 모임을 나와 공산주의적 성향을 띤, 더 급진적인 N.A.스페시네프 비밀조직에 들어간다. 이 조직은 러시아에서 혁명을 일으키려는 목적으로 만든 조직이었다. 1849년 4월 23일 도스토옙스키는 체포되었다. 8개월 동안 페트로-파블로프 요새에 수감되어 조사받았지만, 동지들의 죄를 경감시키려 애쓰면서 사실을 발설하지 않았다. 그는 페트라솁스키 그룹의 주모자 중 한 사람으로 분류되었고, 법체계를 부정하고 국가체제를 전복하려는 음모를 꾸몄다는 죄를 뒤집어썼다. 재판과 판결은 희비극을 닮았다.

11월 16일에 다음과 같은 1차 판결을 받았다. '공병 퇴역 중위 도스토옙스키는 국가와 종교에 죄를 저지른 문인 벨린스키의 서한과 중위 그리고리예프의 악의적인 저술을 불고지하였으므로 그의 관등과 모든 재산권을 박탈하고 총살형에 처한다.' 3일이 지난 11월 9일 교수대에 선 도스토옙스키에게 사면령이 선포된다. 황제의 손으로 써내려간 칙령에는 이 같은 내용이 있었다. '도스토옙스키의 모든 권리를 박탈하고 8년간 강제노역형에 처한다. 4년간은 노역하고 그 후는 병사로 근무한다.' 1849년 12월 24일 족쇄에 묶인 도스토옙스키는 페테르부르크에서 토볼스크로 유배길에 오른다.

1850년 1월 10일 도스토옙스키는 토볼스크로 이송되었고 그곳에서 데카브리스트(12월 당원)들의 아내들과 만나게 된다. 그들은 도스토옙스키에게 복음서를 선물했고 그는 이를 평생 간직한다. 1월 27일 도스토옙스키는 옴스크 요새로 이송되었고 형사범들과 함께 중노동을 하며 유배생활을 한다. 도스토옙스키는 그때를 "우리는 더미처럼 막사 한 곳에서 생활했다. 마치 한 통에 담긴 생선처럼…… 덮을 것도 변변치 않아 짧은 외투로 몸을 덮고 밤새 떨면서 잤다"고 회상한다. 1854년 1월 강제노역형을 마치고 그는 세미팔라틴스크에 있던 시베리아 국경수비대에서 병사로 복무하는데 형 미하일과 A. 마이코프와 서신을 주고받을 수 있게 된다. 도스토옙스키는 1855년 11월에 부사관으로, 1856년 10월 1일부터는 준사관으로 근무한다. 1857년 봄에 복권되어 세습 귀족 신분과 출판할 수 있는 권리가 작가에게 주어지지만 정치 사찰은 1875년까지 지속된다. 1857년 2월 6일 결혼 전부터 작가의 인생에 크게 영향을 끼쳤던 미망인 M.D.이사예바와 도스토옙스키는 결혼식을 올린다. 그러나 이들은 행복한 결혼생활을 영위하지 못했다.

1858년 도스토옙스키는 군 복무로 인한 심각한 건강 악화를 이유로 퇴직 신청서를 제출한다. 이듬해 3월 그는 소위로 퇴역하고 트베리에서 거주할 수 있는 허가(페테르부르크 주와 모스크바 주는 방문 금지)를 받는다. 1859년 7월부터 아내와 의붓아들과 함께 트베리에서 살다가 그에 대한 비밀 감시가 계속된다는 조건으로 페테르부르크로 이주할 수 있는 허가를 받는다. 1859년 12월 가족과 함께 페테르부르크로 이주한 도스토옙스키는 형 미하일과 함께 잡지 《시절(브레먀)》과 《시대(에포하)》를 만들면서 편집자와 작가 생활을 병행한다. 이때 그는 기사, 평론, 문학 작품들을 쓴다.

1860년 9월에 중편 《죽음의 집의 기록》, 1861년 초에 장편 《천대받고 모욕당한 사람들》을 발표한다. 이때 2권으로 된 도스토옙스키 전집이 출판된다. 1862년 여름 도스토옙스키는 생애 처음으로 국경을 넘는다. 그는 독일, 프랑스, 스위스, 이탈리아, 영국을 방문하고 1846년부터 지인으로 지냈던 A.I.게르첸과 조우한다. 1863년 8월에 작가는 두번째로 외국에 나간다. 파리에서 아폴리나리야 수슬로바를 알게 되는데 1861년부터 1866년까지 이어진 그녀와의 드라마틱한 관계가 이후 작가의 소설 《도박사(폴리나)》와 《백치(나스타시야 필립포브나)》 등에 반영된다. 룰렛 도박에 빠져있던 바덴바덴에서 작가는 완전히 빈털터리가 되었다. 도스토옙스키는 오랫동안 도박에서 빠져나오지 못했는데 그의 열광적으로 열중하는 성정을 나타내는 측면이기도 했다. 1863년 10월에 작가는 러시아로 돌아온다. 11월 중반부터 아픈 아내와 함께 블라디미르에서 살다가 1863년 말부터 1864년 4월까지 일이 생길 때마다 페테르부르크를 오가며 모스크바에서 생활한다.

1864년 1월 형 미하일은 잡지《시대》를 출간할 수 있는 허가를 받았고 3월에 1호가 발행된다. 1864년에 도스토옙스키는 엄청난 상실을 겪게 된다. 4월 15일에 폐병으로 아팠던 아내 마리야 이사예바가 사망한다. 비록 행복한 부부는 아니었지만, 아내의 죽음으로 도스토옙스키는 크게 슬퍼했다. 마리야 이사예바의 인격과 그들의 불행한 사랑은 도스토옙스키의 많은 작품 속에 묘사되어 녹아있다. 예컨대,《죄와 벌》에서 카테리나 이바노브나와《백치》의 나스타시야 필립포프나에게도 나타나 있다. 바로 그해 6월 10일 형 미하일이 갑자기 사망한다. 8월에《시대》6월호가 2달 지연되어 발행되는데 도스토옙스키가 형 미하일에 관해 쓴 조사가 거기에 실렸다. 그해 9월 26일 작가는 A. 그리고리예프의 장례식에 참석한다. 이 해에《지하에서 쓴 회상록》을 발표한다.

형 미하일이 죽고 나자 도스토옙스키는 형이 남긴 엄청난 빚을 떠안았고 3개월 발간이 지연된 잡지《시대》를 발행하는 일을 혼자서 감당한다. 일정한 시간이 흐르고 잡지가 정기적으로 발행되긴 했지만, 구독자 수가 현저하게 줄어 어쩔 수 없이 1865년에 잡지를 폐간한다. 1865년 여름이 되자 도스토옙스키는 어음을 제때 막지 못해 재산조사를 나온다는 최고장을 받았는데 문학재단에서 나온 긴급 지원금 600루블로 파산을 막을 수 있었다. 하지만 아직 그에게는 15,000루블의 빚이 남아있었고 이 빚은 생의 마지막에 도달해서야 갚을 수 있었다. 그해 여름 도스토옙스키는 F.T.스텔롭스키와 전집 출판에 대한 부당한 계약을 체결한다.

계약은 작가가 1866년 11월 1일까지 장편 소설 한권을 탈고해야 하며, 약속을 지키지 못하면 작가의 모든 작품을 원고료 없이 스텔롭스키가 출판할 권한을 갖는다는 내용을 골자로 하고 있었다. 1866년에 출판사에 약속한 기일이 다가오자 도스토옙스키는《도박사》와《죄와 벌》을 동시에 써내려가야 했다. 1866년 여름내 도스토옙스키는 모스크바 근교에 있는 시골 별장에서 살면서 작업했다. 처참할 정도로 작업에 속도가 붙지 않자 그는《도박사》를 써내려가는 족족 연달아 출판사에 보내다가, 지인들의 충고대로 새로운 작업방식을 도입하게 된다. 1866년 10월 4일 안나 그리고리예브나 스니트키나라는 젊은 속기사가 작가에게 찾아온다. 그녀는 일을 수월하게 처리하는 속기사였다. 그 자리에서 바로 작가는 소설《도박사》를 구술하고 안나가 받아쓰기 시작했다. 10월 31일, 계약 날짜를 코앞에 두고 한 달도 안된 기간 만에《도박사》는 완성되었고 11월 1일 도스토옙스키는 스텔롭스키에게 원고를 전해준다. 11월 8일 작가의 작업을 도왔을 뿐만 아니라 정신적으로 응원해주었던 안나 스니트키나에게 도스토옙스키가 청혼한다. 1866년 말 도스토옙스키는《죄와 벌》마지막 장을 읊으며 그녀에게 받아쓰게 했고 소설이 완성되고 난 후 1867년 2월 15일에 그들은 혼인한다. N.N.스트라호프의 말을 빌리면, 새로운 결혼으로 도스토옙스키는 그가 평생 간절히 원했던 가정의 온전한 행복을 누릴 수 있었다.

'한 범죄자의 심리 보고서'는《죄와 벌》의 얼개이다. 이 작품의 중요한 의미를 작가는 이렇게 말한다. "살인자 앞에서 해결할 길

없는 질문들이 고개를 든다. 예상하지 못했던 감정들이 그의 심장을 괴롭힌다. 하늘의 진리와 지상의 법이 작동하기 시작한다. 살인자는 자백하는 길을 택하지 않을 수 없다. 징역살이 속에서 죽더라도 다시 사람들과 더불어 살 수 있는 길을 택하지 않을 수 없다." 소설은 기대 이상으로 잘 마무리되었고 작가로서 명성을 떨치게 되는 계기가 되었다고 작가 스스로 말한다. 《죄와 벌》로 얻은 수입은 아주 많았고 작가는 아내가 된 안나 그리고리예브나와 함께 채권자들의 눈을 피해 외국으로 나간다. 1867년 4월부터 1871년 7월까지 4년이 넘는 기간을 작가는 아내와 함께 베를린, 드레스덴, 바덴바덴, 제네바, 밀라노, 피렌체에서 보낸다. 생애 처음으로 작가에게 행운이 임했던 시기이다. 안나 그리고리예브나는 모든 경제적 문제를 자신이 직접 관리하면서 작가에게 평범함 삶을 선사한다. 1868년 2월 22일 피렌체에서 첫아이 소피야가 태어나지만 몇 개월을 못 살고 5월 12일 숨을 거둔다. 드레스덴에서 1869년 7월 14일 둘째 딸 류보비가 태어났고, 러시아에 돌아온 후인 1871년 7월 16일 아들 표도르가 태어났다. 1875년 8월 12일에 태어난 넷째 알렉세이는 간질 발작으로 세 살에 사망한다.

도스토옙스키의 해외생활은 어땠을까? 1867년 9월에 작가는 장편 《백치》를 쓰기 시작했고 11월에 쓴 원고를 모두 찢어버린다. 그후 다시 쓰기 시작하여 1869년 1월에 작품을 완성한다. 작가의 말을 들어보자. "《백치》 구상은 내가 오래전부터 즐거운 마음으로 해왔던 것이다. 하지만 너무도 어려운 것이기도 해서 나는 오랫동안 손을 댈 수 없었다. 이 작품의 중요한 의미는 긍정적으로 아름다운 사람을 묘사하는 것이었다. 이보다 더 어려운 일은 세상에 없을 것이다. 특히 지금과 같은 시기에……" 1870년 초에 장편《악령》(1871-1872)에 대한 초고를 쓰기 시작한다. 1867년 여름, 도스토옙스키는 물질적인 어려움을 한 번에 해결하고자 거의 매일 룰렛 게임을 했지만, 매번 돈을 다 잃고 만다. 작가는 자주 완전히 빈털터리인 상황에 부닥쳤으며 마지막 남은 물건을 전당포에 맡겨야 했다. 1871년 4월에 그는 다시 룰렛 도박을 하러 비스바덴으로 간다. 그러나 얼마 지나지 않아 그는 아내에게 편지를 쓴다. "나한테 위대한 일이 일어났어. 일확천금을 노리려는 추악한 망상이 사라져버렸어. 나는 거의 10년 동안(정확하게 말해 형이 죽고 내가 갑자기 빚을 떠안게 된 순간부터) 이 추악한 망상에 시달리며 도박에서 이기려는 꿈을 꿨지. 진지하게 열망했어. 하지만 이제 모든 게 끝났어! 이번이 진짜로 마지막이었어!" 도스토옙스키가 룰렛 도박과 영원히 작별하는 순간이었다.

1871년 7월 5일 도스토옙스키는 가족과 함께 드레스덴에서 러시아로 돌아온다. 1872년 내내《악령》을 쓰고 그해 말 잡지《러시아 통보(루스키 베스닉)》에 이 소설을 발표한다. 1872년 12월 출판업자 V.P.메셰르스키의 요청으로 도스토옙스키는 주간지《시민(그라즈다닌)》의 주필 직을 맡는다.《시민》1호는 '주필 F.M.도스토옙스키'라는 서명과 함께 1873년 1월 1일에 발행되었다. 오래전부터 출간하고 싶었던 '작가일기'를 이 잡지의 매호에 실어 발표한다. 하지만 얼마 지나지 않아 도스토옙스키는 편집일에 부담을 느끼게 되고 그의 날카로운 성격은 점점 더 두드러져 메셰르스키와 불화를 겪게 된다. 도스토옙스키는 조카 S.A이바노바에게 보낸 편지에서 "나는 잡지 주필을 맡을 결심을 한 나를 저주한다"고 썼다. 1874년 3월 도스토옙스키는 잡지 《시민》의 편집장으로 다른 사람을 초빙하라고 요청했고 그해 말까지 잡지 일을 계속해서 도왔다. 앓고 있던 폐기종이 악화되자 1874년 6월 작가는 치료차 독일 바트엠스로 간다. 1875, 1876, 1879년에도 치료를 위해 그곳을 방문한다. 1874년 도스토옙스키는 네크라소프의 청으로 쓰게 된 새로운 장편 《미성년》 작업에 착수한다. 1년 만에 장편을 탈고했고 1875년 잡지 《조국의 기록》에 발표한다. 그해 12월 도스토옙스키는 다시 사회평론에 눈을 돌려 월간지 《작가일기》를 발행하기로 결심한다. '내가 러시아 작가로서 실제로 겪었던 감상들에 대한 보고서이며, 내가 보았고, 들었고, 읽었던 모든 것에 대한 보고서'를 실을 통로를 만드는 것이 작가의 의도였다. 《작가일기》는 1876년부터 1877년까지 발행되었고 큰 반향을 일으켰다.

1877년 12월 2일 도스토옙스키는 페테르부르크 러시아과학 아카데미 러시아어문학 분과 준회원으로 뽑힌다. 하지만 1877년은 슬픈 일로 끝을 맺는다. 12월 27일에 N.A.네크라소프가 타계한 것이다. 네프라소프가 사망한 다음 날 고인의 빈소를 찾은 도스토옙스키는 집으로 돌아와 새벽 6시까지 책상에 앉아 고인이 세상에 남긴 세 권 분량의 시를 전부 다시 읽었다. 12월 30일 고인의 장례식에 참석한 작가는 추모사에서 "모든 시인 중에서 네크라소프는 푸시킨과 레르몬토프 다음에 서야 한다"고 말한다.

1878년 5월 16일 도스토옙스키의 세 살배기 아들 알료샤가 사망한다. 아내 안나 그리고리예브나는 작가가 병적으로 아들을 사랑한 건 아들이 그렇게 일찍 가버릴 걸 작가가 예감해서일지도 모른다고 회상한다. 그해 6월 도스토옙스키는 모스크바로 가 새로운 작품《카라마조프가의 형제들》출판 계약을 체결한다. 11월까지 초반부를 썼고 1879년 초부터 소설이 잡지《러시아 통보》에 발표된다. 작가의 말대로 카라마조프가의 역사는 가족 연대기일 뿐만 아니라 동시대인의 실제 삶, 현대 지식인의 러시아를 전형적이고 보편적으로 묘사한 것이다. 도스토옙스키는 작업을 위해 '살아있는 삶'과 직접 접촉해야 했다. 작가는 A.F.코니와 함께 소년범 교도소(1875)와 보육원(1876)을 방문한다. 1878년 세 살배기 아들 알료샤가 죽자 작가는 옵티나 광야로 떠나고 거기서 수도자 암브로시와 만나 대화를 나눈다. 1878년 3월에 도스토옙스키는 페테르부르크지방법원에서 베라 자술리치 재판을 방청하고 그해 4월 시위에 참여한 대학생들을 구타한 가게주인들에 관해 의견을 말해달라는 대학생들의 편지에 답신한다. 당대 현실과의 능동적인 소통, 적극적인 평론활동과 사회참여는 작가의 창작 세계가 다양한 측면에서 새로운 단계로 나아가도록 이끌었다.

작가의 생이 마지막에 이르자 명성이 높아진다. 러시아 사회에서 작가는 도덕적 권위를 얻어 전도자나 스승으로 인식된다. 1880년 5월에 도스토옙스키는 푸시킨 기념행사에 참석하도록 초청받았고 러시아문학애호가협회의 공개회합에서 연설한다. 그는 6월 6일 모스크바에서 열린 푸시킨 동상 제막식에 참석한다. 푸시킨.동상 제막식에서 울려 퍼진 작가의 연설은 그가 평생 이룩

한 명예의 절정이었다. 도스토옙스키는 가장 높은 차원에서 표현한 러시아적 이상인 '전 인류성', '전 세계인의 행복'이 꼭 필요한 '러시아 방랑객'에 대해 웅변했다. 커다란 사회적 반향을 일으킨 이 연설은 도스토옙스키의 유언이 되었다. 러시아문학애호가협회는 만장일치로 작가를 명예 회원으로 추대한다. 작가에게 커다란 월계관이 씌워졌다. 이날 밤 도스토옙스키는 푸시킨 동상을 찾아 그의 발밑에 월계관을 헌화한다.

1880년 여름 작가는 《카라마조프가의 형제들》을 완성하기 위해 작품에 매진한다. 10월 15일 P.E.구세바에게 보내는 편지에 작가는 이렇게 쓴다. "강제노역하는 사람이 있다면 그게 바로 나입니다. 나는 시베리아에서 4년 동안 노역을 했지만, 그때의 노동과 생활은 지금의 상황과 비교하면 참을만했습니다. 지금 나는 되는 대로 일하는 게 아니라, 예술적으로 써야 하기 때문입니다. 나는 신에게, 문학에게 그리고 문자 그대로 내 작업의 완성을 기다리고 있는 러시아 모든 독자에게 그렇게 해야 할 빚이 있습니다. 그래서 나는 글자 그대로 밤낮을 책상에 앉아 글을 썼습니다. 당신이 상상할 수 없을 만큼 건강이 안 좋습니다. 호흡기 점막에 생긴 염증이 폐기종으로 발전했습니다. 치료할 수 없는 병이랍니다. 숨쉬기가 힘이 듭니다. 내 생은 이제 남은 날을 셀 수 있습니다." 1881년 1월 도스토옙스키는 《작가일기》 신월호 발행 작업을 하면서 푸시킨 기념행사에 참석하기로 한다. 그는 이전 주인공들이 거의 모두 재등장하는 《카라마조프가의 형제들》 2부를 시작하려고 했다. 작가의 모든 창작계획을 뒤로하고 1881년 1월 도스토옙스키는 갑자기 숨을 거둔다.

아내 안나 그리고리예브나가 전해준 작가의 마지막 날이다. 1월 25일에서 26일로 넘어가는 날 밤 도스토옙스키가 바닥에 떨어진 펜대를 줍기 위해 무거운 책장을 옮기자 그의 목으로 피가 넘어왔다. 그날 5시간 정도 각혈이 반복되었다. 경악한 안나 그리고리예브나는 급히 의사를 불렀다. 의사가 가슴을 압박하자 심한 각혈이 계속되다 도스토옙스키는 의식을 잃는다. 다시 의식을 회복한 그는 즉시 성직자를 불러달라 청한다. 의사가 위험한 고비를 넘겼다고 단언했으나 환자를 안심시키기 위해 작가의 아내는 성직자를 모셔온다. 30분 후 블라디미르 교회의 성직자가 도착했다. 도스토옙스키는 침착하고 따뜻하게 사제를 맞았고 오랫동안 참회하고 병자성사를 받았다. 신부가 나가자 아내와 아이들이 서재로 들어왔고 도스토옙스키는 아내와 아이들을 축복하고 서로 사랑할 것을 당부하였다. 밤은 고요히 흘러갔다. 1월 28일 아침 안나 그리고리예브나가 7시에 잠에서 깨어보니 도스토옙스키가 자기를 바라보고 있었다. 몸이 어떠냐는 질문에 작가가 대답한다. "아냐, 내가 지금 세시간 동안 깨어서 계속 생각하는데 명료하게 드는 예감이 내가 오늘 죽을 것 같아……" 이상한 불안감을 느끼며 안나 그리고리예브나가 말한다. "여보, 왜 그렇게 생각하세요. 지금 상태도 호전되고, 피를 토하지도 않는데…… 더 오래 살 거예요. 정말이에요." "아니야, 내가 알아. 나는 오늘 죽을 거야. 촛불을 켜줘, 아냐. 그리고 복음서를 갖다 줘." 이 복음서는 데카브리스트의 아내들이 토볼스크에서 그에게 선물한 바로 그 책이었다.

도스토옙스키는 이 복음서를 시베리아 유형생활 때부터 평생 간직했다. 그는 어떤 생각에 잠길 때나 무언가에 대한 의심이 들 때 복음서를 무작정 열면 펼쳐지는 왼쪽 페이지를 그냥 읽었다. 이날 도스토옙스키는 자신의 의심을 확인하고 싶었다. 그는 복음서를 열고 펼쳐진 페이지를 읽어달라 청한다. 열린 대목이 마태복음 3장 14절, 15절이었다. ('요한이 말려 가로되 내가 당신에게 세례를 받아야 할 터인데 당신이 내게로 오시나이까? 예수께서 대답하여 가라사대 이제 허락하라 우리가 이와 같이하여 모든 의를 이루는 것이 합당하니라 하신대') "들었지, '허락하라', 내가 죽는다는 뜻이야."라고 아내에게 말하고 작가는 복음서를 덮었다.

도스토옙스키는 아내를 위로하고 같이 살면서 행복했던 시간에 감사했다. 그런 다음 14년이나 결혼생활을 한 남편 중에 이렇게 말할 수 있는 남편은 드물 만한 말을 아내에게 한다. "아냐, 내가 뜨겁게 사랑했다는 걸 기억해줘. 나는 머릿속에서도 당신을 배신한 적이 단 한 번도 없어!" 9시가 되자 그는 다시 잠이 들었고 11시에 깨어나 상체를 일으켰다. 각혈이 다시 시작된 것이다. 그는 몇번이나 반복해서 아내에게 속삭였다. "아이들을 불러줘." 그때마다 아이들이 들어와 아빠에게 입을 맞춘 후 의사의 지시대로 나가기를 계속했다. 마지막 순간이 오기 두시간 전 아이들이 아빠에게 다가왔을 때 도스토옙스키는 그 복음서를 아들 표도르에게 전해달라고 당부한다. 저녁에 많은 사람이 작가의 집에 모여 D.I.코실라코프 박사를 기다렸다. 도스토옙스키가 갑자기 몸을 떨더니 다시 몸을 일으켰고 다시 시작된 각혈이 그의 얼굴을 뒤덮었다. 그는 다시 의식을 잃었고 아내와 아이들은 그의 머리맡에 무릎을 꿇고 앉아 터져 나오는 통곡을 이를 악물고 참으며 흐느꼈다. 사람을 가지 못하도록 잡는 마지막 감각은 소리라서 정적을 깨뜨리는 어떤 식의 소리도 죽어가는 사람을 고뇌와 고통 속에 빠뜨릴 수 있다는 의사의 언질 때문이었다. 작가의 아내는 이렇게 말한다. "나는 맥박이 점점 약해지는 것을 느꼈어요. 저녁 8시 28분 표도르 미하일로비치 도스토옙스키는 영원히 잠들었습니다." 1881년 1월 28일(신력 2월 9일)이었다.

1881년 2월 1일 거대한 인파가 몰려든 가운데 페테르부르크 알렉산드르-넵스키 대수도원 티흐빈 묘지에 작가를 안장한다. 안나 그리고리예브나는 도스토옙스키가 페테르부르크 노보데비치 묘지에 묻히기를 원했다고 회상한다. 하지만 알렉산드르-넵스키 대수도원 측은 작가의 영면을 위해 묘지 안 어떤 장소라도 제공한다는 약속을 했다. 열성적으로 정교 신앙 편에 섰던 도스토옙스키가 수도원 담장 안에서 영면한다면 수도원 측에 무한한 영광이라면서 자리를 무상으로 받아줄 것을 사제들이 간청했기 때문이다. 작가의 안식처는 주콥스키와 카람진 묘 옆으로 정해졌다.

운구 행렬이 작가의 집에서 11시에 출발했으나 오후 2시가 넘어서야 수도원 묘지에 도착했다. 관은 친척들과 지인들의 손으로 장지로 운구되었다. 페테르부르크에 있는 모든 교육기관의 학생들이 장례행렬 맨 앞에 섰고 예술가, 배우, 모스크바에서 온 사절단들이 그 뒤를 이었다. 관은 군중들 위로 높이 솟아올라 운구되었고, 화환이 꽂힌 장대를 든 긴 대오, 장송곡을 부르는 수많은 청년의 합창들, 수만 명의 사람들이 운집하여 장례행렬을 뒤따랐다. 장례 행렬에 6만여명이 모인 것으로 추산된다. 티흐빈 공동묘지에도 그만큼 많은 사람이 모였다. 사람들은 동상들 위로 올라가고, 나무 밑에 자리를 잡고 철조망에 빽빽하게 붙어섰다. 행렬은 양쪽으로 늘어선 화환 사이로 천천히 이동했다. A.P.밀류코프의 말을 빌리면 도스토옙스키의 장례식은 가족이나 지인들이 아니라 러시아 사회가 엄수했다. 1833년 무덤에 동상(건축가 H.K.바실리예프, 조각가 N.A.라베례츠키)을 세웠다. 얄타에서 타계한 아내 안나 그리고리예브나(1846~1918)의 묘와 손자 A.F.도스토옙스키(1863~1968)의 묘가 1968년에 작가 옆으로 이장되었다. 작가의 동생인 안드레이 미하일롭스키(1825~1897), 조카들인 알렉산드르 안드레예비치(1857~1894), 안드레이 안드레예비치(1863~1933), 바르바라 안드레예브나 사보스티야노바(1858~1935)는 스몰렌스크 정교회 공동묘지에서 안면하고 있다.

도스토옙스키가 생애 마지막에 이르러 명성을 얻기는 했지만 전 세계적인 불멸의 명예는 작가의 사후에 찾아왔다. 프리드리히 니체는 인간의 심리가 무엇인지 자신에게 설명할 수 있었던 사람은 도스토옙스키가 유일했다고 고백한 바 있다.

"내가 진실로 진실로 너희에게 이르노니 한 알의 밀이 땅에 떨어져 죽지 아니하면 한 알 그대로 있고 죽으면 많은 열매를 맺느니라." - 요한복음 12장 24절

대작《카라마조프가의 형제들》의 제사(題詞)로 쓰인 이 구절은 도스토옙스키의 무덤에 비문으로 남아있다.

도스토옙스키의 삶과 작품

1821년 11월 11일 (구력 10월 30일) 의사 집안에서 출생.

1833~1837년 모스크바에 있던 N.I.드라슈소프, L.I.체르마크 기숙학교에서 수학.

1837년 2월 27일 어머니 마리야 표도로브나 도스토옙스카야 사망. 5월 형 미하일과 함께 페테르부르크로 이주, K.F.코스토마로프 기숙학교에 입학.

1838년 1월 페테르부르크 중앙공병학교 입학.

1839년 6월 6일 아버지 미하일 안드레예비치 도스토옙스키 사망. 농노에 의해 살해됨.

1840년 부사관 직위 수여.

1840~1842년 《메리 스튜어트》와 《보리스 고두노프》 각본 작업.

1841년 기술지원 준사관 직위 수여.

1843년 8월 중앙공병분과에서 근무 시작.

1844년 6월 발자크의 중편소설 〈외제니 그랑데〉를 프랑스어에서 러시아어로 번역 출판. 10월 중위로 퇴역.

1844~1845년 첫 장편소설 《가난한 사람들》 작업.

1845년 5~6월 네크라소프, 벨린스키와 만남. 10월 첫 중편소설 《분신》 작업. 11월 투르게네프와 만남.

1846년 1월 첫 장편소설 《가난한 사람들》 출판. 2월 《조국의 기록》에 중편소설 〈분신〉 발표. 4~6월 M.V.바투셰비치-페트로셉스키와 만남. 페트로셉스키 그룹과 교제 시작. 10월 단편 〈미스터 프로하르친〉과 중편 〈여주인〉 발표. A.I.게르첸과 만남.

1847년 1월 단편 〈9통의 편지로 된 소설〉 발표. 4~7월 〈페테르부르크 연대기〉 중에서 칼럼 4개를 발표. 1848년 1월 단편 〈타인의 아내〉 발표. 2월 중편 〈약한 마음〉 발표. 4월 〈노련한 사람의 이야기들(익명의 기록에서)〉 발표. 9~10월 고골과 만난 것으로 추정. 12월 중편 〈백야〉, 단편 〈질투하는 남편〉 발표. 비밀요원 P.D.안토넬리 페트라솁스키 회원들 사찰 시작.

1849년 1월 미완성 장편 《네토츠카 네즈반노바》 발표 시작. 4월 페트라셰프 모임 사건으로 체포됨. 페트로-파블로프 요새에 투옥. 거기서 단편 〈꼬마 영웅〉 집필. 11월 사형선고 받음. 12월 2일 세메놉스크 연병장에서 '일반 처형'(보통 귀족들이 받는 공개적인 처벌 방식으로 죄인을 태형 기둥에 묶고 모든 권리(관등, 신분 특혜, 재산권 등)를 빼앗는다는 표시로 그의 머리 위에서 장검을 부러뜨렸다) 과 황제의 특사.

1850년 1월 ~ 1854년 2월 옴스크 감옥에서 징역.

1854년 세미팔라틴스크(카자흐스탄)에서 군 복무 시작.

1857년 2월 마리야 드미트리예브나 이사예바와 첫 결혼.

1859년 3월 세미팔라틴스크 군 복무에서 퇴역. 도스토옙스키에 대한 비밀 감시 시작. 단편 〈아저씨의 꿈〉 발표. 8월 세미팔라틴스크에서 트베리로 이주. 11월 중편 〈스테판치코보 마을과 주민들〉. 12월 아내 M.D.이사예바, 의붓아들 파벨과 함께 페테르부르크로 이주. N.G.체르니솁스키와 만남.

1860년 3월 도스토옙스키의 첫 전집 2권 출판 (발행인 N.A.오스놉스키). 9월 《죽음의 집의 기록》 출판 시작

1861년 1월 형 미하일과 함께 창간한 잡지 《시절(브레먀)》 첫 호 발행. 장편 《천대받고 모욕받은 사람들》 잡지에 발표 시작.

1862년 6~8월 첫 해외 여행. 베를린, 비스바덴, 프랑크푸르트, 드레스덴, 바덴바덴, 마인츠, 쾰른, 파리, 런던, 바젤, 제네바, 루체른, 토리노, 피렌체, 비엔나 방문. 7월 런던에서 게르첸, 바쿠닌과 만남.

1863년 2월 《여름 인상에 관한 겨울 비망록》 발표 시작. 5월 스트라호프의 논문 〈숙명적인 질문〉 게재 후 형제의 잡지 《시절》 폐간. 8~19월 A.P.수

슬로바와 해외여행. 비스바덴, 파리, 토리노, 로마, 나폴리, 리보르노 방문. 홈부르크에서 룰렛 도박을 하며 1주일을 보냄. 11월 아내 이사예바와 모스크바로 이주.

1864년 3월 형이 미하일이 창간한 잡지 《시대(에포하)》 첫 호 발행. 중편 《지하에서 쓴 회상록》 발표 시작. 4월 아내 마리야 이사예바 사망. 7월 형 미하일 미하일로비치 사망. 1865년 2월 단편 〈악어('특이한 사건, 또는 연결통로 속 연결통로')〉 발표. 6월 잡지 《시대》 폐간. 형 미하일의 죽음으로 인한 심각한 재정 문제 발생. 7~10월 해외로 출국. 비스바덴에서 룰렛 도박. 코펜하겐 여행. 11월 A.P.수슬로바와 다시 만나기 시작.

1866년 1~12월 장편 《죄와 벌》 작업, 출판. 10월 4~29일 장편 《도박사》 급히 집필. 작가는 구술하고 속기사 A.G.스니트키나가 기록하여 완성.

1867년 2월 15일 안나 스니트키나와 두 번째 결혼. 4월 아내와 함께 해외로 출국 (드레스덴, 바덴, 바젤, 제네바, 피렌체 방문).

1868년 1~12월 장편 《백치》 집필, 출판. 5월 12일 제네바에서 3개월 된 작가의 첫딸 소피야 죽음.

1869년 9월 14일 드레스덴에서 딸 류보비 출생.

1870년 1~2월 중편 《영원한 남편》 발표.

1871년 1월 장편 《악령》 발표 시작. 7월 8일 가족과 함께 해외에서 페테르부르크로 귀국. 7월 16일 아들 표도르 출생.

1872년 여름 가족과 함께 스타라야 루시에서 거주. 12월 잡지 《시민(그라즈다닌)》 편집장으로 추대.

1873년 1월 잡지 《시민》 1호 발행. 여러 주제로 쓴 칼럼인 〈작가일기〉 게재 시작.

1874년 3월 도스토옙스키, 잡지 《시민》 편집장 사퇴 요청. 3월 21~22일 금지 내용 게재하여 이틀간 영창에 감금. 6~8월 치료차 바트엠스로 출국. 장편 《미성년》 작업.

1875년 1월 장편 《미성년》 발표 시작. 5월 바덴엠스로 치료차 출국. 8월 10일 아들 알렉세이 출생.

1876년 1월 도스토옙스키가 직접 창간한 《작가일기》 1호 발행. 7~8월 바덴엠스로 치료차 출국. 11월 단편 〈온순한 여자〉 발표.

1877년 1~12월 《작가일기》 발표. 봄 스타라야 루시에 시골별장 구입. 12월 2일 페테르부르크 과학아카데미(러시아어문학 분과)의 준회원으로 추대.

1878년 5월 16일 아들 알렉세이 세 살에 사망. 6월 옵티나 광야로 가서 수도자 암브로시와 만남.

1879년 2월 장편 《카라마조프가의 형제들》 발표 시작. 7월 런던에서 세계문인협회 런던위원회 명예 회원으로 추대. 7~9월 바트엠스로 치료차 출국. 1880년 1월 1일 'F.M.도스토옙스키 서적판매' 창업. 5~6월 푸시킨 동상 제막식 참석차 모스크바 방문. 6월 8일 러시아문학애호가협회 제2차 공개집회에서 푸시킨에 관한 유명한 연설을 하여 열광적인 반응을 얻음.

1881년 1월 28일 타계. 2월 1일 장례식. 알렉산드르-넵스키 대수도원 티흐빈 공동묘지에 안장

* 저자 소개 글과 약력, 인용문은 상트페테르부르크 도스토옙스키 박물관(Литературно-мемориальный музей Ф. М. Достоевского), 도스토옙스키 미르(Мир Достоевского)'와 'Biografy.ru' 등의 자료를 편집, 번역하였다.

옮긴이의 말

어떤 어조를 선택해야 하는가, 이 책을 번역하며 가장 고민한 문제이다. 문장들이 정제된 틀을 박차고 나와 독자에게 끊임없이 말을 걸고 있는 어투를 어떻게 한국어로 옮길 것인가 하는 문제를 놓고 오랫동안 고심했다. 화자가 독자가 아니라, 청자를 상상하며 말을 하고 있었다. 화자의 어투를 흔한 독백체로 번역해서는 안 된다는 생각은 했지만, 역자에게 읽히는 대로의 원문이 뿜어내는 어감을 살리자니 그렇게 번역된 작품이 흔치도 않을뿐더러 서술어 어미 처리도 난감한 문제였다. 고심에 고심을 거듭하다 비록 번역문이 거칠게 나오더라도 역자가 원문에 가장 가깝다고 해석하는 말투를 선택하기로 하였다. 러시아에서 이 작품이 원작 그대로 연극 대본으로 쓰인다는 사실도 그러한 결정을 뒷받침하였다.

문장에 이미 녹아든 낱말을 다시 하나씩 끄집어내서 한국어로 옮겼다. 러시아어 낱말이 한국어 낱말로 다시 태어나야 하는 순간마다 역자는 '예' 혹은 '아니오'의 대답만 존재하는 법정에 선 기분이었다. 한국어로 변신한 낱말을 놓고, 그 낱말들이 빚어낸 문장을 바라보며 이것이 과연 최선인가, 이것으로 작가의 피땀을 모욕하지 않을 자신이 있는가 자문했다. 답을 찾지 못해 불면의 밤을 헤맬 때면, 한평생 갈고 닦은 온갖 방어기제가 안간힘을 쓰며 작동되다 마지막 남은 자존과 함께 처참하게 무너져내렸다.

도스토옙스키라는 이름이 주는 무게에 짓눌려 그럴싸한 한자어로 도피하는 우를 범하지 않으려 애를 썼고, 원문의 뉘앙스를 할 수 있는 만큼 그대로 살리려 노력했다. 그런데도 적절하지 않게 읽히는 부분은 순전히 역자의 역부족, 가난한 한국어 실력과 해석 능력 탓이다. 그런 부분은 독자가 적절하다 판단하는 단어로 대치하여 읽어보는 경험도 하시라 당부하고 싶다.

번역할 때 고민했던 몇 가지를 따로 언급하고 싶다.

1. 제목 《지하에서 쓴 회상록》

러시아어 '**записки**'에 해당하는 단어는 '기록, 노트, 일기, 회상록' 등을 뜻한다. '~수기'라는 제목으로 출간된 기존 번역본들이 많으나, 현대어에서 '수기'의 용례가 많지 않고, 원제에 가장 가까운 의미가 '회상록'이라고 판단하여 《지하에서 쓴 회상록》으로 번역하였다.

2. 고어

원문에 화자가 청자(독자)를 염두에 두고 이야기를 이어가다 갑자기 극존칭을 쓰는 부분들이 있다. 강조나 환기를 하려는 의도로 읽혔다. 번역문에 그대로 살리려 했으나 문장에 녹아있는 성분들과 격이 맞지 않아, 앞뒤 낱말들보다 예스럽거나 약간 두드러지는 표현으로 대치하였다.

3. 자연법칙과 자연의 섭리

러시아어 '**законы природы**'는 한국어로 '자연법칙', '섭리'이다. '섭리'의 사전적 의미가 '자연계를 지배하고 있는 원리와 법칙'이라 '섭리'라고 번역해도 충분하지만, 혹시 모를 오독을 피하고자 '자연의 섭리'라고 번역했었다. '섭리'의 원래 뜻을 마음껏 사용하고 싶어서였다. 조판이 나오고 마지막 순간에야 독자가 느낄지도 모르는 이물감을 줄일 수 있는 표현이라 판단하여 '자연법칙'으로 바꾸었다. 잘한 결정인지 아직도 잘 모르겠다.

4. 지성과 욕망

러시아어 '**разум**'을 '이성'으로, '**рассудок**'을 '지성'으로 번역하였다. 같은 지면에 이 두 단어가 같이 등장해서이기도 하고, 인간을 교육하고 계몽하여 얻게 된 판단력, 분별력, 지적 사고 능력의 의미로서 '지성'이라 번역하였다. 이성, 분별력 등으로 대치해도 무리가 없다고 본다.

'욕망'으로 번역한 러시아어 단어는 '**хотенье**'이다. '원하다', '하고 싶다'의 의미인 '**хотеть**'라는 동사의 명사형이다.

5. 스펙트럼이 넓은 인간

본문에 두 번 등장하는 '**широкий человек**'을 '스펙트럼이 넓은 인간'으로 번역하였다. '넓은 인간', '폭넓은 인간', '진폭이 큰 인간', '광활한 인간', '다면적 인간' 등을 생각했으나, 의미를 보다 온전하게 전달하고자 어색한 표현을 최종적으로 선택했다.

상호모순되는 수없이 많은 속성이 한 인간에게 녹아있음을 말하며 이는 작가가 해석하는 인간이다.

6. 대화에서 높임말과 낮춤말

2부에서 주인공의 학교 동창생인 시모노프, 즈베르코프, 트루도류보프, 페르피치킨은 서로 반말하는 사이다. 주인공만 이들과 서로 말을 높인다. 이들 다섯 명이 다 같이 한자리에 모여 이야기를 나누는 장면에서 이 높임말과 낮춤말 표현을 살리기가 쉽지 않았다. 번역된 문장은 이 고민을 두고 역자가 선택할 수 있는 최대치였다.

7. 줄임표와 점 3개

러시아어에서 점 3개(…) 부호는 말이 연속되지 않고 중간에 끊어지거나 뜸을 들이는 것을 표현하기도 하고, 생략을 표현하는 줄임표의 역할을 하기도 한다. 문장 중간이나 끝에서 말의 비 연속성, 뜸 들임을 표현할 때는 원문에 있는 그대로 점 3개 부호를 남겼으며, 완성되지 않은 문장의 생략을 나타낼 때만 한국어에서 사용하는 점 여섯 개의 줄임표를 썼다.